描写一处经年的旧风景，
表述一种全新的小生活。

时光未老，绽放就好

——不可错过的100个老景点

那　澜／著

内蒙古人民出版社

图书在版编目（CIP）数据

时光未老，绽放就好：不可错过的100个老景点/那澜著．—
呼和浩特：内蒙古人民出版社，2019. 12

ISBN 978-7-204-16279-6

Ⅰ.①时… Ⅱ.①那… Ⅲ.①游记-作品集-中国-当代
Ⅳ.①I267. 4

中国版本图书馆CIP数据核字（2020）第007070号

时光未老，绽放就好——不可错过的100个老景点

作　　者　那　澜
策划编辑　王继雄
责任编辑　石　煜
封面设计　宋双成
出版发行　内蒙古人民出版社
地　　址　呼和浩特市新城区中山东路8号波士名人国际B座五层
网　　址　http：//www. impph. cn
印　　刷　内蒙古爱信达教育印务有限责任公司
开　　本　710mm×1000mm　1/16
印　　张　15. 5
字　　数　240千
版　　次　2019年12月第一版
印　　次　2021年5月第一次印刷
印　　数　1-2000册
书　　号　ISBN 978-7-204-16279-6
定　　价　40. 00元

如发现印装质量问题，请与我社联系。联系电话：（0471）3946120

序

我喜欢旅行。

有那么一段或短暂或漫长的时光，能完整地属于自己。如此，便可肆意按下时间的暂停键，在那些将行将止的行走里，把日子酿成一首诗。

这首诗，不是“熟悉的地方没有风景”；不是“以闪亮般的速度，赶那永无止境的旅程”；也不是“人要在外面到处漂流，最后才能走到最深的内殿”。都不是。

那是从历史深处走出来的诗意，饱含着历经岁月沉淀的芳华，是“楼台耸碧岑，一径入湖心”，是“惟有别时今不忘，暮烟疏雨过枫桥”，是“汉家今上郡，秦塞古长城”——是的，闲暇无事，我更喜欢走进真实的历史，聆听古韵的气息，抚摸曾经的烟尘。

时光荏苒，隔着那些漫长的、悠远的时光，我们还能捕捉什么？在那些飞檐斗拱之间，在那些青石苔之间，在那些关山显赫、城楼巍峨之间，在那些细雨淋过亭台、月光漫过楼阁之间，除了叹息“雕栏玉砌应犹在，只是朱颜改”，我们还能握住什么？

我常常觉得遗憾、赧然，甚至伤感。只因那些铭刻在建筑之后的属于文人的精彩，已渐渐被时光掩埋；只因那些流淌在泥瓦之中的白驹过隙般的光阴，已永远无缘触摸——而此时，我邂逅一座桥、一段路、一方亭台楼阁，所期待的，不过是“于千万年之中，于时间的无涯的荒野里，没有早一步，也没有晚一步，刚巧赶上了”。

是的，我想与那些沉浸在岁月光华里的古物，在漫长的时光长河里，有一次满怀期待的邂逅，想走过一段又一段的光阴，触摸历史无痕的翅影，并在新旧交接的时光罅隙里回首，笑着说一句：原来你也在这里。

是啊，他们一直在这里，在历史的烟尘、岁月的尘埃里，在人心的疏离、世事的喧嚣外——独立。我忽然知道：惹岁月垂怜的从来不是历经磨难，而是在历经磨难之后，仍拥抱着曾经的辉煌、荣辱，始终安定沉默、波澜不惊，亘古守望。

那么，来约会吧！

放下那些让你欢欣或者断肠的情爱，放下那些让你澎湃或者烦躁的工作，放下柴米油盐，放下世俗琐事，放下忧伤悲凉，放下求索盼望。单纯地给自己放一个假，允自己一寸光阴，给自己一分温暖。

约会吧，与那些旧时光！一起捡拾那些光阴里的故事，拾珠为串，聘玉为媒，装点浮生，若梦。

来日方长，我们，且行且歌。

目 录

第一章

冷月楼头，谁来会意

——10个不可错过的城楼

江树春常早，城楼月易低。

不知有多少人会如我一般，一提起城楼便先想起一弯冷月。

城楼危立、城墙漫漫、冷月无声。仿佛只有这样的画面衬得起金戈铁马之后的肃杀，也只有这样的画面对得起昔日辉煌之后的寂寥。千百年来，它们以一种门楼的形式建筑在城墙之上，或雄壮巍峨、庄严稳健，或端庄大气、古朴从容。在那些漫长的冷兵器时代，它们始终以防御者的姿态巍峨肃立，在战争中是瞭望所、指挥部，又是射击据点。和平时，亦一丝不苟地捍卫城池，抗涝防洪，坚不可摧。

如果非要给建筑赋予灵魂，那么城楼必定是位守城的将领，披坚执锐，傲视群雄，却又内敛坚韧。或夜风扬起血色浸染的披甲，或冷月闪过斩金截玉的剑戈。他长久地立在那里，于关隘、于城池，守一方和平、卫一城安乐，沉默寡言、铁骨铮铮。

然而，即便他强硬如斯，亦很难阻挡历史更迭的进程。滚滚长江东逝水，浪花淘尽英雄。唯有天上一钩冷月，伴他走过兴衰荣辱，又温柔地照见他的过去与未来。

如今，我们邂逅，便只需抬头仰望、悉心聆听，以期清楚会意。

嘉峪关城楼：多谢有情关上月

走近嘉峪关时，年轮正将那一季的秋，酿得纯熟。

作为一个习惯了奔走的旅人，只需简单的行囊，便可纵情追逐一场“金戈铁马”的会晤。

一路火车、汽车颠簸，走走停停之间，那些烂熟于心的关于“嘉峪关”的句子，就慢慢变成戈壁荒漠上的长河落日。

火车奔驰。西北干涨的蓝天下，戈壁一望无尽，边关的烈日浓风恁般分明。南望，终年积雪不化的祁连山巍峨入云，绵亘的山势如同披着银甲的野兽无声蛰伏。北望，黑山峥嵘险峻，嶙峋的姿态像鬼魅般欺空压云。就在这一黑一白的遥相对峙之间，嘉峪关傲然雄踞。

作为万里长城上至关重要的一个关隘，嘉峪关固若金汤。城墙衔接勾连，壁垒森严，城壕绵延北上，接连长城。视线起伏间，那些烽燧遗墩、断壁残垣若隐若现，如苍黄沉重的画卷次第展开，尽显历史沧桑。

这是一座隐于戈壁的孤城。十米有余的城墙以黄土夯筑而成，只有西侧以城砖包筑。稳立城墙之上的嘉峪关城楼一身古铜，是一番历尽千古风霜的模样。塞上的朔风永不停歇，平白为它添了沧桑。同样是歇山聚顶、勾檐斗拱，夕阳金红的色泽下，那威武刚猛的铁壁铜关，就显出一种不可言说的单调和苍茫。

广袤的戈壁，无尽的苍穹，黄土高墙，古城故关。夕阳西下，多少往事难言。他遗世独立的姿态，似乎是杀伐一生的将领，征战过矣、杀戮止矣，只剩一腔悲天悯人的情怀铺洒在天地之间。

这是“天下第一雄关”。

他见过多少金戈铁马、醉卧沙场的千里征人，看过多少驼铃摇曳、塞外奔走的丝路商旅，听过多少无尽哀怨、肃杀缭绕的羌笛胡笳——那厚达三丈的墙砖上铭刻了多少征蹄扬尘、战鼓雷鸣、凛然不可侵犯的时刻；那些浸透了征夫血、离人泪的出关道路，又是怎样一路蜿蜒西去、沉入荒滩再无归途，我们永远无从目睹。

时光回溯到六百年前，明朝初年，宋国公、征虏大将军冯胜征战凯旋。为保边塞和平，他选址在嘉峪塬西麓建关。彼时，一群群家畜驮起沉重的墙砖，一队队骆驼背负着来自远方的水和粮食。远近百姓、兵卒艰苦劳作，用九眼泉甘冽的泉水熬煮南方跋涉而来的糯米——那米，从不曾慰藉他们饥饿的躯体，悉数成全了我们眼前巍峨磅礴的关城墙体。

多少年了，这一道关隘仍矗立在那里。它一手擎起守护华夏的万里长城，一手牵起传播文明的丝绸之路。这两条维系着古老中国生存与发展的命脉，在这里刚柔并济地交汇缠绕，以无情的扼守成全有情的交融。

眼前暮霭丛生，落日的余晖渐渐隐成一色玫红，又慢慢退化成山巅上一轮将显未显的孤月。远处无边的戈壁、楼下扎根的野草、楼前懒散的骆驼、空中翱翔的苍鹰，或也有马莲花盛开在边隘的盛夏，或也有斜风疾雪遮盖关楼的隆冬，黑白相望的山永远清冷无情，而咫尺间的九眼泉却在月色下脉脉温情。

昔日民族英雄林则徐“谪戍伊犁”、策马出关，不知他是否也见了这般景致，才挥笔写下《出嘉峪关感赋》四首，我仍记得其一云：

严关百尺界天西，万里征人驻马蹄。
飞阁遥连秦树直，缭垣斜压陇云低。
天山巉削摩肩立，瀚海苍茫入望迷。
谁道崤函千古险？回看只见一丸泥。

是的，相比于嘉峪关，那千百年来险固的峭塞不过是封关的一团泥丸罢了。

时光荏苒，物是人非。

唯明月尤在，映我归程。

山海关城楼：明月寒潮共往还

盛夏时节，多数离家的旅人会选择遥望大海。似乎这种归宿感，会化解烈日杲杲、焦金流石的痛苦。

我亦在盛夏的八月，行经山海关。

彼时，正是火伞高张的午后。游人比肩接踵、人声鼎沸。喧嚣声被咸腥的海风无限扩大，热浪在烈日下肆无忌惮地冲击着。这炎热的氛围与内陆不相上下，简直令人头脑昏沉，连带着眼前扼山临海、伟岸雄壮的关隘城楼，都显出一种虚幻的不真实。

相比于嘉峪关的单调寂寥，山海关无疑是鲜明的。山与海的连接、对峙，本身就直观地展示了美与力量，更何况它北倚燕山，南连渤海，是冀辽分界之所，更是明长城与大海唯一交汇之处，是重要的建筑位置，称“榆关天险”。

山海关，古称榆关，又名临闾关，明洪武十四年（1381年）由中山王徐达奉命修建。城楼因缘山海走势，北高南低，城台与城楼之间并不平行。而城楼上高悬着“天下第一关”的巨大匾额，其上五字由小及大次第排开，天字最小、关字最大，给人以视觉上的倾斜感。

于城楼上北望，但见燕山苍茫、长城蜿蜒、烽台险峻；南勘，渤海浩荡，气势磅礴。关内，以正东楼为主体，靖边楼、牵光楼、威远堂、牧营楼、临闾楼、瓮城等建筑一字排开，蔚为壮观。此时此景，足以令人震撼。大自然中最为强硬、最为浩瀚的两种存在，悉数隐成了这“关”的背景，不愧是“两京锁钥无双地，万里长城第一关”。

与其说观赏关楼，不如说谒拜历史。于山海关而言，更令人震撼的，绝不是山海相接的风景，而是那城墙上密密麻麻的枪弹痕迹。在每一次朝代更迭、历史变迁之中，它无不雄踞在那个至关重要的节点上。昔日，大明战神袁崇焕曾在此披荆斩棘，誓死捍卫汉家天地。而后，当李自成揭竿而起，吴三桂冲冠一怒，清军荡开雄关，入主京城，大明覆灭，中国历史上最后一个大一统的封建王朝粉墨登场——这其中多少硝烟弥漫，几回人心更迭，悉数铭记在此。乃至后来，八国联军的联合舰队踏老龙头登陆，清兵畏敌逃遁，大好河山拱手相让；再后来，日寇攻陷山海关，登临城楼，摘下巨匾。燕山缄默、渤海怒吼，那雄关震怒的声音，似乎都还在耳边。

再没有一个关隘如山海关这般背负荣辱、背负血泪、背负一个民族的疼痛。触摸山海关，就像在触摸这个民族的脊梁，曾有伤痛，却始终傲然矗立，铁骨铮铮。

山海关唯一与“柔”字相关的，大概只有那个叫秦良玉的女子。这个“蜀锦征袍自剪成，桃花马上请长缨”的奇女子，胆智过人、文武双全，“姿态风度娴静文雅”，便真是如明月一般，皎皎照这关楼。是时，清兵入关，东北告急，明王朝危在旦夕，秦良玉率兵镇守山海关，于风雨飘摇之际守出个固若金汤。她是中国历史上唯一一个以将军侯王之尊登临二十四史将相列传的女子，可谓真英雄。

如今，这碧海金山、风光如画的山海关早已脱下战甲，换上绯袍玉带，一派卓然风姿。当你路过，可还记得这关楼上走过的光阴岁月？可还知道这每一寸土地、每一段城垣背负过的风霜雨雪？

只有你懂，方不负它昔日征战之苦，今日灼灼之辉。

居庸关城楼：叠嶂天青微雪白

中国古代最重要的军事防御工程，总长度超过八千公里的长城上有讲不完的故事、看不尽的风景。

除了长城最东端的山海关，最西端的嘉峪关，万里长城上可观可看的关隘，诸如平型关、雁门关、娘子关、偏头关、紫荆关等，哪一个屏藩要塞、哪一个关隘城楼没有雷霆般的锋芒呢？

更何况那个被称为“天下第一雄关”的居庸关。

居庸关的得名始自秦代，取“徙居庸徒”之意。秦始皇修筑长城时，曾将大量囚犯、士卒和征夫徙居于此。时至汉代，居庸关之名仍在沿袭，三国时代更名西关，北齐时改纳款关，唐代则称居庸关、蓟门关、军都关等。历史总在发展，如潮涌般向前，朝代更迭、名字变换、时过境迁，只有关城依旧。

居庸关“因地形，用险制塞”，其地势险要，两山锁峡。《吕氏春秋》《淮南子》皆有“天下九塞，居庸其一”的记载。郦道元《水经注》中也说：“此地绝谷累石为关垣，崇墉峻壁，非轻可举。山岫层深，侧道褊狭，林鄣邃险，路才通轨。”

我踏足居庸关时，正值冬日小雪。登临长城的路被浸得湿滑，小雪将化未化地浮在路边，这使游人的脚印更加鲜明起来。那些凌乱的印记，一起指向前方，指向那个叫作居庸关的关隘。于风雪之中前行，燕京八景之“居庸叠翠”便被隔在时光的彼端。透过眼前似散非散的薄雪，只见群山险要，长城蜿蜒。

如今我所见的居庸关并非从前了。居庸关关城于清朝末年便开始荒废，历经军阀混战与抗日战争炮火，已然所剩无几。1993 年，北京市昌平区政府出资上亿元，历时四年予以修复。复原的城楼仍旧遵循旧例。它所采用的三重檐歇山顶设计，在建筑样式等级上仅次于重檐庑殿，足以说明这关隘城楼的规制及重要程度。

如今在一场雪后远眺，那些青瓦上的绿琉璃顶在水光下清晰可见，映衬着朱红的墙体、廊柱，便让人多了些“雕梁画栋应犹在”的感慨。早在康熙二十七年，文人钱良择就曾目睹过居庸关高悬“天下第一雄关”的牌匾，或是根据他的描述，人们将颜真卿的颜体字合起来雕成此匾，再次高张。想来，这“第一”的声名，居庸关和嘉峪关定是无心一争的，大概是有更重要的事情在等着它们去做。

摒除漫长的年代感，推开历史的烟云，丈量足下的城墙，抚摸身畔的残砖，这复原的关城，新鲜、巍峨、华美，也隐约能觉着气势与威严。沿着崭新的城楼行走，眺望远山寂寂，感受冷风戚戚，游人如在云端。等待微雪融化，便显出四野寂寥。已无心去想象昔日的烽烟战火，什么狼烟弥漫、血染成花的故事，什么战争防御、奋勇杀敌的传说都不愿记起。那曾经倒塌过的关墙大概早已与山石融为一体了吧。

昔日铸关的徐达何在？带酒女李凤微服私访的明武宗何在？吟诵“居庸天险列峰连，万里金汤固九边”的乾隆帝何在？感慨“关门铸铁半空倚，古来几多壮士死”的“雁门才子”萨都剌何在？“今人不解古时事”，也只有这青山永在，绿水长存。

转离关城，顺长城而上，路越走越高，人却越来越少，脚下渐有积冰，风疾雪小，寒气入骨，重重雾霭之中，长城渐渐隐没。忽而就想，此时的我，是否也像昔日戍关的少年？

心在我在，剑在关在。

正阳门城楼：只应水月无新恨

相比于关城城楼的巍峨肃穆，城池城楼要更加温和醇厚、宏丽庄重。

而要谈城池城楼，首先便要谈古都——北京城。三千多年的华夏历史在这里孕育出故宫、天坛、八达岭长城、颐和园等诸多名胜古迹，细数世界文化遗产的数量，北京稳居首位。

大概可赏可看的景致太多，来去匆匆的旅人往往想不到要来专门参观正阳门。众所周知，自明代之后，北京城逐渐形成了“内九外七皇城四”的建筑格局，内城九座城门、外城七座城门、皇城四座城门，层层把守、严密防范。各城各门的功能又各不相同。据闻，因其功用不同，城门还分别有着各自的“昵称小号”。阜成门称煤门、西直门称水门、德胜门称兵门、东直门称瓦砖门、朝阳门称粮食门、宣武门称刑门……在这些“昵称小号”中，也只有稳稳立于天安门南端的正阳门，名号最具威仪。多年来，它以北京内城正南门之位，既承载着冷兵器时代重要的军事防御功能，又发挥着封建帝制时代国门、礼仪之门的象征性作用。正阳门，又称“国门”，其规制十分隆崇。

正阳门始建于明成祖永乐十七年（1419 年），原称丽正门。地方志中曾有记载，称正阳门规模宏丽、形制高大，堪称是老北京城垣建筑的代表作。奈何岁月无情，不过四百七十余年的光阴，从明初至清末，正阳门因兵燹或失火受到多次毁坏、重建，史籍记载的就有五次之多。如今我们看到的正阳门城楼、箭楼，早非初建时的模样了。时间给予它一次次无情摧毁，也给它一次次重建完善。眼前所见的城楼、箭楼，是清光绪三十二年（1906 年）第五次重建，也是民国初年改建后的效果。

如今，宏丽的正阳门城楼巍然屹立于青灰的城台之上，于车水马龙、风霜雨雪中兀自鲜明，加之色彩的对比，更充分展示了这座楼阁式建筑的精致，梁柱朱红、彩绘华美、门窗精致，可谓丹楹刻桷、碧瓦朱甍。

在建筑风格上，重檐歇山顶向来是宫殿常用的设计之风，此时出现在城楼上，巍峨雄浑之中又平添了富丽庄重。檐上灰筒瓦沉重大气，绿琉璃剪边熠熠生辉，楼脊吻兽清晰可见，处处都显出一种古老而又神秘的气韵。

不得不承认，这些自古代遗留下来的建筑，几乎代言着那个时代的文明。时至如今，我们仍在通过它们试图窥见历史。就在正阳门这个硕大的舞台上，《乾隆南巡图》盛大上演。盛世华年，乾隆帝经大清门出正阳门一路南下，此间宫苑金碧辉煌，城楼雄伟庄重，街道繁华热闹，“康乾盛世”的恢弘可见一斑。及至庚子事变，列强欺凌之下，百姓揭竿而起，义和团以爱国的决心将清政府逼入“风烛残年”的悲境。后来，两宫回銮，正阳门已毁于一旦，竟也有工匠用杉篙、苇席绕以彩绸搭起彩楼，“以备驾到时，藉壮观瞻”的可笑场景。这城楼，经历了多少悲欢往事、岁月沧桑。

如今，正阳门已对游客开放，似乎登临城楼之上，抚摸那廊柱青砖，便可以倾听这建筑无声的语言。可事实上，这几番涅槃、几次变迁、几岁更迭，其中深意又有谁可以轻易看穿?

如今，它站在这里，摒弃爱恨，敞开胸怀，不过是为了让你感受这座城市的文化魅力罢了。

那就走近它，去邂逅那段光阴也好。

西安钟鼓楼：千年朝市仍更变

故友久居西安，几番邀往，却始终未能成行。

无数次互通讯息，硬生生将西安谈成了一个满怀憧憬的梦。梦里烟锁重楼，古城依稀，有望不断的城墙漫漫，有听不尽的钟鼓声声，莫名演绎出一种魂牵梦萦的羁绊。

西安的夜，绚丽得有些不真实。夜色中，霓虹肆意张扬，装点着古老沉默的城墙。也不知这灿烂灯火是否照见沉淀在一砖一瓦中的过往故事。

钟鼓楼位于西安市中心，钟楼和鼓楼遥相呼应、经年守候。远观钟楼，只见青砖、白灰砌成的方形基座上楼宇精致。重檐飞翘、四角攒顶的建筑颇为灵动，而明柱回廊、彩枋细窗交相辉映，搭配红椽绿瓦、彩绘雕花，灯光映射之下别有一番辉煌。

钟楼始建于明洪武十七年（1384年），其建造时间比鼓楼略晚。据历史记载，当年钟楼的位置在西大街以北广济街口的迎祥观，要偏离此处一千米左右，直到明神宗万历十年（1582年），钟楼整体迁移，才占据了如今绾毂东西、呼应南北的轴心位置。说起来，鼓楼南北屋檐下曾分别悬挂着两块匾额，南为“文武盛地”，北为“声闻于天”，这两块牌匾几乎可与山海关的“天下第一关”巨匾相提并论，皆以其巨大闻名于世。奈何数十年前，牌匾被砍断焚烧，毁于一旦，直至2004年，才又着手复原。

说起钟鼓楼，与之相关杜撰的故事数不胜数。一说朱元璋登基后，蛟龙作恶，引得关中地震，为镇灾祸立此钟楼。也有说八百里秦川原是泽国，西安湮于大海之中，海中巨龟翻腾，民众屡屡遭难，有仙人济世，选址于此立钟楼祈福避害。传说而已，不过娱乐，自不必商榷其真假。只是如今夜登钟楼，却忽而想着：昔年古时，钟鼓楼定是摒弃了眼前繁华、撤去了妖娆灯火的。经由古朴灯笼点缀，以“晨钟暮鼓”的方式指点着布衣生活，或也别有一番滋味。如今立于楼上，不知是否也能看见昔日“陇有赢粮，亩有遗秉”“男娶女归，礼兴讼息”的太平景象？不知能否还能触摸那些岁月更迭、朝代兴替所带来的兴衰荣辱？

此时此刻，夜登钟楼。满目灯火辉煌、行人锦绣，便不由想到，一千多年前，被称之为长安的这里，曾耸立着世界上最大的砖木结构宫殿群。殿宇林立，廊榭嵯峨，面积相当于三个凡尔赛宫、四个紫禁城、十二个克里姆林宫、十三个卢浮宫、十五个白金汉宫——那是“巨唐”的皇宫：大明宫。每当钟鼓之声响起，百官上朝，也曾是一番“遥认微微入朝火，一条星宿五门西”的壮观景象。

从钟楼下来，已近凌晨。再回首，远近灯河闪耀，照见钟鼓楼美轮美奂，难掩它古色古香的美。在这里，西安，都市繁华、车水马龙撞见城墙厚重、古建沉朴。行色匆匆之中，仿佛只需停下脚步，就能听见历史的叹息。这融合，诡异又神奇。

世事总在变迁，永远难回从前。

不过，这底蕴在，根就在。

丽景门城楼：九重踪迹尚依然

若问古今兴废事，请君只看洛阳城。

若说人文厚重，真是鲜有哪个城池可以与洛阳比拟。这里有五千多年的文明史、四千多年的建城史、一千五百多年的建都史，有十三个王朝、一百零五位帝王定都于此，它是华夏文明和中华民族的发源地之一，作为世界文化名城，洛阳名不虚传。

往来久了，总觉得洛阳有很浓的烟火气息。这种烟火气，熟悉、亲近，将古往今来融在一起，连同淳朴厚实的乡音、随处可见的古建、热气腾腾的小吃、遍地盛开的牡丹一起，混合成一种鲜活、亲近又慵懒的烟火气，不紧不慢地将你包围，越亲近就越痴迷。来洛阳，你不能错过天堂明堂、九龙鼎，不能错过鼓楼、定鼎门，更不能错过丽景门。

丽景门原名丽京门，始建于隋代，繁盛于大唐，是洛阳古城的西大门。据《唐两京城坊考》记载，东都皇城西面有两门，南曰丽景门，北曰宣辉门。历经宋、元、明、清岁月更迭，又经历抗日战争、解放战争，丽景门数次修整复建。

如今行走在洛阳老街，越过那些随处可见的仿旧商旗，一抬头就能看见不远处的丽景门城楼。城楼虽说是复建于 2004 年，却总有一种古旧风，仿佛是经日的烟火催逼，渐渐泛出 种亲切的疲惫。街旁的建筑也颇为随意，并不甚讲究。于是，赏玩、行走都会格外散漫起来，竟丝毫觉不出丽景门有着“城垣高厚，月城宏阔，重门叠关，上干浮云，气势磅礴”的样子。只觉它像一位走下神坛的庶人，卸了战袍盔甲、脱了礼制华服，就这么一身短打漫不经心地站在你面前，很有些沧桑又不修边幅的样子，偏它又是笑着的，眉宇皱纹之间多是宽和。

古街上小吃、字画、五金店、小医院种种杂陈罗列，人声沸腾。至于丽景门前，更是热闹非凡，游人众多，各地方言混杂出一种似是而非的恍惚，仿佛透过那些现代装束的皮囊，能立刻穿越至隋唐，亲眼见证丽景门最繁盛时“货品如山积”“商银贸易，车马填塞”的模样。

可历史上的丽景门，并不仅仅是这样。它是当之无愧的王侯，气宇轩昂，英姿飒爽，举手投足间尽显大家风范。隋唐时期，丽景门是“行政门”，门内便是朝廷诸省、府、卫、台、寺官员们的办公区，还设有内坊，左、右春坊等供官员居住。据《河洛民风》记载，它还是“祭祀门”，丽景门内右侧有太社，是皇帝率领百官、百姓祭祀土地神的地方。明清时，丽景门内北侧还有城隍庙，每年农历七月十五，洛阳人便要抬出“城隍爷”，在丽景门前晃一晃，在街道上逛一逛，供人瞻仰，也是一番热闹美好。

至于武则天在丽景门内设推事院（皇家监狱）时，丽景门大概是被蒙蔽了，只能眼睁睁看着奸臣当道，莫名就成了武周酷吏政治的代名词。司马光在《资治通鉴》里说：“太后自垂拱以来，任用酷吏，先诛唐宗室贵戚数百人，次及大臣数百家，其刺史、郎将以下不可胜数。”《旧唐书》记载其“衣冠震惧，甚于狼虎。则天数召见赏赐，张其权势，凡为杀戮者数千人……”彼时酷吏穷凶极恶，官员人人自危，单《旧唐书》中所载，就已经令人不忍目睹。“每鞫囚，无问轻重，多以醋灌鼻，禁地牢中，或盛之瓮中，以火圜绕炙之，并绝其粮饷，至有抽衣絮以啖之者。又令寝处粪秽，备诸苦毒。自非身死，终不得出。”那时的丽景门，或也满心悲痛，一色沉黯，就这么摒弃希望，沦为人间炼狱。“例竟门”——只要进此门，依例就完蛋。

如今游走在丽景门的游人大概很少会惦记这些过往。当地人称丽景门是“中原第一楼”“古都第一门”。我想，对于这“第一”的称谓，丽景门会百般无奈又无限宠纵地微笑吧。历经荣辱、看尽风霜，承载过行政大权，经受过经济兴衰的丽景门，怎么会在乎这样的称谓呢？

所以，如果你行经洛阳，记得来看看它，看看丽景门。不为今日千篇一律的古街繁盛，只为过往曾经，为那些被掩盖、被挥别的历史，为那些被淡忘、被忽视的时光。

九重踪迹尚依然。

你看，将相王侯也好，贩夫走卒也罢，丽景门仍怀着那份沧桑过后的从容。

玄武门城楼：一揽小月对湖波

说起古都，便不能不提六朝古都南京。

朱自清在他的散文《南京》中写道："逛南京像逛古董铺子，到处都有些时代侵蚀的遗痕。你可以摩挲，可以凭吊，可以悠然遐想；想到六朝的兴废，王谢的风流，秦淮的艳迹。"

此刻，我要捡拾欣赏的"古董"，算来却不过百余年历史，便是南京明城墙上清末增辟的城门之一——玄武门。

玄武门修建于清光绪三十四年（1908 年），原名丰润门。之所以想在这里将它提上一提，实在是因为这城楼的意义与作用非比寻常。它建立的初衷一非防御、二非防洪，不过是为了配合"南洋劝业会"的开展，方便中外来宾游览玄武湖罢了。如此可见，玄武门的修建，大概也沾着当年南洋劝业会振兴近代工业、"开通民智""引领风气"的积极作用的荣光。而彼时玄武门的开辟，同样也"标志着玄武湖正式成为近代历史意义上的公园"——因此，这玄武门也很值得好好品评一番。

我过玄武门的时候，正值一季冷冬初开始的时候。天色不甚明朗，有蒙蒙细雨作伴。玄武门被笼罩在一片冷寂之中，可这冷寂恰好成了一块独特的背景板，将城墙的斑驳、城楼的秀雅反衬得恰到好处。

那一段城墙，始建于元至正廿六年（1366 年），完工于明洪武廿六年（1393 年），其长度、规模、保存完好程度堪称世界之最。在秀丽的城楼之中，厚重的城墙更显稳重。

偏这稳重也不是绝对的。玄武门的美，美在融合，和谐而又灵动。或者，它兴建的出发点就注定了这种美的存在。城墙上开三孔券门，斑驳中突兀出一种清浅的银灰，又饰以云纹，忽而将这一段明城墙从军事防御的沉闷与死寂之中拉扯出来，画面离奇地呈现出一种跳脱的活泼之感。而那高高的城墙之上，一段“风雨桥”从天而降，那飞起的两亭青檐、赤柱、金栏，透过木窗精致的雕花，似乎可以望见一种雨过天晴的色泽。这一切，衬托着飞翘的屋檐、轻巧的亭顶，瞬间让那一截城墙鲜活起来了，灵动得如同一位绝世美人，分外有一种活泼的美丽。

拾级而上，越过这一截沉默的城墙，南京城最美的风光扑面而来。玄武湖近在咫尺，那些山水自然、都城绿林冲入眼帘，仿佛古今多少事，都触手可及。

偏那冬雨未停，阴霾之下、冷风之中，风景多少带着肃静，水墨一般地铺陈、氤氲，远山的背景模糊不清，近水的色泽却格外清晰，树木是干枯的乌青，屋顶是淡定的墨痕，恰好一幅水墨丹青的模样，堪称“烟云渺渺水茫茫”，正是“名目胜境，掩映如画”，也不枉南唐大臣冯谧想将这一湖美景占为己有了。

这是一个经由风化剥蚀发展而来的命运多舛的湖，这是一段尽得山川之利、江湖之势、看尽波折的墙，却偏偏遇上了一座“想看风景”的城楼。

手揽后湖月，闲对湖上波。

于是，世事变迁便如白驹过隙。沧桑终是从前了，变故也都是从前，唯独眼前的风景亘古不变。一切仿似一场梦醒，唯有这玄武门城楼，还抱着初心。

平遥古城楼：明月清风任往回

我只去过平遥一次。

在我还有能力冲动的时候，为了一场狼狈的爱情，说走就走。

说来好笑，彼时年轻，还坚定不移地相信着爱情。遇见一个人，也敢于义无反顾地陷在那些虚妄的甜言蜜语、海誓山盟里，待着一颗心捧出了热血，迫不及待要踏进有他的未来，方知道那人手机里还藏着一个更为真挚的梦。

这个梦，就落在平遥。

我亦冲动，就这么背包前往。

那是一个寒冬，风冷得彻骨。

夜幕深沉的时候，我抵达平遥，住进一栋古色古香的客栈。那是个寻常的四合院，布局却极具晋中特色，天井、古窗、廊柱，连雕花都显现着浓郁的地方风格。屋外寒风仍旧呼号，窗上手剪的窗花那么鲜亮。透过木质的朱红色窗棂，火红灯笼飘摇的光蚕食着漆黑的屋檐，偶尔也有整点敲过的钟声缓缓踏过街巷。这一切静谧如斯，只有铜壶里煮开的黄酒汩汩作响，冷夜里散发出生姜和红枣的香气，温暖又醇厚。

几乎就在那一瞬间，我开始怀疑这追寻的目的。

次日微雪，我一人流浪在平遥古城。

那些城墙、城楼、县衙、镖局、日昇昌、城隍庙，都是属于平遥的特殊符号。行走间，青砖灰瓦、飞檐雕壁，入目也有些蜿蜒的街道、林立的商号、旧窗的雕纹清晰可见，金色的匾额无处不在，一一渗透着古朴的模样。我就这样一路走着，邂逅悠闲的旅人，邂逅精明的商旅，然后在斑驳的城墙、高大的城楼前，静默不语。

从凤仪门入城，顺西大街至城区中心，再沿北大街往拱极门，并无目的，只是闲逛。或者得益于这阴霾的天色，古城多了些寂静。细弱的雪花偶尔飘洒，未及地面便已经消失得无影无踪。游人稀少，商人便分外懒散，这时越发显得岁月静好。我竟不敢大声呼吸，生怕一个唐突，断了这一截穿越古今的梦幻。

古人云："无事莫凭栏，凉风侵骨易摧残。"

但我还是喜欢城楼。喜欢那些高居在城墙之上的，以防御者的姿态傲然挺立的城楼。居楼上远观，岁月剥离了青砖的颜色，暗淡天色更显得土黄的墙体异常苍茫。而城楼稳稳居于其上，相比于古城内风格鲜明的商号，城楼的模样更加古朴。相比于城池的繁华淡泊，从战争中走出来的城楼，又格外带着些厚重。

我知道，这是世间难遇的一座古城。与它相比，这世间一切的变迁都那么微不足道。

平遥始建于西周宣王时期（公元前 827 年 ~ 公元前 782 年），单是沉淀在其中的两千多年的光阴便已经无可比拟。岁月更迭，古城亦历经变迁，至明朝初年建设城墙，明洪武三年（1370 年）重筑扩修、全面包砖。以后景泰、正德、嘉靖、隆庆和万历各代共进行过十次的补修和修葺。至于城墙上的六座城楼，则大多创修于明代。清康熙四十二年（1703 年），城墙补修重筑，方有了如今的模样。

你能想象吗，我足下的这方城池，承载了两千七百多年的历史！岁月荏苒，那些青砖砌成的城墙早已斑驳，那些朱红雕琢的城门也早失颜色，就连市楼下的金井亦已干涸，只有那些长久矗立的高高的城墙，以及比城墙更高大的城楼，还在那里，于时光深处、于风雨之中，固执而坚持。即便当初城墙上披甲执锐的兵将早无处觅踪，现如今，只有慕名而来的红男绿女用"长枪短炮"的摄影器材惊扰着厚重的城墙及高高的城楼，走马观花地喧嚣而过。可那又如何呢？平遥还在这里。

下午时分，古城中音乐大作，静谧沉默就这么被打破。

几千年前的光阴，如白驹过隙。昔日的繁华也留不得，昔日的鏖战也寻不得。相比于这古城，我们不过是个旅人。那些行色匆匆的探访，也不过是一场浮躁的消遣。古城却一直宽和，始终包容着我们的唐突，也聆听着我们的足音。

两千七百多年是岁月给予平遥的成全。最终，这古城没有倒下，没有坍塌，没有损毁，一寸寸的积累，一段段的沉淀。

果真唯有时间会懂得爱，唯有时间能成全价值。即便此时此刻，物是人非，仍旧可歌：从今谁主争雄地？明月清风任往回。

于是，我不禁在想：时间面前、历史面前，人类何等渺小，更何况情爱？寻常事物，何须强求眼前？不如潇洒地走吧。

不要错过平遥，那是时光送给我们最美的礼物，也是历史送给我们最直接的自省。

广济门城楼：水天接处万峰来

在广东省有一个地级市，叫做潮州。

谈及此地，贪爱美食的人大概已经开始为闻名遐迩的“潮州菜”大流口水。只是今天却要抛开美食，说一说潮州名城的标志性建筑——广济门城楼。

潮州历史悠久，人文厚重。据历史考究，早在五千年前便有人定居于此。经年变迁，历代发展，这里又酝酿出古城八景以飨世人，所谓“鳄渡秋风”“西湖渔筏”“金山古松”“北阁佛灯”“韩祠橡木”“湘桥春涨”“凤凰时雨”“龙湫宝塔”等，而潮州的建筑风格又格外绮丽，《清府县志》载：“雕梁画栋，池台竹树，必极工巧。大宗小宗，竞建祠堂，争夸壮丽，不惜赀费。”由此可以看出，昔日的广济门城楼必定也是华丽旖旎。

想来，相比于关隘城楼的肃穆、古都城楼的富丽，这源自历史文化名城的古城楼便更多了些生活气息。若要拟人来比，关隘城楼为将，古都城楼为王，这古城城楼大概便是士，自有一番雍容之度、从容之心、迤逦之态。

广济门城楼始建于明洪武三年（1370年），原称“广济楼”，也称“韩江楼”，在潮州，人们更习惯称之为“东门楼”。此门列潮州古城七门之首，襟江控岳，护邑镇桥，最是巍峨壮观。它是潮州名城的主要标志，也是潮州市北堤城堤的重要关闸。远观广济门城楼，见其置于高大坚实的城台之上，宫殿式三层歇山顶阁楼高大秀美，拱门中开，既深且阔，城楼由木石柱衔接支撑，四面环窗流丹，檐顶青瓦含黛，蓝琉璃映日生辉，雕梁画栋、飞阁流丹，别有一番气势。

广济楼久经风霜，历经数次维修。除了一些零构件，城楼主体大多不复存在了。倒是复原广济门城楼时采取了“落架重修”的方式，将老楼遗存的零构件按原位安上了，多少安抚了我这寻旧的心。后来我又听闻，广济楼城楼上那段明代留存的城墙，是被崭新的城墙覆盖了，便分外觉得有些无奈。

说到底，我们拜访那些古建，所期待的不过是触摸岁月华光，每每偏逢重修、复建，即便明知是遵循“修旧如旧”的原则，是依据历史画册、详细考究，是邀请专家学者严格把关，也总觉心存遗憾，不甚如意，终究还是不如真切地去触摸断壁残垣来得酣畅痛快。毕竟，古法做出的琉璃惊艳传世大受追捧，而现代工业批量生产出的不过是玻璃而已，其价值岂不是大打折扣?

想起彼时我路过潮州，正住在牌坊街里，进进出出都能看见广济楼，附近景点又多，城楼对面便是著名的广济桥。登楼四望，景致动人。寒水滟涟，碧波轻荡，长桥卧波，远山如黛，偶也有船帆点点，时可见浪花拍岸。楼内楹联“万峰当户立，一水接天来”，大概便说此景。每逢夜幕降临，天色还未曾黑尽，小月已然临空，城楼上灯火阑珊，楼前广场上冒出许多摊点，汽车、摩托车、电动车、自行车、行人，种种往来，沸腾满天，瞬间就闹起了满目的烟火气，这便是生活的本身。

不由去想，经年前的广济楼，所目睹的是否也是这样的人生?简单却真实，淳朴又自然。想到这里，便也对重建之事释怀。历史是在发展前进，时间留一座残楼供我们凭吊缅怀，我们又留什么给后人瞻望想念?毕竟，要将我们与这城楼一起放在历史的长河中去荡涤洗礼，方能鉴出真章。

故此，登临广济楼，便记住这错失过往的悲痛与创造历史的责任罢了。

巍山拱辰楼：无那尘缘容易绝

2015 年 1 月 3 日，当人们还沉浸在元旦小长假中时，巍山的拱辰楼却陷入一片火海，六百年古楼，付之一炬，难觅踪影。

这消息于我无异噩耗，一时竟怔忪难言。

毕竟，我也曾在拱辰楼上沾沾自喜地迷恋过一杯茶。

那是我第一次去大理。沿着滇西高原的崇山峻岭一路向南，猝不及防地闯进了巍山古镇，然后瞬间迷失在那个不起眼的、湿漉漉的雨季。摆脱了忙碌的工作、琐碎的生活，就这么漫不经心地将自己埋葬在巍山的沉静淡然里，在一街一巷中慢慢萌芽。仿佛是一只刚刚出土的泥坛，浊酒被倾尽，泥壁被沾染，原本渴望灵魂被荡涤洗礼，却发现在巍山那一片安静原始的古色古香里，我甘心做回一捧泥土。

心满意足，如痴如醉。

红河源头的巍山，是南诏国的发祥地。早在唐初这里就有村舍，至元代段氏总管在此建筑土城，又到明朝正式建城，算来已有六百余年了。时至今日，巍山古城仍保存着当初建城时的格局，“井”字结构的街巷围绕着拱辰楼，纵横交错，古朴动人。

我至巍山时，拱辰楼已被辟为茶楼。

以一杯茶的温度，无限贴近光阴。

拱辰楼始建于明代洪武二十三年（1390 年），至明永历四年（1650 年）改建。巍山古城静谧古朴，显得这拱辰楼分外厚重安稳。砖砌城台上，重檐歇山式的城楼如同疏朗的泼墨画，古朴端庄、稳重简练地勾勒在蓝天白云之下。楼下一片古建相连，檐角的雨滴滴答答落下，那市井间的烟火气都显得淡定从容。

于城楼上俯瞰古城。只要一杯茶，就可以将远山近水、目下的古城、泛黄的历史，甚至风月中的大理段氏一一串联起来，化成一袭旖旎的美梦。也不知那古朴的城楼、古旧的街巷，是否留下了光阴的烙印。但见街口上守着小吃店闲坐的女子，阶前俯卧的懒散黑猫，顶着野草的黛瓦屋顶，探出一色花香的斑驳土墙……这一切，是拱辰楼一日日目睹的时光。而摒弃这全川村落、万家灯火，可见远山层叠，古塔静谧，更有瓜江垒玉、苍山积雪，这些景致一一入目，足以让这一杯茶醉人心扉。

故而我是真的陶醉过。仿佛只是如此，便饮尽了千古风月。

拱辰楼火灾的原因，是电气线路故障，又因消防车道堵塞，延误救援。这样的理由，实在让我难以释怀。“雪崩时，没有一片雪花认为自己有责任。”可事实上，倘若不是我与众人贪恋着那一杯茶里的风月，拱辰楼是不是还有机会逃过这一劫难?

是的，我能接受传世的古建毁于战火、泯于天灾，我能理解那些建筑的砖瓦琉璃、木椽廊柱渐渐磨损消失在历史长河之中，却无法接受那栋完整保存了六百余年的古城楼就这么毁于一场“电气线路故障”引发的火灾。

拱辰楼的美，我还未看尽。

不记得是谁说过：一个城市大深大细之美，只赐予那些与它日日相守的人；匆匆一瞥的过客，什么都得不到。

是的，我只是个过客。可我却要长久地忏悔，为那一杯茶的伤害。

无那尘缘容易绝。漫漫岁月，长河无边，我再无可能邂逅那座明朝的古楼。

这惩罚，刻骨铭心。

第二章

驻马西桥，回车南陌

——10座不可错过的古桥

中国是桥的故乡。

比起城楼的伟岸坚实，桥，无疑是温婉旖旎的。

《说文解字》曰：桥，水梁也。

在中国，桥绝不单单作为道路延伸而存在。它以建筑的姿态，传承着历史印记，凝聚着生活智慧，展现出不同寻常的艺术特色和地域文化。这些桥，横卧在水面之上，扎根在历史文化之中。古往今来，多少脚步匆匆，只有它，默默承载着亘古的情怀。

桥的美，从不拘泥于一种形式。

它入目为画，入心为诗，只流水一声应和，便是一曲别样的笙歌。它有着坚韧的躯体，柔美的姿态，有着顽强的生命力，亦有着灵透的心肠。

于是，波光柳色碧溟蒙，曲渚斜桥画舸通。

便有一种豪情，叫作“红雨随心翻作浪，青山着意化为桥”；有一种繁华，叫作“宜城酒熟花覆桥，沙晴绿鸭鸣咬咬”；有一种想念，叫作“二十四桥明月夜，玉人何处教吹箫”；有一种寂寥，叫作“枯藤老树昏鸦，小桥流水人家”；有一种天涯孤旅，叫作“鸡声茅店月，人迹板桥霜”……

故此，你可错过风花雪月，可错过山川湖泊，却不能错过那一道道长虹卧波、架海金梁。

卢沟桥：触景哪忘黯尔情

知晓宛平城西的卢沟桥，先是在课本上。

它是语文书上“数也数不清”的狮子，是历史书上的“七七事变”。

带着这些印记，我于一个晴朗的六月，走近“一桥一城一馆一园一湖”的卢沟桥文化旅游区。

坦白说，我并不喜欢这个名字。即便我深知冠之以“景点”的名义，是为了更好地保护和传承，私心里仍不免腹诽。似乎一旦那些古老建筑被剥夺了原有功能、被添加了专供观赏的框定，就平白沾染了世俗之气，少了可供交流的灵韵之美。

说到底，来往过客匆匆，旅人观者无数，那些扛着长枪短炮、举着手机相机拍照留念的人们，真正怀揣一颗“懂得”的心参观的，又有几人？这如何不是它的寂寞？

可当我走过晓月湖，眺过永定河，看过宛平城，真正踏足卢沟桥的时候，却忽而察觉到此前的想法未免偏于“狭隘”。

文化的传承似乎是古建筑第一要务。卢沟桥也不例外。那立在桥头两侧的石碑——康乾重修卢沟桥碑、卢沟晓月碑、《察永定河诗》碑，虽年代久远、字迹模糊了，但仍能展示给我们一种古旧的印痕。难得“卢沟晓月”碑上二龙戏珠图案仍旧清晰，盘龙、波涛、山石、云海的雕刻精细动人，依稀能见当年模样。

卢沟桥上石刻精美。桥身的石雕护栏上设有281根望柱，柱头刻莲座，座下为荷叶墩，柱顶刻有众多的石狮。所谓形态各异、神形俱备，由此可见一斑。明代刘侗、于奕正编著的《帝京景物略》中道：“桥二百步，石栏列柱头，狮母乳、顾抱、负赘，态色相得，数之辄不尽。俗曰：鲁公输班神勒也。”那些大狮子或傲然蹲踞石栏，或悠闲俯卧，或仰首静立，或肆意嘶吼，或喜不自禁，或怒目生威，实在是形态逼真，活灵活现。至于小狮子们，则大多依附在大狮子身上，雕刻得妙趣横生。这群顽皮的小家伙，几乎要将大狮子们视为游乐场了：趴在背上、伏在头顶、挂在肩侧还不满足，还要去叨着耳朵，衔着铃铛……当真精美绝伦。沉浸其中，听身边人欢声笑语，看河上风光无限，竟也是别一番享受了。

可这世间哪里有完美？偶尔也见斑驳的枪弹痕迹，也有石狮残缺不全、新增修补，还有那桥面凹凸不平的印迹，瞬间便将我们从那欢愉的美感中拉进了历史沧桑，回到那场不可回避的战争之中。那是1937年7月7日的夜晚10时，天已是黑得彻底，墨一般的黏稠。就在这座赏月的卢沟桥边，寻衅的日军发起了侵略我国的“七七事变”，凝神间，依稀还能听见昔日的呐喊：“平津危急！华北危急！中华民族危急！”仿佛听见战火中“卢沟桥即尔等之坟墓，应与桥共存亡，不得后退”的响亮声音……

这对比过于鲜明。

极致的安和遇见极致的动荡。

绝对的美景遇见残酷的战争。

卢沟桥绝不仅仅是一座桥，它分明是一座躺着的丰碑，有过扼守京城的坚定，也有过车船辐辏的喧嚣，接受过康乾皇室的称赞夸颂，也承载着战火硝烟中的血泪洗礼。它的坚韧与淡定绝非与世俱来。在它横卧的姿态中，写尽了人生百态，渗透了悲欢离合。那些凹凸不平的石板里有岁月给它的沉稳，那些形态各异的石狮中有荣辱之后的淡然。

这样的卢沟桥，又怎会在意是否有人懂它？

时光的积淀、岁月的磨砺给予它厚重包容，沉默警醒。

那么，请铭记这一段碰撞，珍惜目下所有。

赵州桥：谁到桥头问李春

与卢沟桥一起从课本中走出来、根植在我们记忆中的，还有赵州桥。

这是一座满载荣耀的桥，它的存在本身就是一个异常辉煌的符号。

赵州桥始建于隋朝年间，距今已有一千四百多年的历史。它是世界上保存最完好、最古老的一座单孔大石桥，被美国土木工程师学会选定为世界第十二处“国际土木工程历史古迹”，它的建造工艺精巧绝伦，“制造奇特，人不知其所以为”，堪称我国桥梁建造史上里程碑式的作品。

时至如今，在人们心中，赵州桥仍以“中国第一座石拱桥”的姿态，宣示着无数次洪水冲击、战乱侵袭、自然灾害后的安然无恙、巍然挺立，成为人们心中异常荣耀的丰碑。

我是一心去参观那座“初月出云，长虹引涧”的赵州桥的，只是缘分不到，我去得并不巧。

那是一个冬日清冷的早晨，雾霭若隐若现。洨河寂寞，河滩裸露，白冰浅薄。岸边树木寂寥，枯木干枝，不见碧色。赵州桥就这么干站在一条枯河之上。

赵州桥仍是美的，古朴之中自有一种流畅的温润。正如《石桥铭序》中所说的，建造者李春首创的敞肩拱结构特色鲜明，“蹙两涯，嵌四穴，盖以杀怒水之荡突”，其匠心独具，成全古桥奇美，难怪古人会提出“水从碧玉环中过，人在苍龙背上行”的诗句。我虽无缘亲眼见这桥与水应和出长虹饮涧、玉环半沉的姿态，但终究是看到了桥面上的柴王爷的石沟、张果老的驴蹄痕。

立于桥头，莫名就想起清代饶梦铭的《安济桥》：“谁到桥头问李春，仙驴仙迹幻成真。长虹应卷涛声急，似向残碑说故人。”

是的，我也想问一问李春：赵州桥青灰色的石面太新了，那一千多年的光阴去哪里了？

这形与神的不相称，多么令人心酸。

我自是知道，赵州桥自建成至今，一千四百余年之间历经多次磨难，这其中十次水灾、八次战乱和多次地震，哪一次不是生死的考验？走过这一次又一次的维修，现如今，从内部结构到外观，赵州桥早已“焕然一新”。梁思成抱憾，说：“直至今天，我还是认为把一座古文物建筑修得焕然一新，犹如把一些周鼎汉规用擦铜油擦得油光晶亮一样，将严重损害到它的历史、艺术价值……这不能说不是一个遗憾。”

赵州桥可以说是“修旧如旧”的典范，重修后的桥体尽可能地保存着它曾经饱经风霜的外貌。但工艺更改了，用料新购了，石刻新制了，赵州桥的“美中不足”，怎么能不令人遗憾？而我们在铭记那些属于赵州桥的种种荣耀的同时，无情地忽视这些“美中不足”，岂不更令人遗憾？

此时《小放牛》一遍又一遍地在耳边响起：

“赵州桥什么人修？
玉石栏杆什么人留？
什么人骑驴桥上走？
什么人推车压了一趟沟？
……”

想起铃木大拙《禅佛教论集》中的一个故事。

有僧访赵州，问：“久响赵州石桥。到来只见略约。”

师：“汝只见略约，且不见石桥。”

曰：“如何是石桥？”

师曰：“度驴度马。”

如此，一声长叹。

看着眼前以景点之名存在的“赵州桥”，若还要闭上眼睛感叹它是“留住记忆”的“真正风景”，那也实在可悲了。

在历史长河之中，每一个决定都会留下它专属的痕迹。好也罢，坏也罢，终会走到结局。

而赵州桥之于我，是越遗憾越怀念。

这心思，历久弥坚。

广济桥：碧空云尽水迢迢

广济桥特别适合远观。

夕阳西下之际，夜幕降临之前，一路从古色古香的牌坊街走来，不必醉心那些横跨路面的四柱三门的硕大牌坊，只管往广济楼而去。

你只需漫步登上城楼，俯身凭栏，在城市的灯火醒来之前，满怀深情地看一看广济桥。

广济桥是值得你深情以待的，再没有什么地方会将山水楼台、天地风物糅合得这般自然而又完美。

以至于每每观望，我都会想起——远山如梦。夕阳渐渐隐于群山，那些绚丽的色彩温柔地变幻着，自曚昽的群山之巅蔓延开来，沉沉地铺于蜿蜒而来的韩江，正是“半江瑟瑟半江红”的模样。江上，广济桥动静相宜、卓尔不凡。桥墩悄然出水，一字延伸，桥墩上亭台楼阁种种不一，联阁重瓴、飞檐反宇，分别以奇观、广济、凌霄等为名，有“廿四楼台廿四样”“一里长桥一里市”之美称，恰恰应了那句“五步一楼，十步一阁”，分明是目不暇接的模样。

若只单单如此，广济桥怕还不足以名动天下，位列中国四大名桥之中。说到底它的风流婉转，还在于它“十八梭船廿四舟”的建筑形式。源于古代工程技术上的广济桥勾连陆地的亭桥，以一段轻巧的浮桥相连。反倒以一种缺憾的方式，显现出一种灵动变化的美。有了浮桥，广济桥不单调、不死板、不生硬、不遥远，绝不是架在江上的死物，它是活的：十八梭船，可开可闭，拆开时可通航、泄洪，闭合时可交通行走，最是风流。于是，便有南宋诗人杨万里题诗云：

（一）

梅边楼阁海边山，银竹初收霁日寒。

看着南州奇观了，人间山水不须看。

（二）

玉壶冰底卧青龙，海外三山堕眼中。

奇观揭名浑未在，只消题作小垂虹。

广济桥集梁桥、浮桥、拱桥于一体，几乎是一个孤例，在我国乃至全世界的桥梁建筑史上绝无仅有。难怪我国著名桥梁专家茅以升先生将它誉为“世界上最早的启闭式桥梁”。我倒觉得，这并不是什么美誉，而是一个正确而又鲜明的定位罢了。

待暮霭生深树，自城楼信步而下，缓步登桥，便又是一番景象了。

只有一寸寸地丈量了广济桥，走过了亭台楼阁的精巧绝伦，看过了琳琅满目的楹联亭匾，走到“十八梭船”的时候，才会格外觉得真实。那是一种缓缓的觉醒，从灯火阑珊之中、从繁花似锦之中、从雕栏玉砌之中，一步踏回了烟火世俗。江上风起，舟上轻摇，远山肃肃，近水轻轻，那些不属于历史缤纷的霓虹摇曳多姿……长龙戏水也好，复道行空也罢，这桥有一场梦、亦有一场梦断，有一场高屋建瓴，亦有一场低入尘埃。

在这一刻，广济桥是梦想与现实的握手言和。

杨献臣在《广济桥赋》中写道：“水面平铺，类鼋兽之浮巨浸；波心横卧，若螮蝀之驾汪洋。”想来，这高与低、静与动、灿烂与隐晦的对比亦在他眼中心底。

时至中华人民共和国成立前夕，广济桥已是残破不堪，2003 年全面维修，2007 年方竣工面世。

从历史中走来的古桥，最终还是新了。而新桥面世之时，其功能同样被定位为旅游观光步行桥，便多少觉得有些无奈。总觉得广济桥的美，并不仅仅在于美的本身，更在于它其中所蕴含的过往时光。

于是，我愿意静心等它，更期待在时光里有一番新的邂逅。

洛阳桥：跨海飞梁叠石成

我这一辈子走过许多地方的路，行过许多地方的桥，看过许多次数的云，喝过许多种类的酒，却只爱过一个正当最好年龄的人。

沈从文致张兆和的情书中说了这么一句。美好得赛过古往今来所有关于爱情的传说。

也不知为何，当我站在洛阳桥边时，忽而这样呢喃。仿佛洛阳桥正是那个我爱着的“正当最好年龄的人”。

这是一座奇迹般的桥。

洛阳桥原名“万安桥”，由北宋泉州太守蔡襄主持修建。工程自皇祐五年（1053年）起，至嘉祐四年（1059年）全部完成，前后历时七年之久。它虽名为“洛阳”，却地处泉州。曾有史料记载，唐朝初年，大量河洛人士南迁闽南。故土难离，这些跋涉的离人，亦在辛苦寻觅一个心灵归所。我无从考证彼时泉州的山川是否相似洛阳，却坚信长久的思念足以让人看朱成碧。此洛阳非彼洛阳，但故人扎根繁衍，势必带来传承，这传承表现于名字、扎根于文化。

早在洛阳桥修建之前，此地便有万安渡口。中华两千余年封建历史，农业始终在经济发展中占据着绝对主导的地位。但在宋朝，商业税收却首次超过了农业税收，可见彼时商业发展何等鼎盛。时至宋元，东、西方被一条兴盛的海上丝绸之路联系在一起，泉州正是它的起点，更是北宋最大的商港之一。今日不见踪影的万安古渡，即便“水阔五里，波涛滚滚”，也常见商贾往来、舟船忙碌，那些经由商业而产生的实实在在的利益，促使万安桥取代了万安渡口。

这是个奇迹。

古时的洛阳桥，长三百六十丈、宽一丈五尺，有一石、一坊、一阁，二镇风，三城，四介士，五井，六朝，七亭，八景，九塔，十三进万安桥院，二十八兽（宿），四十六墩，八十一菩萨，三百六十丈，五百栏杆。在这漫长的八百多年的岁月更迭中，洛阳桥先后经历了十七次修复，仍保存着昔日坚韧美好的模样，当之无愧是我国现存的年代最早的跨海梁式大石桥，开创了世界桥梁“筏形基础”的开端。

不得不佩服古人的智慧及匠人的精巧。他们在洛阳江的惊涛骇浪中，以船载着大石块沿桥梁中线抛下，在汹涌的江底铸成一道矮石堤，再于堤上搭建桥墩。那些桥墩用长条石交错垒砌，形成船儿般两头尖尖的模样。这种船形的桥墩能够很好地顺应水涌潮势，将河水巨大的冲击力化为无形。这种“筏形基础”建造方式对我国乃至世界造桥工程都是一个伟大的贡献。而在铺桥面时，人们又采用“浮运架梁法”，巧妙地利用海潮涨落的高低位置架设石板。最有趣的是，匠人们还首创了“种蛎固基法”，即在基石上养殖牡蛎，把桥基和桥墩石胶合凝结成牢固的中流砥柱，这简直堪称世界上把生物学应用于桥梁工程中的先例。

这亦是奇迹。

如今，我站在桥头硕大的榕树下观景。洛阳江浮沉苍茫，并无清澈婉转之色；石桥坚韧沉默，亦无旖旎优美之态。偏就是那些硕大石块中传递的古朴，令人恁般动容。在洛阳桥南，有蔡襄祠，中亭有《万安桥记》碑刻。寥寥百余字，将洛阳桥建设的来龙去脉诉诸笔端，文章精练，书法遒劲，刻工精致，谓之“三绝”。待一步步走过那些斑驳的青石板，将那些石亭、石将军、石经幢、石牛一一看过，路过一望无际的红树林，再回首时，方觉“潮来直涌千寻雪，日落斜横百丈虹”，这桥的美，那么珍贵。

八百年了，洛阳桥仍然矗立着。在我国四大古桥之中，它是唯一一个没有被定义为“景点”的古桥。它还在以桥的姿态行使着桥的使命。那些粗重的青石板刻满历史的痕迹，亦印满今人的足印，在沟壑纵横之间，有近千年的历史风霜，也有嬉笑怒骂的今日生活。

洛阳桥，它渡往来乡里，渡匆匆旅人。

或者，也渡着它自己。

程阳桥：人间奇迹程阳桥

卞之琳的《断章》中说：“你站在桥上看风景，看风景的人在楼上看你。明月装饰了你的窗子，你装饰了别人的梦。”

这样清雅的句子，字字珠圆玉润，读来唇齿留香，正适合在程阳风雨桥来体会。

若说一个“古”字，程阳风雨桥实在算不得多么古旧。它始建于 1912 年，相比于四大名桥的历史与底蕴，程阳风雨桥更似一个娇俏的女子，身姿优雅，性情活泼，分外有种灵动自由的秉性。远观也好，近赏也罢，总能令人心旷神怡。

但若细数，程阳风雨桥亦不容小觑，千真万确是声名在外、系出名门。在侗寨众多的风雨桥中，程阳风雨桥是保存最好、规模最大的一座，其形制优雅，建造讲究，桥坚实、塔优雅、亭秀丽，被称为世界十大最不可思议桥梁之一，又与赵州桥、泸定桥，以及传说的“罗马尼亚的诺娃的沃桥”并称世界四座历史名桥之一。

这声名远播、闻名遐迩的劲头还真是令人咋舌。

只是当你走近程阳桥，便会真切地发现，“声名”于它而言不过浮云。围绕着程阳桥，但见远山缭绕、葱茏温和、近水旖旎、清澈悠闲，那些梯田层叠相连，水色莹润、禾苗细嫩，山野绿草茵茵，树木成荫、篱落疏疏。那些纯澈的风景与娇柔的绿色一起，浅浅地吻上眼眸，美好得令人不忍眨眼。而吊脚楼深色的屋顶在青山中若隐若现，古朴沉稳得好似含笑的长者。那些房屋，或依山而建，或傍水而居，古木黛瓦，翘角宽檐，独具特色。透过雕花的小轩窗，常有花木探窗而来，素素清风间，有暗香迎门。

这一切，真让我想不起俗世的浮名，只愿安心做一个暗恋着程阳桥的痴者，管他谁人来往，管他哪个去留，就悄然于桥下河边，寻一处静谧之所，听河水潺潺，看水车流转，听风声鸟鸣，沉醉在它晨时初醒艳阳下，也痴缠在它暮时沉睡青山里。

程阳风雨桥，又叫永济桥、盘龙桥，作为风雨桥中的典型代表，它集桥、廊、亭于一身，风姿独特、刚柔并济地立在林溪河面。作为桥，程阳桥是扎实坚固的。它坚实的桥墩扎根水土，分明是一种义无反顾的姿态，它擎起桥上小亭，却又多情得如同母亲宽厚的掌心。作为亭，它是风姿绰约的。与北方常见的建筑不同，风雨桥的亭阁重檐高翘，层层而上，形似宝塔，格外有一种展翅欲飞的轻盈和灵动。作为廊，它是精细华美的。当我们踏在“咯吱”作响的木板桥面，路过售卖民族服饰的摊位，便可清晰地看到桥的壁柱、瓦檐，雕花精致，刻画婉约。难怪香港学者陈茂祥到三江后忍不住将此地视为“桃花源”，并写道：“不到三江恨不消，避秦早应学侗瑶。蓬莱未必真仙境，人间奇迹程阳桥。”

程阳桥的自然风光，是承载了天地气韵的，而那些古朴的建筑，又蕴含了岁月的真意。仿佛只需要这一座桥，便可将世俗纷扰都摒弃在外，你所需做的，不过是“晨兴理荒秽，带月荷锄归”，又不过是“山径摘花春酿酒，竹窗留月夜品茶”。

岁月或许也偏爱着程阳桥，那些属于它的时光，连同山水田园、侗乡风月一起温和柔软。或者，每一座桥的故事都不尽相同，每一座桥的使命也都各不相同。程阳桥的使命，就是让我们“放下”，也未可知。

你须得知道，怀着怎样的心境，便可看到怎样的风景。观天地山水、古今建筑，不过都是窥测心境、审视自我罢了。若心不静，幽居深山也罢，隐没古刹也好，终究都不能安和。

那么，就好好珍惜程阳桥给予我们的这一寸风光，放下世俗杂物、人事纷扰，偷得浮生半日闲，且自欢愉。

鱼沼飞梁：枕山际水画中见

出太原城，往西南行二十五公里，有山名曰“悬瓮山”。山上有泉，谓之晋水。山上有祠，谓之晋祠。山野之中，环境清幽、古木林立，又隐藏着殿堂楼阁、亭台桥榭，若寻一个人少的雨季，一头扑入其中，就恍如误闯一处仙境。

《史记》中有个“剪桐封弟”的故事，讲的正是晋祠的“主人”——姬虞。西周时期，年幼的成王姬诵将一枚桐叶剪成玉圭形，分封幼弟姬虞为唐国诸侯。长大后，姬虞果然被分封唐国，他勤于政务，造福一方，颇受百姓爱戴。后人为缅怀他的功绩，修祠堂以祀奉，这便有了晋祠。

晋祠于北宋天圣年间（公元1023～1032年）重建，历朝历代多受推崇。行走其间，但见古柏苍翠，流水潺潺，又可见唐朝的石碑、宋朝的殿宇、辽金的屋室、元朝的彩塑、明朝的戏台、清代的庙宇，千年的文明都凝于其间。而细数晋祠之中的三宝、三绝、三匾，最想说的，反而是“鱼沼飞梁”。

可若深究，“鱼沼飞梁”之名，不过是最直白浅显的描述。

晋祠中多水，桥下河、亭中井、路边溪，比比皆是，鱼沼便是晋水三泉之一。古人以池沼泛指天然池塘，又以“圆者为池，方者为沼”加以区分。晋时潘岳的《闲居赋》，便有“池沼足以渔钓，舂税足以代耕”的说法。“鱼沼”之名，不过是说这一方水池多鱼罢了。方沼上，架一形制奇特、造型优美的十字形桥，东西连通圣母殿，南北横跨鱼沼，大有巨鸟振翅之姿，古人常称“架桥为座，若飞也”，又云“飞梁石磴，陵跨水道”，故名“飞梁”。

有人说，晋祠虽始建的年代久远，圣母殿、鱼沼却是北宋重修时的产物，故“鱼沼飞梁”建成之年难考，可郦道元的《水经注》中，分明有“枕山际水，有唐叔虞祠，水侧有凉堂，结飞梁于水上”的记述。可见“鱼沼飞梁”距今至少有一千五百多年的历史了。在我国古代桥梁中，这种十字形设计的水陆“立交桥”，鱼沼飞梁又是一个孤例，放眼世界独一无二。梁思成先生称：“此式石柱桥，在古画中偶见，实物则仅此孤例，洵属可贵。”

雨季清幽，晋祠之中更见古朴，那些凝结在其中的岁月更迭，竟一时间湿漉漉地清新起来。就连圣母殿前的鱼沼飞梁，也分外多些“文艺范儿”。单单是从南至北的一次行走，便好似从这巨鸟的此翼走到了彼翼，每一步都带着些欢喜。那些古木森森、亭台幽静，都在凭栏时候，化在雨水荡开的波纹里。和润的雨色，让静止的桥多了灵动的气韵。于是，我更加深信，每一样用心的建筑都是带着诗意的。那些伟大的建筑家和匠人们，心中必定藏着一颗诗心、住着一位诗人吧？这鱼沼飞梁何尝不是建筑学上最为精彩的一笔？诗意、美学结结实实地凝结在这实用的桥梁之上，铸就一段建筑史上的绝唱，成全一段可歌可咏的风景。

有太多形色匆匆的旅人在这秋雨寒色中匆忙而过。导游千篇一律地讲解，行人浮躁急促的姿态，几乎成了“旅游”的通用注脚。

有时我亦觉得，桥无处不在，景无处不有，生活中的美随处可寻。于桥而言，古物也好，新建也罢，各有各的风姿，涓涓细流上可见娇俏身影，汤汤大河上可观磅礴姿态。怕只怕你以泛泛之心待之，走过了千山万水，看遍了亭台楼阁，也就只能见着一色如故的寻常。怕只怕千帆过尽再回首观望，你还说“此情可待成追忆，只是当时已惘然”。

故而，别辜负这一片建筑里的诗心吧。

如果你要旅行，请记得收拾好心境。

毕竟，错过风景容易寻回，错过心境却永远回不去了。

五亭桥：面面清波涵月镜

说起瘦西湖，总要先想到“淡妆浓抹总相宜”的西湖。

如今是以瘦为美的年代，倘若有一女子貌比西施，却比她还要窈窕，可不是“芙蓉面，杨柳腰，无物比妖娆”了么？

说起来，瘦西湖原名要世俗得多，叫作保障湖，是由隋、唐、五代、宋、元、明、清不同时代的城壕连缀而成，湖面时宽时窄、蜿蜒曲折，起点和终点分别沟通大运河。从这方面来讲，说它是湖，倒不如说是纵横交错的河流来得准确。

初春，扬州显现出一种难得的萧条景象。女子抹去了姹紫嫣红的妆容，一转身就幻出一种水墨丹青的雅致来，就连它沉淀在岁月里的庄重都难得地表现出来。都说看不到山的湖是单薄的，瘦西湖便看不到山，一眼望去，满目是水的影子。可它仍旧美得令人心折，杨柳早发于河岸，正是“袅袅古堤边，青青一树烟”的模样，两岸园林古朴，亭台精致，行船其间，一波才动万波随，颇有些步移景异的况味，清代诗人汪沆有诗云：“垂杨不断接残芜，雁齿虹桥俨画图。也是销金一锅子，故应唤作瘦西湖。”

那便瘦西湖吧，实在是“她美她有理”呀。

就在这瘦西湖上，有着“中国最美的桥”——五亭桥。它如玉带，婉转绕在瘦西湖腰间，正趁着那“嬛嬛一袅楚宫腰”，美得惊心动魄。

五亭桥始建于乾隆二十二年（1757 年），在建筑形式上仿照了北京北海的五龙亭和十七孔桥，又因缘地势、顺应环境做出改善，巧妙地将桥、亭结合在一起，将五亭群聚于桥上，亭与亭之间以廊相接，实在匠心独具、别出心裁。远观之，但见其高低错落，互相辉映，又飞檐高挑，若雏鸟展翅，亭尖高耸，似鸾凤鸣空，亭外风铃清脆，水中浮影摇动，那黄瓦朱柱，白栏彩绘，便一一如活了一般。倘若静坐亭中，那便是“堤畔莺花桥畔月，竹边歌吹柳边舟”，别一番滋味在心头。难怪茅以升要赞之“中国最秀气、最具艺术代表性的桥梁”，更褒其为“中国古代交通桥与观赏桥结合的典范”。

若单单是湖美、桥美，尚不足令人叹服，五亭桥便连桥墩也是费尽思量的。五亭桥的桥墩由十二块大青石砌成，形成厚重有力的“工”字形桥基，有如四翼，正面观之，不过几个卷洞，细数却有十五个之多，它们彼此相通、互相勾连，别有风姿。

“天下三分明月夜，二分无赖是扬州。”倘若这动人的月，经由五亭桥的巧妙经营，映入水中幻做无数，各洞衔月，彼此争辉，又当何种模样？《扬州画舫录》中记载：“每当清风月满之时，每洞各衔一月。金色荡漾，众月争辉，莫可名状。”这奇景，当真可见？我自是与这奇景无缘，亦不知谁人三生有幸得此佳缘？诸如你我，行色匆匆，得见“扬州好，高跨五亭桥，面面清波涵月镜，头头空洞过云桡，夜听玉人箫”，便也足矣。

人生不如意十之八九。你或许也知道，从前活在古诗词里的五亭桥，实非如今模样，彼时“五亭皆为圆亭，为圆攒尖顶式”。郁达夫《扬州旧梦寄语堂》的信件中，曾记录了1928年秋的五亭湖，谓之“东方建筑的古典趣味，却完全荟萃在这一座桥，这五个亭上”。时至1930年春，张大千游览瘦西湖，作画《瘦西湖》，那画中，只有桥，没有亭了。因此，五亭陆续坍塌大概是在这个期间吧。自此后重建，桥上的五亭便是如今所见的四角攒尖顶式了。

如此可见，若你读遍诗词，循着那一笔丹青筑梦扬州，眼中所见便实非心中所想了。只是形制之流，终究脱不出一个皮囊。心之所向，美仍旧是当年的美。

便看眼前，欲风欲雨天气，黛瓦白墙依依，那柳堤河畔、烟波画船，仍旧是梦里千金难买的模样。

双龙桥：凭栏处山水相逢

阿难说：我愿化身石桥，受那五百年风吹，五百年日晒，五百年雨淋，只求她从桥上经过。

第一次读这句子时，我并不知道，日后的某天，我会在遥远的云南建水古城，邂逅这么一座桥，它如隐于郊野的修士，虽布衣敝履，却气度闲雅，从容坚定。

它的名字，叫做双龙桥。

说起红河北岸的建水古城，早在汉代，便是“马援古道”的必经之地；唐代，更是南丝绸之路“安南通天竺道”要冲。历经宋元发展，直至明清，建水的繁华富庶始终甲于滇中。时至如今，那里仍完整地保存着许多明清时候的古建筑。

始建于清乾隆年间的双龙桥，位于建水城西三公里处。蜿蜒如游龙的泸江和塌冲，历经千里跋涉，交汇于此。或是怀着美好的祝愿和对自然的敬畏，人们以一桥敬之锁之，是为“双龙桥”。

即便目前它所处之地早无昔日繁华，但只观名字，你也猜得到它的美。

天际含黛的远山是一笔淡雅的水墨，眼前映碧的湖水是一片沉默的烘托。有古树葱茏，倾身以待；有桥楼相映，水色互叠。这桥，始建于清乾隆年间，俗称“十七孔桥”，并列的桥孔重叠延伸，一路向往水天深处。桥上三座飞阁式高亭突兀而起，典雅俏立、蔚为大观。不同于北方亭台的磅礴大气，也不同于南方楼阁的温婉精致，桥中大亭琉璃黄瓦，歇山顶造型十分独特。亭顶一分为三，小歇山顶屋便也分解成“品”字形的三个。这样尚不为奇，二楼也因势隆起四个小歇山顶，这层叠之势如群鸟归山，那翅影从容俏丽，直指云天。古人也有顽皮，作诗戏称之：“阁上有阁屋上屋，冠上有冠顶上顶，层层叠叠叠层层，叠叠层层层叠叠。”至于桥南的双层八角攒尖顶桥亭，也是玲珑秀丽，造型美观，倒好似崔莺莺身边的小红娘，别有韵味。

彼时远观，我见朝阳映照之下，有大朵的云彩铺陈，沉静的双龙桥终于在这旷野之中熠熠生辉起来。碧波倒影之下，那长桥卧波，仙阁挺立，霞彩装点过的风铃，酿造出诗一般的韵律，这一切又被不甘寂寞的湖水映衬，双倍地妖娆起来，实不愧“滇南大观楼”的盛誉。

双龙桥是美的。河堤渐近，便有一簇三角梅蓦然闯入眼帘，那肆意开放的姿态在这一色沉寂古朴中恁般生动。紫红色花瓣掩映着碧波长桥、古亭楼阁。“疏影横斜水清浅”，几乎只是一瞬间，这一幅水墨般的景，就鲜活得要舞蹈起来。

双龙桥也是陈旧的。时间赤着脚，轻松踏过双龙桥沉默的脊梁。几百年了，从不留印痕。偏那青石板最是多情，流连间挂满皱痕。于是，指尖触摸桥栏的一瞬间，便看到了昔日担货的商贩错身而过、载货的车马留下辙痕——那几百年的光阴，在铜铃声里一闪而过。

阳光渐渐浓烈，远山近水都变得清晰，步履匆匆的旅人们渐渐放下了手中的“长枪短炮”，转身投入一场热火朝天的早饭。周边的居民便带着笑语占领了古桥，那些源自生活的烟火气，瞬间击垮了岁月陈旧腐败的伤。当喧嚣渐入佳境，繁华或空旷都变得了无意义。

于是，我便也爱上了这热闹的生活。

尘世喧嚣也好，旷野荒芜也罢，这山水的重逢间，竟也愿化成一桥。风吹雨打也好，日晒雨淋也罢，就这么站成一道风景，沉寂在岁月深处。

就只为你偶尔一次路过，渡人亦是渡己。

安平桥：玉梁千尺天投虹

提起安平桥，我总会想到孟子那句：穷则独善其身，达则兼济天下。

安平桥是我国现存最长的一座梁式海港大石桥，位于福建省泉州市晋江安海镇和泉州市南安水头镇之间的海湾上。古时候，安海镇又称安平道，桥名“安平”大概也因此而来。石桥铺陈而去，一眼难见边际，其长能达五华里之上，故民间又称其五里桥，素有“天下无桥长此桥”的美名。

如今的安平桥，仍一派古朴安稳的模样。落日时分，正值炊烟漫布，路上行人渐少，一色空幽。放眼望去，但见古色古香的石板桥蔓往天际，也是一番“两岸融云天际消”的模样。夕阳之下，远山是一色青黛，树与屋舍都透出浓墨淡彩的模样，湖岸的周边水草丰沛、杂树低矮，恰到好处为这风景做了前景，沙洲上偶尔有白鹭腾空，翅羽在晚云的暗幕上勾出几点亮色。到最后，醇厚的湖水映着落日彤红的一点余晖，更显得那桥清晰幽长静谧莫测，也有着“水底远山云似雪，桥边平岸草如烟”的况味。

石桥上风景朴素。步履之间，有无数悠长的时光，随晚风一起迎面亲近。脚下的石板斑驳，是岁月侵袭之下的风化，偶尔可见新换的石板，那新与旧的对比，更衬出桥的厚重与光阴的无情。安平桥上置五亭，超然亭、海潮庵与两座路亭，中亭为晋南邑交界，建桥时便已筑成，现为清同治五年重建之物，中亭有桥将军巍然挺立，披坚执锐，威武飒爽，细节之处也可见石雕的精美。这一切都很安静，桥上的葺亭、桥侧的石塔、桥边的石栏，都在晚风中静谧着，仿佛一齐歌颂着亭旁门楼上那一妙绝联：“水原似静实不静，心本无为即有为。”

安平桥始建于南宋绍兴八年（1138年），工程历时十五年，至1152年方始完工。彼时，正值南宋初年。金兵南犯，北方沦陷，徽、钦二帝被掳，宋朝迁都杭州，彼此隔江对峙。那年十月，金“诏谕江南”，册封南宋开国皇帝赵构，使宋对金屈膝称臣。宋廷朝野震动，百官上言，岳飞亦上言曰：“金人不可信，和好不可恃。”就在如此动荡不安的政局下，民间仍能修建“安平桥”，如此浩大之工程，不可谓不是个奇迹。而这也从侧面说明，宋代海外贸易的蓬勃。便不由想起同样地处泉州，位列十大古桥之一，因贸易之繁盛而兴建的“洛阳桥”。

史料记载，安平桥“其长八百十一丈，其直如绳，其平如砥，隐然若长虹卧波。行旅往来，民间负载，熙熙攘攘，习而安之……”，足可见其昔日辉煌，由此便不得不提兴建安平桥不可忽略的两个重要人物。

赵令衿，此人乃宋室宗亲，系宋太祖赵匡胤次子燕王赵德昭的玄孙，嘉孝穆公赵世炎之子。此人出身显贵，却非纨绔，他自幼勤谨、识礼善文，颇得称誉，出仕后，他对国事见解独特、不惧权贵，金兵铁骑咄咄逼人时，他坚决主战，一度遭秦桧诬告迫害。时至他出知泉州，重教化，尊先贤，倡导德政，淳化民风，他任内最大的政绩，便是主持修筑安平桥。

当地富商黄护同样功不可没，他捐资三万缗钱（一缗即一贯，合串钱一千文）建造了安平桥。黄护此人，“劝农桑、重工商、兴义学、立药局、辟婴堂、振武林、惩邪恶、禁博赛、整市容、严街鼓、明保伍”，还捐地兴建了石井书院，捐资整修安海龙山寺，其人品高贵可见一斑。安平桥修建到一半，黄护不幸病逝，其子黄逸继承父志，继续主持安平桥的兴建，方有了这名传千古的安平桥。

孟子曰：更古之人，得志，泽加于民；不得志，修身见于世。穷则独善其身，达则兼济天下。

安平桥的建成，大概也正传递给我们这样的思想。

玉带桥：玉带飞锁两山腰

品评过安平桥的“兼善天下”，便不由想起玉带桥的“可歌可泣”。

同样位列中国十大古桥之列，一座建于南宋山河破碎却经济底蕴扎实的安平道旁，一座建于清乾隆年间政通人和但交通闭塞的虎山深处。同样由当地富商捐建，一个虽不幸过世却有子继承父业，功成名就；一个虽事迹动人却倾家荡产、卖妻卖子卖自身，深藏功与名。

这对比，不可谓不明显。

不同的文化背景和地域特色使得这两座桥截然不同。区别于安平桥的坚实、稳固、悠长，玉带桥雄奇、高大、绝美，令人惊叹。

玉带桥位于江西省赣州市信丰县城外四十公里处。

寻访它的路途是真寂寥。一路走来，路过层峦峻岭、山乡风物，但见群山巍峨连绵不断，大地绿阴蒙蒙、朱实离离，那些山路蜿蜒曲折几不可见。行行止止间，山重水复，不见其踪。就在我们几欲回程时，玉带桥蓦然闯入眼帘。

那青山之间飞架的长桥实在动人。天空澄碧，纤云不染。崇山峻岭之间，滔滔浊水之上，一桥飞跨。那二墩三孔屋楼式弧形拱桥有如玉带，青石桥基厚重坚韧，廊屋木石结构，中间有一亭。悬山廊桥优美婉约，有青瓦覆顶、九脊飞翘，美不胜收。

两岸青山相挽的姿态恁般多情。“远近闻名玉带桥，两岸峻峰入云霄。奔腾河水泻千里，玉带飞锁两山腰。”但以诗鉴之，名不虚传。

毕竟四百年了。如今，我们顺着那斑驳的、鹅卵石凋零的小路前行，于这沉寂的大山深处造访这玉带桥。它沉寂许久了，桥楼已有破损，驿道残缺不全，只有亭内石柱上雕刻的楹联清晰可见——“功高德大固桥是赖圣偕神”

“海阔江深登岸不须舟与楫”——时刻歌颂着当年募资造桥的余凤岐。

据《信丰县志》记载，在信丰县东南赣粤交通要道，有条虎山河奔腾咆哮，大浪涛天，水急浪高，行人往来不便，常常要面临重重危机。虎山有个叫余凤岐的富户，他心怀百姓又有一副慈悲心肠，倾全家之财产建造玉带桥。然而动工两月，料尽财竭，工程停顿。心急如焚的余凤岐欲哭无泪，售尽家财后，竟做出最惨烈的决断：卖妻，卖儿，卖自己。他让妻子外出乞讨，自己也令人打造了一副镣铐，以苦行僧的姿态，三步一跪，五步一拜，沿路乞讨——谁能付资修桥，便为人终身做奴。

这故事不免过于悲壮。

我竟不明白，是何等慈悲的心肠，是如何寄情苍生的大义，才衍生出这样的悲壮。

卖粮食、卖田地、卖祖产、卖房屋，倾尽所有，还要卖妻、卖儿、卖自己。

他们说，这一种壮举，是一种伟大的人格写照，是感天动地的至善至美。

我不敢多言，更无法做出评价。

人活一生，并非草木，总有什么事是生命中的执念。

可有时候，执念何尝不是一种悲剧？

我不敢想。不敢想这美得令人心折的玉带桥后面，有被生父售出的稚子的泪，被丈夫抛弃的妻子的血——即便如今虎山河水还铭记着当年那人慈悲负枷的身影，即便曾经驿道长桥还留着那人三拜九叩的血迹……

不说感动，不说震撼，只忽然觉得，玉带桥这半弧的桥形，如何不是一段温柔而又疼痛的心肠？

是一条微微弯折的脊梁。

因这舍，因这得，因这悲壮的疼痛。

我深知自己的无能，便只好双手合十，默拜这青山浊水、古亭长桥。

“穷则独善其身，达则兼善天下。”

第三章

何处是归程，长亭更短亭

——10个不可错过的古亭

在我国，“亭”最初出现的时候并非是指建筑，而是一种行政建制，“十里一亭，十亭为一乡”。此后时日更迭，到东晋以后，我们熟知的“亭”才开始出现。

《园冶·屋宇》中说：“《释名》云‘亭者，停也’。所以停憩游行也。”

此后，水光山色之中，天然一幅图画有亭点染其中，是休憩、赏景、会友、留情。“亭”的流传，是绝不能框定在山水建筑之间的，更多的时候，“亭”是在中国文人墨客的胸襟之中。张宣《溪亭山色图》诗中云：“石滑岩前雨，泉香树杪风。江山无限景，都聚一亭中。”也是，春之锦绣、夏之葱荣、秋之闲雅、冬之寂寥，悉数收拢在这一亭的风月之中，蕴化风声、水声、松声、鸟声、琴声、吟诵声，声声入耳、传颂至今。

风景聚集于此，人情亦聚集于此。

是“山寺月中寻桂子，郡亭枕上看潮头”，是“苏溪亭上草漫漫，谁倚东风十二阑”，是“寒蝉凄切，对长亭晚”，是“长亭路，年去岁来，应折柔条过千尺”……

点滴都在心头。

兰亭：重来修禊再逢君

一直以来，我去过许多不同的地方，看过许多不同的风景，也收获了许多思考与感动。

这些旅行的目的地，不外乎两种：自然景观和人文景观。

顾名思义，自然景观多是指那些名山大川江河湖海，或鬼斧神工，或温和宁静，都各自有着动人心弦的美。而人文景观却又不同。欣赏它，远不仅仅是看美。说到底，那些历史遗存的景观本身不见得都雄伟俊美，有些甚至还保留着破败和沧桑的味道，但通过它们，我们总能重温和再现那些在岁月长河中曾经真实存在过的剪影和印迹，好让我们跨越时光的长河去感触历史风物。

这两者实在无法去比较高低优劣，相反，它们常常是相辅相成、交互辉映的。故此，游罢兰渚山，便一定要到文人墨客心中具有至高地位的一处人文景观——兰亭与流觞亭。

兰亭之所以久负盛名，自然是因为东晋著名书法家“书圣”王羲之。事实上，此地与王羲之的渊源远不止一辑传世的《兰亭序》这么简单。这里曾是王羲之的住所。相传，远在春秋时期越王勾践就曾在此植兰，到汉代此处设驿亭，便名兰亭。历史上，兰亭地址几经变迁、建筑几经兴废。故此，我们眼前的兰亭，早无晋代风貌，全一派明清风格。大概因1980年修复兰亭时，是以明嘉靖二十七年（1548年）郡守沈启重建的兰亭为蓝本而来。

兰亭布局优雅，环绕曲水流觞，四周有鹅池、鹅池亭、流觞亭、小兰亭、玉碑亭、墨华亭、右军祠等，环游之际，可见绿树葱茏、古院幽深。又处处有典故、步步有文章，风物之外又添风情。单一本《兰亭序》的故事，便已说不尽。

《兰亭序》被历代书法名家公认为“天下第一行书”，具有极高的艺术价值。兰亭也因此名列中国四大名亭之一，深受世人的喜爱。传说唐太宗李世民由于太喜欢《兰亭序》，去世之后便把《兰亭序》一起埋进了昭陵。所以，现如今留存的版本便悉数为前人的临摹之作。我们也只能透过那些发黄的纸张，去遥想当年王羲之“清风出袖，明月入怀”的风姿。

不只是唐太宗李世民，清圣祖康熙也十分喜爱《兰亭序》。为此，康熙皇帝还特意御笔亲书“兰亭”二字，并篆刻成碑予以留念。只可惜后来此碑遭受破坏，修复后依旧留下了些许残缺。轻抚“兰”字缺尾、“亭”字缺头的碑文，我们伤感于文化传承中所产生的伤痕，愈发能够体会到眼前这座小亭的价值与意义。

兰亭不远处是流觞亭，此亭是为纪念曲水流觞活动而专门修建的。亭前曲水叠石，绿柳成荫。

遥想当年，王羲之携一众东晋士族子弟，在暮春之初，于会稽山阴之兰亭，行修褉之事。有崇山峻岭，茂林修竹。又有清流激湍，映带左右，引以为流觞曲水，列坐其次。虽无丝竹管弦之盛，一觞一咏，亦足以畅叙幽情。

是真名士，自风流。王羲之当年偶然的一次诗酒唱酬，竟然使得曲水流觞的雅趣由此备受文人墨客的推崇，世人争相以此彰显自己品位的不俗。时至如今，在流觞亭中还陈列着“兰亭修褉图”“曲水流觞图”及当年的曲水流觞用具的复制品。遥想当年，每逢农历三月初三上巳节，无数书法名家便云集于此，泼墨挥毫、流觞赋诗，那时盛况，墨香涌动、酒香醉人，何等痛快。

此地似曾游，想当年列坐流觞未尝无我。

仙缘难逆料，问异日重来修褉能否逢君。

醉翁亭：在乎山水之间也

过了淮河，眼前的山水便有了江南水乡的秀丽。

自古名山秀景难离文人墨客歌写，李白、苏轼之庐山，辛弃疾之北固山，王之涣之鹳雀楼等，实在数不胜数。

安徽滁州琅琊山的醉翁亭，则以唐宋八大家之一欧阳修的《醉翁亭记》而闻名。

那是千年前的北宋。彼时，政局不稳，王朝积贫积弱，弊端渐显。范仲淹、欧阳修等人便开始着手呼吁改革，奈何“祖宗之法不可变”的老思想根深蒂固，新政策又冒犯无数人的既得利益，改革举步维艰。就这样，在继曲折的科考路后，欧阳修又开启了曲折的仕途之路。

景祐三年（1036年），欧阳修被贬夷陵，康定元年（1040年）起复，庆历五年（1045年）又被贬滁州。

历史上，生逢乱世、仕途不顺、惨遭贬黜的文人不在少数，却少有一个像欧阳修这般恣意安乐的，似乎守旧派的压制真的不会影响他的好心情。

戍守滁州期间，他为政“宽简”，力求轻松，常常保持着轻松慵懒的态度，带着吏民外出游山玩水，纵情酒水。他的诗文中大多豁达，乃至出任颍州太守离开滁州时，也任性写下“我亦日如常日醉，莫教弦管作离声”的豁达之句。及至晚年，欧阳修自称有藏书万卷，又有琴、棋、酒相伴，怡然自得，陶醉其间。“但识琴中趣，何劳弦上声”，那洒脱的姿态样样都做不得假。

可见他是真性情。

戍守滁州时候，欧阳修和琅琊寺的智仙和尚乃至交好友。有次下棋，周围众多州民围观，忽而天降骤雨，众人皆被淋湿。便有樵夫直言，建议修建亭阁。智仙和尚就筹资在山间建造一亭，欧阳修便作了《醉翁亭记》：“太守与客来饮于此，饮少辄醉，而年又最高，故自号曰醉翁也。”自此，醉翁亭名满天下。

据传，醉翁亭建成之后，引来不少游人。时任太常博士沈遵亦慕名而来。游览琅琊山醉翁亭后作《太守操》之曲，欧阳修为之配词。元祐六年（1091年），欧阳修学生、北宋著名文学大家苏轼用大字重刻《醉翁亭记》，世人称“欧文苏字，珠联璧合”，成为宋代留下的稀世珍宝。

也算殊途同归。早在欧阳修被贬黜至滁州前，北宋著名文学家王禹偁也曾经因刚直敢言被贬在滁州。北宋绍圣二年（1095年），滁州人为纪念两位文学家，在醉翁亭北边修建“二贤堂”，堂内撰写二联，其一，“谪往黄冈执周易焚香默坐岂消遣乎，贬来滁上辟丰山酌酒述文非独乐也”，其二，“醒来欲少胸无累，醉后心闲梦亦清 ”，算是为两任太守因关心国事被贬滁州鸣不平，又为两位文学家诗文教化、与民同乐而深表敬佩。

醉翁亭初建时不过是一座亭阁，至明代才有了周边其他建筑的兴建。奈何岁月侵蚀，到清代咸丰年间，醉翁亭已成瓦砾一片。到清光绪年间，又复建恢复原样，几经重修，终成现在规模。如今我们所见的醉翁亭，其园内建筑布局典雅别致，“醉翁九景”依次展开，醉翁亭、宝宋斋、冯公祠、古梅亭、影香亭、意在亭、怡亭、览余台等风格各异，颇具江南园林风格。

看尽亭台，漫游琅琊山间，品味秀丽山水的同时也回味宋代文人的风骨气韵，想欧阳修一生挫折不断，却一直坦然豁达，这般真心实意地寄情山水，倒也不辜负这自然本真。也正是有此，最终成就了琅琊山，成就了醉翁亭，也成就了欧阳修。也正应了醉翁亭中的对联：

人生百年，把几多风光琴尊等闲抛却；
是翁千古，问尔许英雄豪杰哪个醒来。

妙极。

沧浪亭：山水苍茫亭阁转

天下园林尽在苏州，苏州冠甲是为沧浪。

沿着苏州城蜿蜒千年的青石板地面踽踽独行，耳边偶有吴侬软语带来无限风情。时为春末夏初，正是一年中风光大好的时候，又佐以天下园林最美的苏州，恰是好享受。

我背着行囊，叩响了三元坊沧浪亭街3号的大门。

自宋以来的沧浪风情扑面而来——

亭立山岭，高旷轩敞。

那些精工细刻的石柱盘旋直上，栩栩如生的廊角屋檐似乎要越岭而去，山上古木森然浓郁，枝叶青翠欲滴，无数条石径横斜而出，穿行在竹林、芭蕉、树荫之间，九曲回廊之中，一步一行一个回眸，处处都是园林盛景。

闲时，可以坐在山旁的曲廊上，凭栏远眺，目送流水与岁月悠长。乐极，则拾阶而上，遁级至亭心，远眺湖光山色，周望极目可数里，大好南国，尽收眼底。

好景至此，便少不得要追溯回忆。而“沧浪亭”的历史实在久远得多。它大约始建于五代时期，是吴越国官员的池馆。岁月流离，山水不转，建筑却难久存。幸得宋时著名诗人苏舜钦慧眼独具，以“四万钱”买下废园，临水造以沧浪亭，将这亭子置入流年。时光变迁，该园几度兴废，到清康熙三十五年，巡抚宋荦再建此园，将亭子移建于山巅；清同治十二年再建，遂得今天之貌。

时光何等无情，予它这般颠沛流离；又何等深情，予它这般完美成全。

沧浪亭是一个统称。除了名为“沧浪”的楼阁外，还有数座楼宇建筑。这些建筑如星盘上的棋子一样分布在这座山岭，以山石为主景，以古木为晕染，以水池为勾连，将山水之间、湖光山色层层递转接洽，用曲折的复廊连接在一起，再通过复廊上的漏窗渗透，沟通内外山水，那水面、池岸、假山、亭榭便这么交至融合，成为一体，循环往复，精妙剔透。

于沧浪亭，最不可错过的便是那些精巧的漏窗。典而数之，样式竟达一百零八种之众，框架外形繁复多变，除常见的方形、多边形、圆形、扇形、海棠形之外，还有花瓶形、石榴形、如意形、秋叶形、宫殿形、桃形等，甚至还有一对古钱的变形，透过这些姿态万千的漏窗，园林似隔非隔，美景似隐似现。若赶上夏日盛时，花木映衬，艳阳高照，更显得光影斑驳、美不胜收。

在移行变幻之间踏进园子，恍惚便生出“今夕是何夕、今年是何年”的感慨。在这里，时光静止，岁月与我们无关。

山顶的小亭不大，却将这一园景致悉数收拢。“清风明月本无价，近水远山皆有情。”清代学者梁章钜一副墨宝，寥寥几句勾勒出沧浪亭的魂魄，传诵至今，闻名天下。

蝉鸣声渐起，仰头才发现四周有五六株数百年树龄的高大乔木，浓荫蔽日，光怪陆离。

沿着长满绿苔的青石台阶开始归程，途中路过“明道堂”。作为园中最大的主体建筑，明道堂面阔三间，坐落于青山绿水中，典雅而不失清幽；再往南行，便是“翠玲珑”，前后有硕大的芭蕉掩映，二十余种竹类斜织交错，将这里装扮成一片幽然的碧色仙境——还真是翠玲珑中玲珑醉。一路行行止止，过五百名贤祠，有假山石洞曰“印心石屋”……这般行至尽头，再回望那山中的“看山楼”，更觉得这名字起得曼妙。

看山是山，看水是水，山水之间，是为沧浪亭。当年苏舜钦购园时，好友欧阳修曾作诗调笑，“清风明月本无价，可惜只卖四万钱”，我却觉得以这

“四万钱”留“沧浪”之名给后世，实在是最划算不过的买卖。

“沧浪之水清兮，可以濯吾缨；沧浪之水浊兮，可以濯吾足。”

也愿这山水亭阁，留一寸缓慢的时光给我们，透过那些鼎沸的人声、喧嚣的世事，遇见更好的自己。

陶然亭：清风明月伴君辉

去西藏那次，我独自乘坐高铁在北京南站下车，换乘地铁往市区走，发现紧邻着的下一站便是陶然亭。

于是，这中转的北京之行，便专门为陶然亭而设计。

皇城根下的一砖一瓦满是历史的痕迹，陶然亭自然也不例外。它始建于康熙三十四年（1695 年），是清代名亭，位列中国的四大历史名亭之一。

陶然亭的名字取自白居易的诗，采用了“更待菊黄家酿熟，共君一醉一陶然”中的“陶然”二字。这座小亭从问世之日起，便与其他公园、庭院中的无数个小亭迥然不同，浑身上下浸染了满满的诗文气息。

于是，文人墨客开始频频光顾这里，他们留下了许多脍炙人口的诗词佳句，陶然亭内外也悬挂着诸多墨宝。“慧眼光中，开半亩红莲碧沼。烟花象外，坐一堂白月清风”“烟藏古寺无人到，榻倚深堂有月来”……

如果说陶然亭上的这些咏叹风月的诗句会抚慰我们思绪的话，那么陶然亭边的那些献身信仰的盟誓则将震撼我们的灵魂。

在陶然亭畔，有两块并排而立的汉白玉墓碑。这里便是中国共产党的早期革命家高君宇和二十世纪二十年代著名才女石评梅并葬的坟冢。

墓碑上除了二人的生平介绍之外，高君宇的墓碑上还镌刻着石评梅手书的碑文。

我是宝剑，我是火花。

我愿生如闪电之耀亮，

我愿死如彗星之迅忽。

这是君宇生前自题的几句话，死后我替他刊在碑上。

君宇！我无力挽住你迅忽如彗星之生命，我只有把剩下的泪流到你坟头，直到我不能来看你的时候。

——评梅

读至此，便不由被这碑文所流露出的真情和意志所深深打动。不仅感动于他们之间的凄美爱情，也感动于那个动乱年代里属于年轻人的热血激情。

高君宇是中国共产党早期著名活动家之一，他编辑过中国共产党的机关报《向导》，领导过京汉铁路工人大罢工运动。不过，即便是再伟岸的男子，在面对心仪的女子时，都会慌乱不安、惶恐无措。“英雄难过美人关”，遇见石评梅，高君宇便忍不住要剖白心迹，文人的表白方式亦总是浪漫多情，一片题了诗的香山红叶就这么出现在了石评梅手中，即：

满山秋色关不住，一片红叶寄相思。

石评梅不可谓不心动，可她心中除了爱情，还有更多，她有情怀、懂分寸、识进退，纵使心中燃着的热情炽热如火，但她仍愿意在那个新旧冲击追求自由的年代里恪守自己。只因高君宇老家尚有旧式包办婚姻之下的妻子，她便心甘情愿恪守着朋友的界限。

“枯萎的花篮不敢承受这鲜红的叶儿”，那片香山红叶最终又回到了高君宇的手里。

石评梅完全没有预料到——在那个动荡不安的年代里，有些擦肩而过，其实也就意味着今生永别。

等到高君宇终于与老家的妻子离了婚，自以为可以开始幸福人生时，一场突如其来的恶疾无情地夺去了他的生命，也剥夺了石评梅余生幸福的可能。

曾经，在陶然亭里留下了无数两人携手畅谈的美好回忆。如今，在陶然亭畔埋葬了高君宇的躯体和石评梅的心。

爱人不在，从此全世界便只剩下暴雨寒风。

三年之后，石评梅离世。按照其“生前未能相依共生，愿死后得并葬荒丘”的心愿，她被安葬在了陶然亭畔高君宇的身边。

如今清风明月依旧，陶然亭依旧，他们的爱情也依旧。

爱晚亭：停车坐爱枫林晚

霜降到来的时候，深秋将至，天色寒凉得很，令人瑟瑟。

就在这万物休眠、苍生憔悴的时候，最适合去往“爱晚亭”。

入岳麓山，经岳麓书院，再沿着幽深的小径缓步前行，便遥见了爱晚亭的身影。小亭不大，被苍山三面环绕，正是一种被双手捧起、呵护备至的姿态。亭前有池塘相连，水碧如玉，池中涟漪清浅，倒影碧瓦红檐，兼得池边桃树依傍，柳树垂绦，时令催逼之下，树叶纷纷显出不同寻常的色泽，紫翠青葱，彼此应和。而草色蔓延，无穷无尽，至树林深处，则化生成高树丛生，古枫一片。是时，红叶漫天，层林尽染，是区别于春日幼叶滴翠、生机盎然的另一种美，张扬而决绝。

此情此景，有山水自然风物互相辉映，有绿树黄叶红枫彼此呼应，触目所及，景色如此深远、立体，实在令人着迷。

爱晚亭位于湖南省长沙市岳麓山下的清风峡中，始建于清乾隆五十八年，原名“红叶亭”，又名“爱枫亭”，后更名为“爱晚亭”，从这名字中，也当知道它以红叶著称。

爱晚亭素有“碧嶂屏开，秀如琢玉”之赞誉。亭分上下两层屋顶，琉璃碧瓦，在艳阳照耀之下、红叶环抱之中，分外妖娆。亭子四周由八根柱子支撑，雕栏玉栋，惟妙惟肖。亭角朝天翘起，似展翅飞鹤，跃跃欲试。亭上有匾，“爱晚亭”三个大字红底鎏金，异常醒目。此匾是1952年湖南大学重修爱晚亭时，时任校长李达先生专函请毛泽东主席题写的，这也是毛主席唯一题字的山亭。亭旁有一副对联，曰“山径晚红舒，五百夭桃新种得；峡云深翠滴，一双驯鹤待笼来”，思来，别有一番意境。

爱晚亭是中国十大名亭之一，也是革命活动圣地。如今，亭中立碑，仍保留着毛泽东主席手书的《沁园春·长沙》。长久矗于其间，轻扶石碑，好似能看见青年时期的毛泽东在亭中逗留，与无数志同道合的革命战士一起，昼而燕坐，夜而栖宿，引经据典、纵谈时局、探求真理，也应是指点江山、挥斥方遒的姿态。遥想彼时，或者他们心中充斥的热血与理想，也应如这爱晚亭边不尽的红叶一般，热情、执着，绝美又昂扬，“指点江山，激扬文字，粪土当年万户侯”。

微微合上双眸，耳畔仿佛有鸟鸣之声，高低错落，大小不一。细听方知是流水潺潺的嬉戏声、微草踮着脚尖追随风的声音，或也有落叶归根的叹息声，枫叶变红的渲染声，如何不是生命的更迭及最后的璀璨。

在小径深处，有孩童嬉戏，不时响起清脆的朗诵声。眼前风景展开，便瞬间回到了那年深秋，诗人杜牧孤身一人，驾车前来。彼时秋意正浓，枫叶正红，此间盛景，正当“林间暖酒烧红叶”，好景如此，终令他在“冷落中寻出佳景”。吟诵出传世的一首《山行》：

远上寒山石径斜，白云生处有人家。

停车坐爱枫林晚，霜叶红于二月花。

亭右又见水色。听闻，涧旁多生芳兰，故此涧流便为“兰涧”，涧中水流击石有声，便称“石濑”——便又成“流泉自清泻，触石长短鸣。穷年竹根底，和我读书声”的美好之景。

且看，好一个秋天，好一晚寒意，好一程山水自然。

湖心亭：风月无边小蓬莱

倘若能于雪天邂逅西湖，那实在是三生有幸。

春日里游人如织的西湖，在冬雪之中宛若遗世的仙境，少有人烟，而仙苑之中最惹人注目的一幕，是伫立在湖中央的六角飞檐亭，檐角上翘，朱红色的顶盖和白雪掩映在一起，飘飘欲飞。

那就是位于西湖中央的湖心亭，又被称为小蓬莱。

湖心亭历史悠久，宋、元时候便曾有过湖心寺，到明代，有知府孙孟建振鹭亭，后改名为清喜阁，这便是湖心亭的前身了。

南国的雪向来薄瘦，太阳升上来的时候，薄雪渐渐消融，湖心亭岛屿露出翠色的外衣，在柔媚娇软的西湖之中，湖心亭矗立于这片碧玉翡翠之上。周围的山还都是苍色的，金黄色的日光洒在湖岸上，白雪将天地掩映得愈发纯粹，湖心那抹幽绿如同一只碧色的眼睛，静默地凝视着西湖的千年岁月。

那时刻，仿佛又回到从前。倘若落花满枝头，或也应有青冠薄裳的少年和心仪的女子撑着一弯竹舟，绕过西湖的蜿蜒柔情，来到这湖心亭中，并肩偕行，从日出到日落，惊艳了一片上好的时光。彷佛又看到江浙琅琊才子，泛舟于这西湖碧波之上，书卷香和诗文墨水在西湖的空气里缠绵，或有拔得头筹者，也应得意地来到湖心亭，烹一杯龙井，抿一口余香，品一壶风月。抑或是在华灯初上的乞巧节，苏杭娇软的丽人们，三五相行，会于这湖心亭中，素手芊芊，放逐手中那盏莲花灯，求鹊桥赐福，也好觅一个好儿郎。

悠悠岁月流过，多少人将泪水、柔情、希冀洒在湖心亭中，又同这一池碧水混在一起。

而今，又到了一年冬日。

岸边有艄公打开了绳索，问我是否坐船游西湖，如今是淡季，他可以将船费折半。我失笑。所幸这冬日的美景不会折半。

踏上孤舟，长桨拍打着水面，在湖中踽踽独行，太阳又渐渐地回到云里，冷冽的风吹来，夹杂着如砂盐一般的雪粒，偶尔有惊鸟从远处的山峦飞过，在遍染素色的山水墨画里，划出惊艳的色泽。

船家见我几次往湖心亭的位置看，便摇桨送我过去。

至亭上，方知西湖美。环顾四周，天与云共色，白若琼玉；山与水共色，玲珑剔透。湖心亭独立于西湖中央，仿若一座孤岛，岛边横着船只，岛上有我这个游子。

耳边传来远处山寺的钟声，本就宁静的湖心，愈发显得寂静深邃。风乍起，吹乱我的衣襟，似乎要带我随风飘去，逍遥脱离这人世。

雪下得更紧了，不知三百年前的怪才张岱是否也在这样的雪日登上了湖心亭？他一定是乘着上好竹舟，带着新年新采的茶芽，将红泥茶炉煨在准备好的炭火上。乐极，吟一首长诗；哀极，又洒几滴痛泪。人生快意，好不自在。最妙的是，他还能在湖上寻一对友人，纵谈天地古今，更论人事非难。

有诗有酒有友，才不虚此行。

船家又在催促："再晚雪就更大了，我们靠岸吧？"我便只好踏上船只，离开这碧玉水中央，在岸边，唏嘘一声。

下次再来，一定邀友随行，好将这经年独行的风景进行一番痛快的畅谈——"莫说相公痴，更有痴似相公者！"舟子这一句话，不知是否说进了张岱的心里？我只知，此时此刻，我愿意这样痴痴地走下去，不用回头。

翠微亭：亭空人往仰前贤

经年尘土满征衣，特特寻芳上翠微。

好水好山看不足，马蹄催趁月明归。

此诗为南宋中兴四将之首岳飞登翠微亭所作。只可惜，他笔下所诵的翠微亭却不是今日我将游览之翠微亭。

岳飞诗中的翠微亭是唐代诗人杜牧任安徽池州刺史时于齐山之上督建。我所游览的翠微亭则位于杭州飞来峰，是南宋抗金名将韩世忠为悼念岳飞而建。两亭同名，又同样历经了千百年尘世沧桑，却依旧维系着千丝万缕的联系。两峰远隔四百多公里，两亭却遥相呼应，共同镌刻下一位民族英雄轩越慷慨的一生。

4 月初，我忙里偷闲只身一人登飞来峰，苍穹无云，碧草吐芳，鸟鸣莺啼一路相伴。西子湖畔的美景和名胜数不胜数，飞来峰上有灵隐寺、冷泉亭等闻名遐迩的古迹，引无数游客纷至沓来。却独这翠微亭有别于其他，以其壮怀激烈的存在方式傲然屹立于此。

山腰之上一座重檐攒尖顶八柱钢混结构的亭子立在旋绕的石阶之上，就建材来看已证明它并不是古建筑，却位列“中国十大名亭”之内，其中的玄机才真正让人动容。

此亭乃同为中兴四将的韩世忠在岳飞被害枉死后第六十六天，为缅怀同僚寄托思念之情，感怀《登池州翠微亭》诗意，仿池州翠微亭原貌所建。命运多舛的亭子遭受多次毁坏，最终于民国时期重建，又于 1959 年装饰后定格为如今的面容。但岁月无情的齿轮并不曾碾碎它们的契约，历经风雨饱受劫难后，两座翠微亭在外形和规制上仍保持了高度的一致性，坚守着当年韩世忠追思故人“碧血丹心”的建亭初衷。

翠微亭并未经过繁琐的雕饰，显得朴素而庄重。其上匾额两块：一题“翠微亭”，一题“归存岳峙”。内外八个石柱上镌刻着各式字体的五对楹联：“回钟宕漾融闻性，幽翠玄微印觉心”；“路转峰回藏古迹，亭空人往仰前贤”；“万壑松风和涧水，千年豪杰壮山丘”；“孤亭似旧时，登临壮士兴怀地；鹫岩标远胜，翻动平生万里心”；“飞鹫何来，佛国有缘留净土；骑驴且去，湖山无恙付斜阳”，气势磅礴者再现了岳飞蹈锋饮血的一生，委婉动情者诉说着后人怅然惋惜的忧思。

抗金名将岳飞的生平事迹可谓家喻户晓，大将非亡于阵前而殒于朝廷，历史中令人唏嘘的事件屡见不鲜。“水至清则无鱼，人至察则无徒”，古人的智慧中已道尽物极必反的处世哲学，但或许所谓英雄，其异于常人之处便当是崇高的人格、纯粹的灵魂和明知不可为而为之的坚定。政治权谋中，他们是被诡计谋害的目标，坦荡的胸襟却变成足下禁锢的枷锁，这是英雄的悖论，也是英雄的代价。

抬起手触摸亭柱上的字，像是扣住了历史的脉搏，跟随那一段壮怀激烈的年华，啖尝“胡虏肉”，饱饮“匈奴血”，动情处亦随行风波亭一品人生尽头萧瑟而无畏的情怀。

鸟随鸾凤飞腾远，人伴贤良品自高，韩世忠之于岳飞便是如此。翠微亭便诞生于这英雄相惜的情感之中，更是在后世人们的敬仰中展现风华。

站立亭前闭目呼吸，脑中浮现出岳王庙内的一副楹联：“青山绿水拱重檐，西湖名胜，有忠殿屹立；碧血丹心保疆域，正气硕节，留后人仰瞻。”正是这种“文官不爱财，武将不惜死”的人生抱负，才赢得世人的赞颂，托举着翠微亭在飞来峰上众多人文景观中独占鳌头。

阳光温暖倾洒，将斑驳树荫和肃穆亭影巧妙融合，给棱角分明的翠微亭平添了些许柔情，清风拂走了心头缭绕的阴霾，心境豁然开朗。

这瑰丽河山孕育出的浩然正气，也将如这山川一般，古今同慨、永不消弭。

历下亭：晓岸烟消孤殿出

每次提及济南，总少不了人开玩笑，要拿腔拿式地问一句：“皇上，您还记得大明湖畔的夏雨荷么?”

“朕不记得了，爱卿、爱妃们也自忘了罢。”

就因这句台词，我一度对于红极一时的《还珠格格》不喜——好好一个“四面荷花三面柳，一城山色半城湖”的济南，好好一个“冬泛冰天，夏挹荷浪，秋容芦雪，春色杨烟”的大明湖，怎的就因一个“夏雨荷”全然成了陪衬呢?

旁的不说，就单一个“历下亭”的光彩，便足足盖过七八个夏雨荷不止了。

提起历下亭，便要说起杜甫。唐天宝年间，杜甫与北海太守李邕饮宴于历下亭，酣醉之时写下《陪李北海宴历下亭》。“海右此亭古，济南名士多”，这一言写尽了当时济南府的万般风流，一时广为传诵。自此之后，便纵有千年变迁，这海右古亭、济南名士，始终是这方水土独一无二的文化标签。

我常觉得，就风景韵致而言，天下古亭多美，此亭要占三分。历下亭位于大明湖水面诸岛中最大的湖心小岛上。而大明湖水由济南诸泉汇合而成，其干净清冽自不用多言。风和日丽之时，但见水色澄碧，堤柳夹岸，芰荷生香，亭台楼阁点缀其间，又兼得远山入梦，楼影亭台。这一湖水，不是一湖的姹紫嫣红，就是一幕的春夏秋冬，越发显得旖旎。而这种旖旎，又不同于江南水乡的温和柔美，偏多一分齐鲁人的大气和胸襟。

就在这一屏美景之中，众星拱月般地捧出了一个历下亭。

岛不大，被群波环绕，有绿柳围合，绿玉般的修竹一竿竿提着精气神，似锦般的群芳一簇簇缀出好风情，让这不大的小岛在端庄之中尽显古朴风雅。

历下亭稳居岛中，檐下悬挂的是清乾隆皇帝手书的“历下亭”匾额，于艳阳之下隐约有些含蓄的骄傲。此亭八柱矗立，斗拱承托，有红柱青瓦、八角重檐，那些飞翘的檐角、攒尖的宝顶，作为脊饰的吻兽，无不喝足了大明湖的风月，呈现出一种蔚为大观的气魄。历下亭亭身空透，亭下四周鹅颈椅，亭内石雕桌凳，恰等你捧一卷诗词歌赋，饮一杯明湖荷茶。

然而，但凡古亭，便少不得经历些风雨，历下亭也是如此。这原本是一座轩昂古雅的木结构建筑，年代久远，自然也多遭变迁。北魏时，郦道元《水经注》记载：“泺水北为大明湖……此水便成为净池也，池上有客亭……”据考证，净池便是五龙潭，而这作为官府接迎宾客而建造的“客亭”，便是历下亭了。至唐朝末年，历下亭逐渐废圮，一度坍塌。直至北宋时期，曾巩在齐州任职时，才在大明湖南岸重建历下亭。之后，此亭几经兴废变迁，至清初，才经由山东盐运使李兴祖在湖中岛上重建。

明朝末年，济南诗人刘有《历下亭》诗，其中有言“不见此亭当日古，却逢名士一时多”，明朝万历年间诗人张鹤鸣也写道：“海内名亭都不见，令人却忆少陵诗。”

如今的大明湖畔，路面整洁，铺设干净，却总难寻当年“杨柳春风万方极乐，芙蕖秋月一片大明”的身影。但，若哪日你置身此间，除去“大明湖畔的夏雨荷”，还能想起一字半句的“晓岸烟消孤殿出，夕阳霞照远波明”，便也不枉此亭历经风雨、几经变迁等你了。

沉香亭：千古事云飞烟灭

凡是名胜古迹，总会有一段或荡气回肠的历史故事、或跌宕起伏的民间传说与之相对应。跨越千百年的时间洪流，今人长途跋涉前去品赏游览，目的不仅仅是眼前的美景，更多的是为了一种文化的寻访和膜拜。

就比如这座1958年于原址上复建的沉香亭。它来自遥远的大唐，曾扎根于歌舞升平的长安城，在深宫之中取龙池东北方一角，安稳坠地，看尽长安繁华。

上下五千年，除去动荡战乱，真正的太平盛世其实并不多。其中，大唐王朝的繁华景象，就像是历史长河中的一颗璀璨明珠，散发着绚丽夺目的光彩。

而那盛世之中，除了四海称臣、万国来朝的辉煌繁华，总也少不了诗仙李白的奔放诗情和美人杨玉环那一支霓裳羽衣舞。贵妃杨氏的美貌，在许多诗词歌赋中都曾经被歌颂过。就连诗仙李白，也曾写下著名的《清平调》词三首，盛赞贵妃的如花容颜。

名花倾国两相欢，长得君王带笑看。
解释春风无限恨，沉香亭北倚栏杆。

于是，沉香亭便就此与李白的诗情、贵妃的爱情一起走进了世人的眼中。

“名借沉香，我思三首清平调；人来览殿，谁解千年长恨歌。”

如今，重建之后的沉香亭仍旧在讲述着他们经年不变的故事。

关于沉香亭名字的由来，传说是由于它原本整体采用名贵木材沉香建造，故而名曰“沉香亭”。或许，也唯有如此名贵的沉香之亭，才能与贵妃的美貌相得益彰。

“回眸一笑百媚生，六宫粉黛无颜色。”遥想昔日，天色将近黄昏，四周的牡丹花开正浓，空气中弥漫着醉人的香气。于霞光满天之中，美艳的贵妃与唐玄宗款款而来，携手漫步在沉香亭畔。两人时而轻声低语，时而相视一笑，举手投足间透露着数不尽的蜜意与柔情，惹得无数人称赞羡慕。

“天生丽质难自弃，一朝选在君王侧。”只可惜，贵妃与玄宗的爱情，在最初开始的时候就已经确立了不对等的相互关系，一早就注定是一场悲剧。

沉香亭畔的那些卿卿我我，在李白眼中及其诗中，不过是君王闲暇时的一种消遣。或许内心有着几分欣赏与喜欢，却跟“真爱”扯不上关系。不知是否因此，才气逼人的李白一生都未能得到君王重用，最终于穷困落魄之中患病而亡。而贵妃，一时繁华落尽，惨遭马嵬之难，面对军队哗变，上一刻还深情款款的君王，下一刻却不得不翻脸无情，舍美人而保天下，亲自下旨赐死了她。

“天长地久有时尽，此恨绵绵无绝期。”从开始时的被迫承受恩宠，到结束时的无奈奉旨赴死，或许在香消玉殒的贵妃心中，对于那个高高在上的君王，早已不再有什么所谓的爱情。可能就恰恰如同白居易这首《长恨歌》的名字一样，最后大概真的只是长恨无穷吧。

据说，唐明皇归銮后，仍会思念贵妃，也曾使人前去马嵬坡寻觅佳人芳魂，却不过得了一句：“肌肤已毁，而香囊犹在。”

漫步在沉香亭畔，四周的牡丹花正值盛放，色彩绚烂华贵依旧。而昔日那个如同牡丹花般美艳的女子，却早已凋零在了历史的烟尘之中。

从此，世间少了一抹明媚色，沉香亭畔只剩无尽落寞。

千古事，云飞烟灭。

赏心亭：人事不同风物在

如今位于南京市秦淮区水西门广场西侧的赏心亭和杭州西湖之畔的雷峰塔一样，是完全的现代复建建筑。

坦白说，我实在不喜欢所谓的“古典建筑技法和现代建筑技术相融合”，总觉得有些不伦不类，好似拿到了蜡制苹果模型，哪怕形象、香味都仿得惟妙惟肖，总还是不能入口。但文化实在是太过于虚无的东西，它总需要一个落脚、一个遗落，就好像一个人的灵魂总需要一个归所，秦淮河畔也需要这个赏心亭。

“新赏心亭”建于2006年，与宋代丁谓初建，不知隔了几度春秋。此间无数兴衰更迭，终究化作了铭记于书册的“考证”。据说，正是依据《景定建康志》《至正金陵新志》等古籍中对赏心亭的描写，正是参照《营造法式》等宋代建筑书籍的概括，才有了如今赏心亭的形式。

即便失去了历史的加持，赏心亭依旧是美的。水天空阔之间，一楼临水而立，八角歇山顶、灰筒瓦屋面，佐之朱红的栏杆与窗棂，形制的巧妙、色彩的对比，自也有一种美艳无双之感。

于建筑一途，我实在不懂。远观此楼，竟难分“亭”“阁”，近看其踪，又总觉与旁处的仿宋建筑区别不大。那种失落惆怅之感，简直如影随形难消难减。

伸手抚摸那木质的楹联，登高远眺近处水榭远处高楼，我知道，我在寻觅和思念的，是很久之前弥留在这赏心亭中的人和事，是苏东坡“千古龙蟠并虎踞，从公一吊兴亡处，渺渺斜风吹细雨，芳草渡，江南父老留公住”宴客时的豪爽，是陆游“黯黯江云瓜步雨，萧萧木叶石城秋。孤臣老抱忧时意，欲请迁都涕已流”的痛心，更是辛弃疾“倩何人唤取，红巾翠袖，揾英雄泪”的无可奈何。

济南“二安”自来是闻名遐迩的。除了对李清照的深爱，稼轩亦是我心中不能磨灭的一盏灯。

说赏心亭，便不得不提辛弃疾。

这是个传奇的英雄，他一生被标注了太多标签，是词人，是官员，亦是仗剑走天涯的剑客。这一双手，堪执笔、可持剑，有着心怀天下的胸襟气度，亦有着愁肠百结的如水情怀。坦白说，如若放在当今社会，这样的辛弃疾注定会“粉丝遍天下，迷妹一大把”。

辛弃疾出生在北地，此时的南宋已偏安多年。绍兴三十一年，年仅二十一岁的辛弃疾聚集两千多义士起义，后投身起义大军耿京麾下。绍兴三十二年，耿京被害，辛弃疾率领五十骑兵夜袭金营，于几万人的大营中，活捉了叛徒张安国，这样的智勇双全、杀伐果断，何等痛快！一如他词中所言，“壮岁旌旗拥万夫，锦襜突骑渡江初。燕兵夜娖银胡䩮，汉箭朝飞金仆姑”，读来痛快淋漓！

这是宋词中豪迈澎湃的另一番天地。

只可惜，他一心想要报效的“祖国”积弱已久，一个辛弃疾改变不了南宋，乃至他的出现、投诚，是赵构心中的担忧、隐患，是他叱咤人生的悲伤转折。那个“直把杭州作汴州”的时代，人人自危又人人只图眼前享乐。辛弃疾的理想、才学、武功报国无门，从1181年到1207年，他被开玩笑一般，频繁调任多达三十七次，做文职、陪游玩，唯独没有“用武之地”。自二十五岁投身政途，他满腔豪情壮志又报国无门的情怀，都悉数播撒在数次经过赏心亭留下的词作之中了。

他们常说，爱一个人，恋一座城。或者爱某一个亭台楼阁、历史建筑，也是因为爱这此间人事。即便这里如今早已物是人非，也总有太多东西值得我们留恋、铭记和深爱。

人事不同风物在，怅然犹得对方樽。

第四章

楼飞四面，神聚千秋

——10个不可错过的古阁楼

有人笑称，如今这年月，与其说我们在看“历史名楼”，不如说我们在看“历史楼名”。

有些好笑，又有些可悲。

是的，统观如今的十大历史文化名楼，称“最大仿唐建筑”的有，称“仿宋”建筑的有，它们以钢筋铁骨的姿态出现，有电梯、商户充斥。古迹遗存竟越来越少了。

会失望吗？

还要跋山涉水地去看望它们吗？

要的。

那些古老的建筑都是有灵魂的，毁建之间自有属于它们的修行。每一首留存的诗，每一个久远的故事，都是那楼阁传递给我们的情怀。

“楼飞四面开屏障，神聚千秋作主宾。”

登楼也好，谒寺也罢，我们要看的不仅是建筑风光、自然环境，要铭记的也不止是历史传承、文化精髓，大概还要知悉这“美中不足”。

岳阳楼：乾坤千里水云间

昔闻洞庭水，今上岳阳楼。

吴楚东南坼，乾坤日夜浮。

杜甫《登岳阳楼》中的这两联，言简意赅，短短二十个字，将岳阳楼的气魄、洞庭湖的浩渺展露无疑。

这是自古便留在诗文中耳熟能详的岳阳楼。古往今来，多少文人墨客行经此地驻足流连，多少诗词歌赋盛赞楼之瑰丽、景之浩瀚。这样的句子，读得多了、背得多了，自然而然就生出些向往——向往楼之壮丽巍峨，也向往诗之流芳百世。

年少轻狂，内心也有美好憧憬、放肆期待，梦想能效仿古圣先贤，搦管操觚留下佳作，不说流芳于世，至少独领风骚。

奈何时光推动成长，也磨砺心性。少年之志，历经磨练、几度浮沉，竟也渐渐隐匿无踪。而命运就像看不见的丝线，会在某个时间某个地点，牵引你的身心，在百转千回之后，和那个无数次出现在诗词文章、年少狂梦中的场景，共同完成一次崭新的碰撞。

到岳阳楼时，正值四月初始、湘中雨季，潮湿的天气遇上不安的心境，黯淡旅途都蒙上一层雾气。

岳阳楼始建于公元220年前后，其前身是三国时期东吴大将鲁肃的“阅军楼”，西晋南北朝时称“巴陵城楼”，至南朝宋时方有“岳阳”之名见于诗文，中唐之后始称“岳阳楼”。“洞庭天下水，岳阳天下楼”，这美名流传千年，名副其实。这一座古楼，也留下“杜少陵五言绝唱，范希文两字关情，滕子京百废俱兴，吕纯阳三过必醉”的佳话，当真是无尽风流，誉满九州。

岳阳楼之美，在于山、水、楼台相映成景。它与湖北黄鹤楼、江西滕王阁，并称为我国江南三大名楼，是江南三大名楼原址原貌的唯一，整座楼纯木、飞檐、盔顶，自上而下，可见“祥云缭绕、龙凤呈祥、四梁贯顶”，远观可见风姿绝妙，近赏方知风月无边。

这是从诗词中走出来的岳阳楼，是沾染岁月的浓酒，醉出的“潇湘第一美景，中华第一名楼”。

奈何，这期待了多年的邂逅，偏逢天公不作美。细雨蒙蒙，亭台楼阁皆掩映于雾灰的天际之下，主楼格局优美，振翅欲飞，但磅礴的气势却淹没于阴霾的天色之中，难寻踪迹。

岳阳楼的二楼，安放着清朝书法家张照书《岳阳楼记》的雕屏，范仲淹所作诗句自记忆中翻涌而出，那字体遒劲有力，携摧枯拉朽之势震荡着我萎靡已久的神经。

立于高处远眺洞庭，细雨初歇，薄雾渐散，那一派“衔远山，吞长江”之景尽收眼底。昔日，大概也是在这里，范仲淹写下“不以物喜，不以己悲；居庙堂之高则忧其民，处江湖之远则忧其君”。

便忽然觉得，这千百年来令人口口相传、念念不忘的，岂止是这楼、这诗、这文?

“先天下之忧而忧，后天下之乐而乐”，这是生逢乱世，能忧国忧民的追求。

“黄沙百战穿金甲，不破楼兰终不还”，这是战乱之时，愿护我河山的追求。

“人生自古谁无死，留取丹心照汗青”，这是生死面前，仍忠心爱国的追求。

“生命诚可贵，爱情价更高。若为自由故，两者皆可抛”，这是面对革命洪流，激进自由的追求……

人生一世，不管经历如何，总要有什么值得你上下求索，矢志不渝。

此刻，依栏而歇，雨后泥土芳香飘忽，微凉春风舒爽缱绻，佛语偈子

“相由心生”，当是如此了。回程经过洞庭湖，再回头留恋观望，阴雨方霁，霞光渐透，粼粼湖水倒映中的岳阳楼似明珠玓珞璀璨，正是“岳阳楼上日衔窗，影到深潭赤玉幢”。

清风之下，登楼，更胜却一场洗礼。

若有一日，我重返岳阳楼，还会邂逅什么样的胸怀?

黄鹤楼：耸构巍峨铺陈楼

说起黄鹤楼，竟不知是要先从传说轶事说起，还是从那首号称七律之首的《黄鹤楼》诗说起了。

的确，这始建于三国时代，自古以来便有着“天下江山第一楼”“天下绝景”美誉的黄鹤楼，实在太令人心折了。

千百年来，黄鹤楼人来人往，“气吞云梦”的气势从不曾消减，是为“由是路入是门奇树穿云诗外蓬瀛来眼底，登斯楼览斯景怒江劈峡画中天地壮人间”，分外磅礴。

于是，我沿着这历史的痕迹，漫步在这时代的隧道里。初登黄鹤楼看宏伟风景，再登黄鹤楼看历史颠簸，看人看景，观天观象，别有风情。

关于黄鹤楼跨鹤成仙的传说，最早出现在南朝祖冲之笔下，后被鲁迅先生辑录在《古小说钩沉》里。大概说的是，曾经有一位道士，成仙路上遭逢辛苦，衣衫褴褛求助于沽酒为业的辛氏。后来，为报答辛氏的千杯之恩，这道士用橘皮在墙上画了一只能闻歌起舞的仙鹤，自此后，这酒楼声名大振、宾客盈门。十余年后，道士归来，吹笛起舞，驾鹤而去。辛氏为纪念这位仙翁，建黄鹤楼存念。

古人云：登斯楼，览斯景，上依河汉，下临江流。

远眺黄鹤楼，只见滚滚长江从西南方向而来，烟波浩淼天际流，观万里晴空群帆影，浩浩荡荡烟波中。黄鹤楼伴随着清晨的薄雾漂浮在宽阔的江面之上，如同海市蜃楼般在长江之流时隐时现。危乎，高哉；壮乎，妙哉。似画，画中有天地；含势，气势壮人间。

近看黄鹤楼，气宇轩昂，雄伟壮观，直矗于蛇山之麓，耸立于烟云之间。塔尖直耸入云，不见终尾，大小屋顶高低重叠，参差不齐，交错纵横。屋角微微翘起，似飞燕跃跃欲试，展翅翱翔。由外而里，循序渐进，楼层间绘制的仙鹤似起舞翩翩，有花草盎然生机，有龙凤交互盘旋，一派春意荡漾在心海之间。

登到黄鹤楼之巅，俯视是连接龟蛇二山的武汉长江大桥横跨两岸、盘踞南北；远望是武汉三镇，尽收眼底，细微可见，领会了天地之精魂，体会了山川间的吸收与吐纳。想必从楼阁之顶向下望去，看见的是“四面八方”的框架，构建的是四平八稳的楼宇。便不得不说，这黄鹤楼的设计与中华文化相融相汇，其象征与表意如同建筑的规划般变化莫测、精巧细致。

而登楼怀古，遥想那些沧海桑田、岁月纷呈，更是不胜唏嘘。三国时，战火连绵不绝，惶惶乱世，群雄勇起。彼时，黄鹤楼身居险位，高筑城楼，立于楼宇之上，扼守着烽火不尽的硝烟漫漫，抵挡着如狼似虎的百万雄师，胸怀着孙仲谋的谋略智慧，延展着历史和平稳定的千里走向。不得不说，它亦见证了千万场的战争，见证了无数的旌旗起舞，见证了无数的杀戮征伐，见证了鼎峙时期的大江东去。

晋朝覆灭东吴之后，三国统一，黄鹤楼逐步成为江夏游玩、宴请之地。无数文人墨客来此观光赏楼，留下无数脍炙人口的诗篇与词赋，成就文学史上独领风骚的雄伟篇章。

诗云：“昔人已乘黄鹤去，此地空余黄鹤楼。黄鹤一去不复返，白云千载空悠悠。晴川历历汉阳树，芳草萋萋鹦鹉洲。日暮乡关何处是，烟波江上使人愁。”

自然，今时我所见之黄鹤楼，远非当日之楼。以清同治楼为雏形重建的新黄鹤楼兴建于1981年，不过比我略年长几岁而已。主楼坐东朝西、外形正方、四望如一。只可惜，新楼与旧址有千米之遥，如今要看“孤帆远影碧空尽，唯见长江天际流”的美景，便只好昂首遥望。

“一楼萃三楚精神，云鹤俱空横笛在；二水汇百川支派，古今无尽大江流。”

只盼着，黄鹤楼的气魄灵魂仍在。倘如此，那美好便可在。

鹳雀楼：登楼千里望黄河

唐诗中的鹳雀楼美得不可方物。有了这份感染，我在一个黄昏急匆匆赶赴一场关于“鹳雀楼”的约会。

此时的鹳雀楼并没有建在其原址“城西河洲渚上”，而是建在了蒲州古城西面的黄河东岸。作为 780 年后在新址重建的新鹳雀楼，这座“现存最大的仿唐建筑”是复建的“四大名楼”中最年轻的一个。其外观甚是美好。四檐三层、内分六层，结构仍旧灵巧，姿态仍旧雄奇，远看飞檐如飞鸟展翅，近看似潜鱼翘尾，形态上仍令人震撼。

鹳雀楼始建于北周时期，其准确年代大概在 557—580 年之间，是大将军宇文护为实现军事瞭望之用而建。史书记载：“鹳雀楼旧在城西河洲渚上，周（557—571 年）宇文护造。”又载：“宇文护镇河外之地，筑为层楼，遐标碧空，影倒横流，二百余载，独立乎中州，以其佳气在下，代为胜概。唐世诸公多有题咏。历宋至金明昌时尚存。”王之涣诗“白日依山尽，黄河入海流。欲穷千里目，更上一层楼”，更成为鹳雀楼之千古绝唱。诗与楼相辅相成，文化与建筑彼此成全，是我国这些“名楼”“名亭”的共同特点。

至元代蒙古铁骑踏进中原大地，战火燃遍中华大地，鹳雀楼也难以幸免。明初时期，鹳雀楼故址尚在，但后来因黄河泛滥，最终消失于滚滚黄涛之中。尽管如此，鹳雀楼仍以其诗情画意的美名吸引着天下的文人骚客。蒲州西城楼便被“指鹿为马”，成为了人们心目中的“鹳雀楼”，不断有文人墨客登临抒怀。史书记载：“明初时，故址尚可按，后尽泯灭，或欲存其迹，以西城楼寄名曰鹳雀。”清初诗人尚登岸写道：“河山偏只爱人游，长挽羲轮泛夕流。千里穷目诗句好，至今日影到西楼。”

时至当代，重修鹳雀楼的呼声日益强烈。1997 年 12 月，新鹳雀楼在黄河岸畔破土动工。这是鹳雀楼自元初毁灭七百余年后的首次重建。

这原本是令人无比骄傲的事情，我们也可去寻觅、感受曾经唐宋的文人雅客登楼赏景的境况。只可惜，如今鹳雀楼所在之处，称“鹳雀楼景区”。盛名之下，游人众多，想要在人声鼎沸之中寻一抹情怀，是很困难的事情。尘世喧嚣，浮躁成为通病，静下来，难之又难。在这样急匆匆的心绪之下，跟随拥挤的人群游园登楼，昔年昔日诗者文人的情怀实在难以寻觅。

更何况今人赋予鹳雀楼太多人为的思量。一楼展厅绘大唐蒲州盛景，再现昔日蒲州市井生活，不知是否仿了《清明上河图》的风范。二楼展现华夏根祖文化，将相关或不相关的老故事悉数堆砌，神话里的女娲补天，故事里的莺莺听琴，传说中的司马光砸缸，历史中的杨玉环李隆基，悉数堆积。三楼再现亘古文明，以塑像的形式典数历史上煮盐、冶铁、酿酒、蚕桑等支柱产业。四楼展厅名为“黄土风韵”，将永济名人字画和各级领导的视察图片挂了满墙……这访古的心情瞬间失去，于是干脆忽略了五楼的鹳雀楼模型，直登六楼罢了。

这样收心敛性地在鹳雀楼一角站了许久。只等人群退去，想静着心神等待长河日落。私心里仍无比矫情地存了心思，想看见唐诗里真真切切的鹳雀楼——看一轮白日渐渐坠向群山之中，看滚滚黄河向南而去……可惜，却只见王之涣铜像沉默于此，挥笔疾书，神游物外。

这是鹳雀楼。

它曾历经无数个黄昏落日，看到过多少封建王朝的兴衰、诗酒歌赋的文人、金戈铁马的将士、宝马雕车的盛世以及硝烟四起的战乱呢？如今这些，连同自己本身，都淡然远去了，唯独留了一份缠绵在诗情里的魂魄，勾着人魂牵梦萦。

如今，那魂魄可曾归来？我倒怕这“名楼”过于崭新、过于时尚，它魂兮归来，找不到可以寄托的实体。

只有那白日渐坠群山。望尽天涯的景色中，何处是归程？

滕王阁：诗序依旧江自流

滕王阁之旅，起源于无意间在电视上看到的一个画面。

那是夜幕与灯火笼罩之下的赣江两岸。一面是古老恢弘的滕王阁，一面是现代化的摩天建筑。在忽明忽暗的光影中，仿佛是一趟跨越时光的旅程，带领我们往返于过去和现在之间，探寻古人曾经生活过的痕迹。

带着这样的好奇之心，我走进了滕王阁。

滕王阁是我国南方唯一的一座皇家建筑，它与湖北的黄鹤楼、湖南的岳阳楼并称为“江南三大名楼”。这其中，因由“初唐四杰”之一王勃那篇著名的《滕王阁诗序》，它最早扬名天下。故此，又被誉为是“江南三大名楼”之首。

只是历史上的滕王阁屡次毁于火灾，损毁达二十八次之多。1942 年，大师梁思成根据宋画苦心绘制《重建滕王阁计划草图》。依据这些草图，1989 年滕王阁完成了第二十九次重建。王勃笔下的那个“上出重霄”“下临无地”的唐代滕王阁我们早无缘得见，只能凭借如今修复后的样子去遥想它昔日的风姿。

那晚应该也是明月高悬，灯火如虹。滕王阁下是滔滔江水，滕王阁上是泱泱才子。显贵贤达云集于滕王阁之宴上，弱冠之年的王勃凭借着一首《滕王阁序》，一鸣惊人，才气冲天。

从此，王勃便和滕王阁一起，成为时光深处的一个文化传奇，青史留名，世代传颂。

其实，我们是险些错过这个传奇的。

当日的滕王阁大宴，原本是阎伯屿为了向大家夸耀女婿孟学士的才学，提前就让其准备好了一篇序文，计划在席间当作是其即兴所作，书写给大家看的。阎伯屿没有想到的是，弱冠之年的王勃以气吞山河之志，以经天纬地之才，当仁不让，当众挥笔洒墨，一蹴而就。阎伯屿见王勃抢了自己女婿的风头，气愤地拂衣而起，却在听到“落霞与孤鹜齐飞，秋水共长天一色”之后，由衷叹服道：“此真天才，当垂不朽!”

都说寒门再难出贵子。我内心里却还笃信着一种“相对公平”。任何一个时代，都会存在这样的社会资源分配不均衡的情况。有些人可能会拥有比别人更好的出身与机遇，但这并不意味着出身差的人便全然没有崭露头角的可能。或许道路会曲折一些，或许艰难会深重一些，但只要有真才学，总有一天会有一飞冲天的机遇吧。

带着这番沉思与感动，我踏上了滕王阁之旅。即便明知此乃“仿宋建筑”，仍愿意怀着一份美好的心绪去寻觅古踪。只是，如今的滕王阁终究不同以往。阁内装饰有长卷壁画《人杰图》《地灵图》，分别描绘了历史上的江西籍名人，如陶渊明、欧阳修、王安石、汤显祖等，又有江西名山大川自然景观精华。另外还有一幅《临川梦》，表现的是汤显祖戏剧《临川四梦》：《牡丹亭》《紫钗记》《南柯梦》《邯郸记》的意境。观之，总觉得有些“隔靴搔痒”的失落，心中揣摩的仍是那个少年天才所吟诵的绝世名篇：

滕王高阁临江渚，佩玉鸣鸾罢歌舞。
画栋朝飞南浦云，珠帘暮卷西山雨。
闲云潭影日悠悠，物换星移几度秋。
阁中帝子今何在？槛外长江空自流。

蓬莱阁：丹崖山外起楼台

四大名楼之中，蓬莱阁离我最近。

往来次数多了，便觉得多了些亲近。私心里总会觉得相比于岳阳楼、黄鹤楼、滕王阁的古朴典雅、文化内涵，蓬莱阁似乎更是一处“人间仙境”。

在人们的心里，蓬莱阁早已与那些美妙的神仙传说、神秘的海市蜃楼紧密绑定，享誉海内外。

著名作家陈运和称蓬莱阁“是一部不朽的神话著作”。其所言不虚。中国古典书籍中记载，蓬莱、瀛州、方丈是海上的三座仙山，为神仙居所。在遥远的公元前 3 世纪，一统天下、站在万人之巅的秦始皇开始觊觎长生不老、得道升仙的方法。听闻蓬莱有神仙出没，又可觅得不老仙丹，便派方士徐福在此乘船入东海去求。

在中国民间传说中，也不乏蓬莱阁的身影，著名的“八仙过海”的故事就发生于此。相传八位神仙曾经在蓬莱阁醉酒，之后凭借各自的神通，脚踏碧波、身随祥云而去，留下“八仙过海、各显其能”的美丽传说。

传说中的仙境“高处不胜寒”，但生活在凡间的人们历经坎坷，依然向往神仙生活。蓬莱自古就是文人墨客雅集之地、道教炼气士修真之境。千百年来，慕名而至的文人墨客络绎不绝，现存留历代文人雅士观海述景题刻二百余处。如清代书法家铁保手书“蓬莱阁”匾额、近代爱国将领冯玉祥题写“碧海丹心”，这些都是蓬莱阁中重要的墨宝。

蓬莱阁的主体建筑始建于宋朝嘉祐六年（1061 年），经历朝历代扩建，又有祠庙殿堂、阁楼亭坊林立山间。行走其中，但见苍松翠柏祥立，清泉缓流于山涧，清静幽雅，倒是颇有些“蝉噪林愈静，鸟鸣山更幽”的空静。阁南有三清殿、吕祖殿、天后宫、龙王宫等建筑，与蓬莱阁层层掩映，浑然一体。

漫步亭台廊阁之间，徐行松柏幽林之中，仿佛能闻到吕洞宾的酒香，依稀能听到韩湘子的笛声、何仙姑的笑语。待得行至山巅，海阔天空，则眼界大开，豁然开朗。

蓬莱阁盘踞丹崖山顶，倒挂在碧波之上，阁下断崖峭壁，怒海生波，何等巍峨。清晨抑或傍晚，偶有海雾飘来，层层缠上山腰，但见着那些画栋雕梁、飞翘檐角，脚下云烟浮动，有天有海，无根无地，直欲乘风而去一般。难怪前人诗云："嵯峨丹阁倚丹崖，俯瞰瀛洲仙子家。万里夜看旸谷日，一帘晴卷海天霞。"

登临阁廊举目远望，碧海之中的长山列岛时隐时现，东北海疆碧波连天。春夏之际，海市蜃楼有时会出现在蓬莱阁远处碧波之上的空中，倘若运气极佳，或许也会见着海面上立起山峦、奇峰或琼楼，虽是虚无缥缈之景，却也让人心醉神迷。

当代诗人李祚忠曾经这样描写蓬莱阁：

人间仙境是蓬莱？远道而来景自开。
碧海平明无幻影，丹崖山外起楼台！

站在山崖之上回眸，不远处都市的高楼、繁华的街面清晰可见，与眼前人间仙境的蓬莱阁各守一边。

或者，也唯有走过了人间路，才会明白这仙人所的奇妙。

大观楼：万里云山一水楼

似乎是北方人的执念，去往南城必选在寒冬腊月。我亦不能免俗，每遇深冬得闲，势必要疯疯癫癫地思念春天。或许，也的确倦怠了冰天雪地里的单调色感，又心生浮躁，越发想念那些柳绿花红的春景，竟是分秒不能静待。

飞机降落春城，莫名就生出“忽如一夜春风来”的欣喜，那种跨越隆冬、穿越季节的愉悦感，于景致的耳目一新之外，又添了些心理上的满足。

昆明自古属于偏地，相比天大地大的中原地界和美丽的江南风光，四季如春的昆明实在被人们忽略了太久，乃至那些秀丽的风光长久不入文人骚客的法眼。不过，相比其他景点，昆明大观楼倒是以其独特的文化内涵名满天下，跻身于天下名楼之列。究其原因，竟是大观楼那副长达一百八十字的对联誉满九州。

大观楼位于云南昆明市近华浦南面，始建于清康熙二十九年。如今，环楼建园，又成一景。甫入大观公园，便见着春意扑面而来，花木成荫，海鸥栖翔，别有趣味。园中漫步，沿河潭缓步，回首间，瞥见绿树环抱之中有一座三层楼阁立在水潭对岸，心中倒有些惊诧：“五百里滇湖奔来眼底”的大观楼便是如此？论说巍峨、秀美，实是难与其他古楼媲美，金色飞檐的楼顶，在南地晴暖的阳光之下，掩映着碧水垂柳，分外鲜明。

走近大观楼，首先入目的便是“真大观也”匾额，再近前，大门两旁的字迹就涌入眼帘。与其说是副对联，倒不如说是两篇对仗工整的短小骈文。史书记载：“康熙二十九年（1690 年），巡抚王继文巡察四境，路过此地，看中这里的湖光山色，命人鸠工备材，修建亭台楼阁……因取名大观楼。”建成之后，大观楼成为昆明著名景点，不断有文人墨客登楼歌赋词诗。孙髯翁，一“布衣寒士”，一挥而就长联，惊世骇俗，问世即力压群芳，被评为“海内外第一联”“海内长联第一佳者”。联曰：

五百里滇池，奔来眼底。披襟岸帻，喜茫茫空阔无边！看：东骧神骏，西翥灵仪，北走蜿蜒，南翔缟素。高人韵士，何妨选胜登临，趁蟹屿螺洲，梳裹就风鬟雾鬓；更苹天苇地，点缀些翠羽丹霞。莫辜负：四围香稻，万顷晴沙，九夏芙蓉，三春杨柳。

数千年往事，注到心头。把酒凌虚，叹滚滚英雄谁在？想：汉习楼船，唐标铁柱，宋挥玉斧，元跨革囊。伟烈丰功，费尽移山心力，尽珠帘画栋，卷不及暮雨朝云；便断碣残碑，都付与苍烟落照。只赢得：几杵疏钟，半江渔火，两行秋雁，一枕清霜。

此联长一百八十字。上联写登大观楼情怀及“五百里滇池”无限美丽风光，下联抒发“数千年往事”之感慨，工整之对仗，气魄之宏大，令人叹服，难怪著名史学家郭沫若赞道“长联犹在壁，巨笔信如椽”，伟人毛泽东曾经评价这副对联“从古未有，别创一格”。1961 年郭沫若登临大观楼，即兴题诗一首：

果然一大观，山水唤凭栏。
睡佛云中逸，滇池海样宽。
长联犹在壁，巨笔信如椽。
我亦披襟久，雄心溢两间。

说起孙髯翁也是个极有故事的人物，他本名孙髯，字髯翁，号颐庵，自号“蛟台老人”，生于清康熙年间，卒于乾隆年间，享年八十余岁，可谓是个远近闻名的大寿星。而他长寿的秘诀大约与他嗜好诗书、笔耕不辍又淡泊名利有关。他好梅花，曾自制印章，曰“万树梅花一布衣”。时至如今，昆明五华山北坡有大梅园巷，相传就是孙髯居所。只可惜，我未能亲访。

孙髯翁成全了“大观楼”。凭借“天下第一长联”，大观楼跃然跻身天下名楼，为世代文人仰视。奈何那位名满天下的孙髯翁，却始终不过一名“布衣寒士”，虽文采卓然，却从无功名。相传，他所到之处，必然以诗书傍身，进入科举考场被搜身，便弃书掉头就走，从此再不问科举，终身甘为一布衣。

这样的豁达气节，也着实令人钦佩。

或者，大观楼就是孙髯翁的“功名”也未可知。

天一阁：诗书传家雅韵长

与其他所有的楼阁都不相同，天一阁是十大历史文化名楼中唯一的藏书楼。

古语云：君子之泽，五世而斩。盖因创业容易守业艰辛，越是经年沉淀越容易产生顽疾沉疴，最终家业凋敝。守荣华富贵尚且如此，更不用说是守百年诗书。“明末清初三大思想家”之一的黄宗羲就曾叹道：“读书难，藏书尤难。藏之久而不散，则难之难矣。”

所幸，我们还有天一阁。还有范氏子孙一代代固守着祖宗遗训，竭尽所能地将天一阁藏书尽可能完好地传承数百年。正如清代学者阮元所言：“范氏天一阁，自明至今数百年，海内藏书家，唯此岿然独存。”

天一阁坐落在浙江省宁波市月湖之西的天一街，始建于明嘉靖年间，距今大约有四百余年历史。它由解甲归田的兵部右侍郎范钦主持建造。在明朝，范钦的职务大概相当于现在的国防部副部长。这位任职于兵部，主管军队日常政务、制度的高级官员，平生所好不过是收集典籍。他为官期间，每至一地，必定广搜图书，在世时所藏各类图书典籍便已达七万余卷。与其他藏书家不同，范钦似乎更注重收集当时人的著作，他的藏书以明刻本为主，特别是明代的地方志、政书、诗文集等比比皆是，更有许多明代官署内部资料，真实地刻录着那个时代政治、文化发展的实际。从这一点来讲，范钦所谓“厚今薄古”的作为，实在是深谋远虑了。

“天一阁”之名取自《易经注》中“天一生水”之说，大概是为了取个好名头，以水克火祈福避祸。此外，范钦在兴建藏书楼时对布局问题十分重视，书阁是硬山顶重楼式木结构，面阔、进深各有六间，前后有长廊相互沟通，坐北朝南，前后开窗，阁前有池塘“天一池”，池下有暗沟与月湖相通，池水终年不竭，万一失火，便可就近汲水抢救。除此之外，天一阁在通风、防潮方面也独具特色，十分科学。因此，后世皮藏《四库全书》的文渊、文源、文溯、文津、文汇、文宗、文澜七阁，均仿天一阁式样营造，清代藏书家卢址的抱经楼更是从外观到结构全盘模仿了天一阁。

范钦是个有大智慧的人，这一点不仅可以从他丰富的藏书中窥得端倪，更可以从他对天一阁近乎严苛的管理中看出。范钦临终前，是预备要分家给两个儿子的。但他没有选择将家产平均分配，而是做了一个奇怪的决定——他把家产分成了完全不同的两份，一份是万两白银，一份是一楼藏书，让两房自由挑选。相比较而言，万两白银无疑是一笔巨大的财产，选择它便意味着一生衣食无忧。而那一楼藏书，不仅无法享用，还要因其维护修缮而付出大量金银。

范钦就是要以这种不近人情、几乎冷酷的方式，决绝地迫使子孙真正意识到保护藏书责任的沉重。面对如此选择，自小便深受父亲影响的大儿子范大冲毫不犹豫地选择了那一楼藏书，他当即表示会拿出自己名下的部分田地，用作天一阁藏书的修缮费用。

就这样，范氏家族开启了保护藏书的艰难传承。为了守护好楼中的藏书，范氏后人不敢有丝毫懈怠，世代子孙严格遵循“代不分书，书不出阁”的遗教，每一代又都新制定更加严苛的族规，循复传承。清嘉庆年间，宁波知府丘铁卿的内侄女钱绣芸酷爱诗书，一心想登上天一阁一览藏书。为此她不惜赌上一生幸福嫁进范家，可万万没想到，范家祖训有云“女子不可登楼”，终其一生，这女子也未曾亲近天一阁分毫。直到清康熙十二年，“外姓人不得入阁”这一条族规的限制才被著名思想大家黄宗羲打破。自此，天一阁进入相对开放的时代。但也只有极少数的真正大学者，才会被允许登天一阁拜读藏书。

即便在如此严苛的保护制度之下，人类微薄之力仍旧难敌光阴损毁。天一阁的藏书到底还是会失散。清嘉庆十三年，阁内的藏书实有4094部53000多卷，历经变迁，到中华人民共和国成立前阁内的藏书仅存1591部13038卷，遗失竟有数万之众！一直到中华人民共和国成立后，政府专设管理机构，多方探访寻得流失在外的3000多卷原藏书，又增入当地收藏家捐赠的古籍，使现珍藏版善本达到了8万多卷。

有趣的是，2011年我去往天一阁时曾在陈列室“目瞪口呆”地触摸过“古籍”。那里林林总总摆满崭新的古书壳子——封面是影印下来的，内页则全是白纸。我自然不会天真地以为可以轻易得见古籍，于这“玩笑”却也多少有些无语。后来我有听闻，早在2010年时，天一阁便构建了古籍数字化平台，将馆藏善本为主的3万册古籍数字化，实现了在线查阅。也不知这算不算“旧时王谢堂前燕，飞入寻常百姓家”。

时至如今，人人都说这是个不肯读书的浮躁时代了。爱书之人似乎还有，藏书者却屈指可数。也不知这是书籍的悲哀，还是文化的悲哀。幸好我们还有时光赠予的天一阁，可以抚慰这份伤痛，也足以唤醒我们渐欲沉睡的诗心书性，我们需记得：读书真好。

天心阁：万家烟火总关心

独立寒秋，湘江北去，橘子洲头。
看万山红遍，层林尽染；漫江碧透，百舸争流。
鹰击长空，鱼翔浅底，万类霜天竞自由。
怅寥廓，问苍茫大地，谁主沉浮？

吟诵着这首《沁园春·长沙》，在同样的深秋时节，再次去往湖南长沙。我本是俗人，却偏喜好风雅事，这行走的第一站就选择了天心阁。

天心阁是修建在长沙古城墙上的一座城楼，整体色调凝重而雄浑，风格去华饰而存古朴。放眼望去，既是一幅历史的画，又仿佛是一首古雅的诗。

在我国古代，将都邑四周用作防御的墙垣称作城。可以说，城是中国文化的一种特殊产物。长沙作为楚汉名城，历经千年一直位置未变、名称未改。而穿越这千年的光阴，古城墙能够得以保留便成为一件十分不容易的事情。

长沙的天心阁没有这种幸运。由于几经焚毁，关于天心阁最早开始修建的历史，已经无从考证。

楼高浑似踏虚空，四面云山屏障同。
指点潭州好风景，万家烟雨画图中。

我们只能通过这首《天心阁眺望》，将天心阁的年代至少追溯到明朝末年。

“天心阁”之称，传说是当时的星象学者认为这里地势高峻、地脉隆起，为文运昌隆之祥兆，于是在城楼建“天心”与“文昌”二阁以应之。

事实上，长沙也的确多出翘楚之辈。清朝栋梁曾国藩、左宗棠，民国要员黄兴、章士钊，开国领袖毛泽东……他们中每一个人都曾在中国历史舞台上留下了浓墨重彩的一笔，一次次在国家动荡之际挺身而出、力挽狂澜，撑起了整个中华民族的脊梁。

清代大学者黄兆梅为天心阁写下的“四面云山皆入眼，万家烟火总关心”，或许已经在无意间道出了其中的玄机。放眼四海、心怀民众，大概才是长沙能够历来人才辈出的真正原因。

只是关心万家烟火的天心阁，却也没能逃过战火的焚烧。

抗战期间，为了抵挡日寇的铁蹄，国民党高级将领李宗仁提出了“焦土抗战”的主张：举国一致，痛下决心，不惜流尽最后一滴血，更不惜化全国为焦土，与侵略者作殊死之抗战。

1938 年，随着日军的逼近，长沙城中早已经乱作一团。为了焚毁之前囤积在长沙城中没有来得及转移的大批物资，国民党策划了火烧长沙城，提前在城中进行布置，准备以一把烈火迎接日寇进城。

没想到还没等到日军进城，在 1938 年 11 月 13 日凌晨，伤病医院却突然起了火。这本来只是一个意外。奈何大战将至，长沙城里早已是人心惶惶，就连警备司令部也不例外。伤病医院这一段“意外”的火光，却成了他们眼中放火烧城的信号——于是无数支点燃的火把纷纷被投向城里的居民房屋。没过多久，连天心阁也燃起了熊熊大火，紧接着蔓延全城。

长沙城里的这场大火足足烧了五天五夜才完全熄灭。古城长沙化作一片焦土，天心阁荡然无存，只剩下那坚实的明清古城墙在尘烟中无声哭泣。

这一段历史，如同是经久不愈的一段伤。

几十年转瞬即逝。如今天心阁再次重建，初心始终未改。

四面云山皆入眼，万家烟火总关心。

光岳楼：廛市烟火总相望

行走聊城，我所关注的并非它“江北水城”的特色、“中国北方威尼斯”的标签，迷恋的也远非亚洲三大摩天轮之一的“水城之眼”。相比它“全国百强城市”的现在，我倒更愿意揣着虔诚、安宁的心，寻觅他繁华之外的沉默与颓败，感受它经年遗留的安静和古朴。在那些残存蔽塞中，探访老城、倒溯历史，感受不同的时代赋予这个城市的种种注解。

在这些注解中，光岳楼是最不容忽视的一个符号。

光岳楼始建于明洪武七年（1374 年），是迄今为止全国现存古代建筑中最古老、最雄伟的木构楼阁之一，与黄鹤楼、岳阳楼、滕王阁并称中国四大名楼。时至如今，提及光岳楼，却少有人知晓，由此便抹杀了它昔日辉煌。聊城古为东昌府，早在夏商时期便得发展，明清时候更是辉煌，“廛市烟火之相望，不下十万户”“舟楫如云、帆樯蔽日”，这城市“漕挽之咽喉，天都之肘腋”，是当之无愧的“江北一都会”。这些都是在光岳楼目睹鉴证之下的。相对的，那时光岳楼也是名噪天下，清朝康熙皇帝四次登临光岳楼，留下“神光锺瑛”的匾额；乾隆皇帝干脆将光岳楼当作南巡行宫之一，九次行经东昌府，六次登上光岳楼，更亲自书下“光岳楼”匾额，如今该匾额还悬挂在四楼南檐下。

说起来，光岳楼在最初建造的时候，亦是出于“严更漏而窥敌望远”的军事需要，至于其用料，更是精简地使用了修城所剩余的木料。故此，当地人给它取了一个相当接地气的名字，叫做“余木楼”，又因楼中有鼓声报时，人们也称之为“更鼓楼”。一直到一百多年后的明成化二十二年（1486年），知府杨能维修该楼，因地而名，称之为“东昌楼”，“余木楼”这才算有了名字。时间又过十余载，终于有人为它“抱不平”。明弘治九年（1496年），吏部考功员外郎李赞过东昌，登访此楼，发出了“因叹斯楼，天下所无，虽黄鹤、岳阳亦当望拜。及今百年矣，尚寞落无名称，不亦屈乎”的感慨，又“取其近鲁有光于岱岳也”，命之曰“光岳楼”。

如今这样品评起来，也觉得十分有趣。若说黄鹤楼、岳阳楼、滕王阁是名人雅士，这光岳楼是不是更像个寻常的山东汉子？有英姿飒爽的外形，有豪气冲天的气性，也有礼仪之邦的内涵，同样，也有着踏实、含蓄、沉稳、不争的气魄。

你看它沉默如斯，不图浮名，四大名楼中也只有光岳楼踏过了这六百余岁的光阴，一步步走到了如今，几乎没动过一柱一梁。这此间风月波澜，风和日丽也好，血雨腥风也罢，它始终怀着淡泊安定的姿态，撑起铜墙铁壁般的躯体。可有谁知道，整座光岳楼的主楼，梁柱椽檩，全部经由卯榫搭扣而成，无论梁架，还是斗拱，全是凿木相吻，浑身上下竟无一颗铁钉！这是何等的威武，又是何等的温柔！

我珍惜凝结在光岳楼上的那六百年的时光，每一次触摸都小心翼翼，满怀崇敬。当然我也知道，在一次次的修缮中，光岳楼也在悄悄改变着。它曾是淳朴的“余木”楼，存在着用料不精、规格不严的状况，楼内槽金柱伸到二楼的一段，就存在明显的粗细悬殊、自然弯曲。近年的修缮中，这些不规范的金柱就已经以木条修补过，为保它更长久地存在，曾经的古朴便只有被舍弃了。

那么，以后呢？

我们已然无法去寻找它最初的样子，或者六百余年的经年积累与变更。看着眼前的光岳楼，品读它的历史，怎知不是为了更清醒地面对未来？也唯有把它放在这长久的发展之中，才不愧那过往沉淀积累的岁月。

故此，愿你一切安好，守着初心的光岳楼。

阅江楼：两记呼楼六百秋

第二次游览阅江楼是在2013年冬天。

与友人登楼而归，寻了地道的小店儿吃热乎乎的南京小吃，茶足饭饱之际脑回路莫名一转，忽然想起：唉，这个阅江楼，我之前来过！

真不能怪我记忆不佳，实在是这阅江楼给我的印象不够深。时至如今，可供铭记的不过也就是这句“一江奔海万千里，两记呼楼六百秋”。

阅江楼是先有“记”，后有“楼”的。

朱元璋建立大明王朝、定都南京后，登临卢龙山，或也是突发感慨，他起意在山上建一座高耸入云的楼阁，亲自撰写了《阅江楼记》，又将“卢龙山”改名“狮子山”，还让文臣们纷纷回去写命题作文。这此间，最为文采出众又被收录在《古文观止》中流传至今的，便是大学士宋濂所写的《阅江楼记》。而后，朱元璋兴致勃勃地抽调服刑囚犯，兴师动众地在狮子山上打实了“阅江楼”的地基。

可这之后，他老人家忽然又决定：朕不玩了！楼不建了！大概是为了找补回这“金口玉言”的面子，朱元璋上赶着又写《又阅江楼记》，以上天告诫为由说无钱无力之实。于是，前后六百年，人人都觉得阅江楼“有记无楼，有诗无楼”，实在无奈、可惜又尴尬。我倒觉得朱元璋挺靠谱，他采纳了谋士朱升“高筑墙、广积粮、缓称王”的谏言，整整花了二十一年时间，在南京修筑了33.676公里的城墙，最终要比建个观景的楼阁更有意义一点。

就这样，阅江楼蹉跎了数百年。直至1997年，南京市政府批准建楼，

2001年9月建成开放。阅江楼号称中国十大文化名楼、江南四大名楼之一，又称“江南第一楼”。我倒是有些不解，想我泱泱大华夏、上下五千年，难道2001年前都是无名楼了不成，只等着这新建者称王？

实在是我狭隘了，我不喜欢那些现代钢筋混凝土的结构，风格再典雅、形制再漂亮，也比不上时光遗留给我们的那一丝古韵天成。

单就建筑风格而言，雷峰塔如此，赏心亭如此，许许多多复建的楼台皆是如此。乃至前些日子，我在家乡的山间小村发现一处荒废的唐朝小庙，重建者投资若干，费力整修。之后，慕名而去的我就呆住了，几乎要捶胸顿足，恨不能破口大骂。从前一片荒芜的时候，它是历经时光成全的唐朝小庙。整修之后呢？只是一堆钢筋水泥。

不止一次了。在游览的时候，在回味的时候，我劝自己，要将它们放在历史中去看——放在从前的历史中，也放在日后的历史中。可私心里还是盼望，盼望能有一个复建者保留着一片初心，盼望能有一个坚持的匠人传承从前的技艺。

这才是我们对历史的尊重，不是吗？

不是钢筋水泥不好，是我们不能忘本。

如今的阅江楼矗立在南京狮子山之巅，七层的建筑以电梯转瞬即达，这楼的建筑十分奇美，层层叠叠的瓦檐彼此周旋，是为“碧瓦朱楹、檐牙摩空、朱帘凤飞、彤扉彩盈”，美吗？美。无论在高度、体量和气势上，阅江楼都要比岳阳楼、黄鹤楼、滕王阁超出许多，其间布置的一些碑亭、浮雕、瓷画、刺绣等都称“全国之最”。楼中的“蟠龙藻井”，以整根樟木刻制而成，龙身由二十四K纯金装裱，单黄金就用了十一公斤之多，简直是气势磅礴、美不胜收。这样的盛誉之下，我仍觉得设计奇巧却有失韵味，异彩纷呈却有失庄重，重檐宝顶却有失风范。

美则美矣，偏我贪心不足。

总归，这是一种古往今来的成全不是么？古人选中楼址“阅江”，今人大兴土木“登楼”，也称之为一种美谈罢。

故此，倒是想说：今人观古，登楼也好，谒寺也罢，要看的不仅是建筑风光、自然环境，要铭记的也不止是历史传承、文化精髓，大概更重要的，是要知悉这美中的不足。

第五章

今日非昔日，城市有山林

——10座不可错过的古典园林

与其说中国的古典园林是一种建筑，不如说它是一种文化形态。

那些园林大多是文人的园林，亭台楼阁可见古秀精雅，假山花木多有诗词遗风。山水之间无不承载着文人雅士对自然的依恋、向往和追求。

昔日文人的情趣在这些园林中化为实体，诗情画意深藏在园林造景之中、亭台楼阁之间、雕刻书法之上。又有山水自然、松竹本真，探窗芰荷生香，扶廊梅兰独立，触目所及，无不是唐诗的古雅、宋词的迤逦。

“苍松翠竹真佳客，明月清风是故人”，这样的情怀，当以一壶清茶飨之，以一盏淳酒酬之，又当有月影下的琴声相伴，弹一首《秋风词》，当有水色下的吟咏缠绵，诵一阙《相见欢》，或也堪棋枰对弈，或也可歌舞升平。

这些亭台楼阁，这些小桥流水，沟通了多少从前人物、俗世风情。

行走其间，便真是“走遍人间梦几场”。

承德避暑山庄：曾是轩墀敞御园

于盛夏之时避暑承德，似乎是很多人心中的一个情结。仿佛这一星半点儿的距离，真的能避开暑气、赠人以清凉。

我亦曾几度过承德，游览却不过两次。自内蒙古至承德，由北京至承德，心境不同，所观所感亦不尽相同。

承德避暑山庄位于承德市中心北部、武烈河西岸，建筑在一片风光秀丽的狭长谷地上。提及武烈河，外地人对承德的这条母亲河可能并不了解，可托了清宫剧的福，它的别称“热河”可谓人尽皆知。毕竟，承德避暑山庄也称“热河行宫”或“承德离宫”。从名字上看，这里是清代皇帝夏天避暑和处理政务之地。我却听闻，当年康熙皇帝欲接见蒙古王公，奈何是年北京城内天花泛滥，蒙古王公不敢擅自前往，康熙只好屈尊北上，一路往承德而来，表面说是避暑，实际倒是“避瘟”了。

在避暑山庄，有一张全景图。一览山庄全貌，可见其占地之广阔：其中五分之三为森林，剩余才是草地、湖面和建筑群。可惜这鼎盛时期的模拟图并非我们眼前所见之实景，历经战争灾祸，避暑山庄很多建筑已经成为废墟，所留不过一点地基。故而，当我们以游客的身份亲近，难免要觉得这号称是“最大园林”的避暑山庄，其规模与颐和园、圆明园相较并不见优势。

邂逅这些老景点，观园、看景，更多的是品读历史。一砖一瓦、一园一建、一木一石，皆是文章。

清康熙四十二年（1703 年），承德避暑山庄开始动工修建。相比于北京故宫的金碧辉煌，避暑山庄更注重朴素淡雅的自然野趣，格调上追求清新淡雅，虽是人为开建，却也因缘地势应和自然之态。大概越是如此，才越是考验技艺。为了彰显园林之巧、氛围之雅，彼时的匠人们个个绞尽脑汁，既要借鉴江南塞北之名胜，又要汇集能工巧匠之技艺，好将这建筑整体回归到自然山水的本色之中，极尽能事地体现皇室审美的高瞻。

山庄建筑历经清康熙、雍正、乾隆三朝的精雕细琢，耗时八十九年得以建成。整个山庄建筑东南多水、西北多山，像极了中国自然地貌之缩影。而山中有园、园中有山更是避暑山庄的景色特点。山庄内大小建筑约有一百二十多座，康熙帝用四字命名、乾隆帝用三字命名的景点各有三十六处，称为“七十二景”。

令我印象深刻的是正殿之后的四知书屋。书屋匾额是乾隆帝亲题，即“四知”，该词语出《易经》“君子知微、知彰、知柔、知刚，万夫之望”。乾隆帝极喜爱、极信奉这话。想来人生一世，倘若能做到知事明理、有先见之明，再晓得刚柔并济、进退得宜，那也算是活得明白了。倘若做不到，便以此为鉴多多自勉也好。

山庄后宫的正殿，是为“康熙三十六景”的第一景，名曰烟波致爽殿，康熙帝喜爱这四周景致，谓之曰“四周秀丽，十里平湖，致有爽气”，难怪名字也起得恁般雅致旖旎。

山庄绵延的宫墙之外，是颇多象征着民族团结的皇家寺庙群。正北是布达拉行宫景区，景区内有普陀宗乘与须弥福寿两座寺庙；东北是普宁寺景区，景区内是普宁寺与普佑寺，两座寺庙的名字取意“普天下之安宁、佑天下之众生”，观来又是别一番滋味在心头。

这避暑山庄犹如一幅生动的历史写实画卷。与所有历尽尘埃的建筑一般，它亦无辜沉默在岁月深处，被动见证了清代盛世王朝最璀璨的辉煌，记录了那段刻骨铭心的历史弦乐余韵，或盛或衰，看到、听到，却从不予以品评。

漫步园内，还真觉得仿佛穿越了三百余年，闻到了皇家楠木宫殿的芬芳，看到了皇门宫苑气势不凡的楹联匾额。散布在林间的戏题碑文，亦将昔日帝王家的尘封旧事悠然重现于你的眼前：辛酉政变时慈禧太后的行径，西方军队进攻中国的枪声炮响……

清王朝的雄心壮志早已成为尘封历史，丰功伟绩也已掩存于文字书页之中，只有这避暑山庄及周围寺庙，瞩目着眼前盛世。

颐和园：都作连江点点萍

提起北京，大家的脑海中会立刻浮现出“长城”“故宫”“颐和园”这几个名字。的确，北京作为一座在历史硝烟中沉淀下来的皇城，这几处无疑都是最能代表皇家特色的地方。与长城的险峻、故宫的肃穆迥然不同，颐和园自古以来就是皇室贵胄们游览休息、放松身心的首选之地。

提起皇室中的人对于颐和园的喜爱，不得不说的就是慈禧太后。

颐和园的前身叫清漪园，原本是乾隆皇帝为了孝敬母亲耗费了将近五百万两白银改建而成的。咸丰时期，英法联军入侵北京，曾将这清漪园一把火焚尽。等到光绪帝继位以后，慈禧太后真正成为了大清王朝的女主人，她便以光绪帝的名义下令重建了清漪园，并正式改名为颐和园。

可以说，正是有了慈禧太后的这次至关重要的重建，我们今天才有机会见到这座集北方山水与南方园林为一体的历史名园。只是光绪年间重建颐和园的时候，大清帝国早已不复乾隆时期的鼎盛之态。此时，中法战争正处于胶着状态，清政府在一系列的对法战役中接连失利，甚至在马尾海战中遭遇了福建水师全军覆没的惨败命运。如此焦头烂额之际，慈禧太后还是不惜花费巨款也要重新修复颐和园。

这也足可窥见她是有多么喜爱这座林苑了。

只可惜祸不单行，慈禧太后没有预料到，自己好不容易才修复的颐和园，伴随着大清国气运的衰弱，竟然在短短几年之后，又一次遭受了八国联军的野蛮破坏。慈禧也是有趣，或也是私心里存着委屈抗议。第二年，她自逃亡西安之后回到北京，竟又再次动用巨款修复颐和园。在这次修复过程中，最大的一处工程当属佛香阁。此工程前后历时三年，总共花费了近百万两白银。佛香阁里供奉着“接引佛”，以慈禧太后为首的皇室成员在此烧香叩拜，期盼着大清王朝的国运兴隆、长治久安。

只可惜神佛似乎并没有听到慈禧太后的祈求，大清王朝最终还是气数将尽，不久之后中日甲午海战爆发，北洋水师全军覆没，结局何等壮烈凄惨。相传，慈禧太后当初为了修复颐和园，曾经不惜挪用了北洋水师的军备费用。当在颐和园中畅游的慈禧太后听到北洋水师战败的消息时，又会是怎样的一种感受和心情？

或许，挪用军费修园林的行为本身，就早已注定了清王朝的统治者失败的最终结局。这段写满屈辱的历史，实在令人充满感伤又难以回避。

而置身于颐和园中，畅游在昆明湖畔，还会令人想起另外一个悲情人物——国学大师王国维。

后世对于王国维的盛赞名目众多，文学家、历史学家、哲学家等皆对他有盛赞。其中，他在《人间词话》里谈到的治学经验“古今之成大事业、大学问者，必经过三种之境界。‘昨夜西风凋碧树，独上高楼，望尽天涯路’，此第一境也；‘衣带渐宽终不悔，为伊消得人憔悴’，此第二境也；‘众里寻他千百度，蓦然回首，那人却在，灯火阑珊处’，此第三境也”，一直备受推崇。

可是，就是这样一位学富五车的泰斗级人物，最终却选择了在颐和园的昆明湖内自沉而亡。王国维在遗书中写道：五十之年，只欠一死。经此世变，义无再辱。每每读来，都倍感触目惊心。

是怎样的世代巨变和精神屈辱才会令这样一位学问大家感到“只欠一死”？

逝者已矣，生者如斯。

“人生只似风前絮，欢也零星，悲也零星，都作连江点点萍。”

如今，便也不过看看湖光山色一道堤，岸上杨柳依依。

古莲花池：几疑城市有蓬莱

对古莲花池的初印象，源自一场举办于李清照故居的金秋赏菊。

彼时，得见绿菊，不由心生欢喜。友人却借机笑我，笑得一脸狡黠，道此非“绿菊”，“绿菊”是一种水草。

我便认真起来，问她：那这绿色菊花叫什么？友人曰：绿牡丹。

又问：那绿色的牡丹叫什么？友人又曰：豆绿。

我顿觉满脑绕线，一塌糊涂。绿菊非菊，绿牡丹非牡丹，豆绿非绿。话题从这里说开去，彼此言及：后海非海，米脂非米，古莲花池亦非莲池。

真是……不能好好聊天了。

而去过了非海的后海，去过了非米的米脂姜氏庄园，倒是越来越挂心非莲池的古莲花池了。待因缘际会途径河北保定，真的站在古莲花池门口时，但见眼前“涟漪夏艳”的美好精致，方觉得不枉费当日一番闲谈的绞尽脑汁。

古城保定自古为北方重镇，有“北控三关，南达九省，畿辅重地，都南屏翰”之称谓。保定之名含“保卫大都，安定天下”之意。如今的保定，早已是高楼林立，只有满载历史沧桑的直隶总督府遗址似乎向人们诉说着昔日的“王者风范”，而大街对面被称为“城市蓬莱”“小西湖”的古莲花池，则更是典雅别致、气度非凡。

盛夏时节原本就是属于莲花的季节。在吴牛喘月、铄石流金的酷暑时节，若于此处赏荷游园再好不过。且不说中国文人自来爱荷之高洁，光是它们风裳水佩、明净至洁的姿态，便足以令人倾慕。莲池之中，它们俏生生地撑起一杆碧玉琼盖的样子，别有一番骄傲，却又从容、温雅，与这烈日炎炎的俗世划清界限，给世人一片安好肃静。

而在古莲花池，倘若只是赏荷，那未免辜负了天地赐福。自然万物均是天赐之福，建筑人文却是凝结前人智慧的无私馈赠。

古莲花池始建于元代。1227年，汝南王张柔从满城迁至顺天（当时，保定叫保州，是顺天军节度使所在地），开始修建城池，建造一池莲花，称之为“香雪园”。1284年，园林毁于地震，仅存深池依旧荷花残败。到明朝后期，此处大规模扩建，渐成达官贵人云集之场所。至清代雍正年间，直隶总督李卫奉旨在此地开办莲池书院，一时学子如云，书香浓厚，堪称“全国书院之冠”，古莲花池自此闻名遐迩、声名大振。后来，此处又被辟为帝王行宫，乾隆、嘉庆、慈禧均在此下榻歇足。如此，当时的古莲花池身价倍增，终成凡夫俗子难以攀越之地。最可惜、最不愿提及的是，庚子年间，英法联军占领保定，莲池难逃厄运，遭劫被毁。直到2009年，莲池在原址原样复建。

每每提及复建，实在忍不住长叹。一面唏嘘时光无情，感慨岁月长河中无缘与最本真的它相见；一面庆幸繁盛如斯，尚有机会将历史留存，传予后人。

我眼前的古莲花池仍旧是美的。莲池中心有临漪亭，旁边中式建筑有水东楼、藏书阁、藻咏厅、君子长生馆、响琴榭、高芬轩、寒绿轩，飞檐斗拱，古色古香，优雅别致；而宛虹桥、曲桥和元建白石桥连接起来的临漪、濯锦、洒然、不如、六幢、观澜等小巧玲珑的亭子，让莲花池园区形成“湖中有景，景中含诗”的美丽画卷，让当代都市人从中领略到古典园林之美，所谓“城市蓬莱”，名不虚传。

除了直隶图书馆、碑廊，二百余年的古树之外，最令我印象深刻的是“绿野梯桥”。这桥是莲池内现存的最古老的建筑了，自元代始建流传至今，不知经历多少自然磨难、人为战乱，方能保持它千年之姿不动不摇。这桥通体为汉白玉砌成，如今衬着一池风月，也能见它洁白通透的样子，而那些经由岁月磨砺的旧痕，更让人迷恋那千年的时光。

你看这古莲花池，拙中见巧，朴中有奇，实在是汇集中国南北古建筑园林风格之精华，跻身成为全国十大名园，成为保定八景之一也不足为奇。当代园林之美、从前皇室风范，尽收眼底。想来王侯将相皆已化作尘土，唯有满池莲花仍在。

犹记长生馆楹联：“花落庭闲，爱光景随和，且作清游寻胜地；莲香池静，问弦歌何处，更教思古发幽情。”

清晖园：水色山光皆画本

说起中国名园，有半数之多集中在苏州，再者便是古都北京，至于岭南偏远之地，可堪铭记的古典园林则屈指可数。这其中，广东佛山的清晖园便算是佼佼者了。

清晖园位于佛山市中心区域，原本是明末状元黄士俊所建的“黄氏花园”。这位有“鸭蛋状元”之名的黄士俊，是万历三十五年（1607年）丁未科状元，真正的殿试第一、状元及第。据说，他出身微末、家境贫寒，为求取功名，曾一度求助于岳丈，奈何被人以“两枚鸭蛋”打发，遂作《鸭蛋诗》记之，从此传出这样一个“美名”。只可惜翻遍资料，只知诗中“嬉笑怒骂，警句甚多”，却从未见着原诗一言半句，亦不知这故事真伪，实乃憾事。至于他后来飞黄腾达，入阁为相，又晋封柱国、太子太师，御赐“熙朝人瑞”之美名便都是后话。

清晖园得名于南朝著名诗人谢灵运之名句——“昏旦变气候，山水含清晖”。目前现存建筑主要建于清代嘉庆年间。黄家衰落后，庭院便日渐荒芜。到清乾隆十六年（1751年），当地又出了一名叫龙应时的进士，他出资买下黄家宅院，传于子孙。或许是这灵韵之地的滋养，龙应时之子龙廷槐于清乾隆五十三年再次考中进士，出仕为官。清嘉庆五年龙廷槐辞官回乡，开始修筑宅院，取名为“清晖园”，后几经修改加工，到民国初年，清晖园格局始臻定型。

抗日战争爆发后，龙氏家人躲避战乱、旅居海外，庭院无人打理，日渐荒芜残破。至1959年后，方再次修整、建造。

而我，于冬日漫步清晖园，园林之精致、风景之典雅、布局之精妙，自然是不用多说，我所观所感，对清晖园印象最为深刻的反而是：色彩丰富、对比鲜明。

园林之美，说自然植被点缀建筑，倒不如说建筑点缀自然。这种自然与人文的应和，越是不分伯仲，越是精妙绝伦。在清晖园，植被的典雅清润，就更为其添一些风姿卓然。而南方的冬日与北地又截然不同，那是一种胶黏的不分明感，偏偏这种不分明又形成了一种鲜明的对比。小姐楼对面的茶花开得正艳，花色皎洁、花姿优雅，其旁的玉堂春却是叶落枝枯、沉眠未醒。澄漪亭的荷花池一片萧条，是“秋阴不散、枯荷听雨”之态，岸边垂柳微微泛黄，远处高树却枝繁叶茂、葱碧葳蕤——这样鲜明的对比，在清晖园比比皆是，所观所感，着实与众不同。

清晖园用色大胆绝妙。旁处所见匾额楹联，都是单调规整的木色，大多红底金字。而在清晖园中，园内门廊、小径上匾额楹联，绿底、蓝底、红底、黄底，诸多颜色数不胜数，诸如红绿、蓝绿的配色应用极广，壁画、漏窗、影壁等也大多凹凸有致、用色鲜明。

要说园中最“色”得令人称奇的，还是那些别具一格的“满洲窗”。据说，很多岭南建筑都会设计有“满洲窗”，但精美若此者绝无仅有。那些源自清朝乾隆年间的珍贵雕刻玻璃珍品，简直令人叹为观止。在“沐英涧”入门正上方，更有名为“羊城八景”的八块蚀刻金片玻璃，其中所描绘的茂树修林、小船帆影、青山绿水、野村陌道，错落有致、纤毫毕现。“留芬阁”内也有一组六片的蓝色蚀刻玻璃，所绘八仙之张果老、曹国舅、吕洞宾、蓝采和、何仙姑、韩湘子六人，独不见铁拐李与汉钟离，真是令人不解，几番询问之下，方知此图名为“六仙偷下琉璃殿”，如此看来，围绕一个“偷”字，六仙之姿态、表情何等惟妙惟肖。

“碧溪草堂”有一联令人印象深刻，曰：诗兴忽来书下酒，侠情一往云赠君。

如此绝妙之处，当真让我也想要一醉方休了。

拙政园：名园且作故乡看

拙政园堪称是苏州园林之首。

明朝正德四年（1509年），进士出身、在京为官的王献臣被迫罢官还乡，斥资在苏州东北隅买下了二百余亩土地，一心为自己打造一座颐养天年的“城市山林”，也好忘却官场失意，一解人生惆怅。他当时的心境，正恰和晋代文学家潘岳《闲居赋》中所言“拙者之为政也”。灰心总是难免的，自嘲也在情理之中，王献臣大概觉得这个仕途不顺的“蠢笨”的自己，该将浇园种菜作为自己余生的“政”事了。

其实他极豁达，又有大智慧，大隐于市，这才有了“拙政园”。

这园子布局精妙，宛似一幅绝巧的工笔画，屋舍铺排合理，园林布局得宜，宅园合一、美不胜收。拙政园分东、中、西三部，或以自然之态现田园之趣，或以楼台建筑追求典雅大方，或以园林设计展现巧妙隐逸，处处独有风姿。

而统观拙政园，却又觉得它的美并不单在建筑本身。这园林，因水而添旖旎，因花而多闲情，又因诗而增意境，如此累累，足有十分美好矣。

江南是为水乡，苏州亦是水城。拙政园的布局，便也离不开“水”。园中“凡诸亭槛台榭，皆因水为面势”，竟有十之八九的建筑与水比邻而居、相映成趣，或清流流淌，或碧水环绕，那些楼阁映水生辉、天光临水照影，别具特色。中国古典的建筑向来都与水绝配，这二者的相辅相成，形成一副天然水墨的姿态。更何况拙政园这般巧心架构、可以追求之下的完美呢？晴天时候水天一色，阴天时候水光如镜，更映衬出“因水成园”的特色。

拙政园庭院错落、建筑精妙自是不用多言，秫香楼、涵青亭、芙蓉榭、松风水阁、卅六鸳鸯馆等各具特色，单那些游廊，便可称琳琅满目，空廊、半廊、复廊、花廊等，令人应接不暇。而这园林之中，“花间隐榭，水际安亭”，植物的点缀又添了“画龙点睛”的妙处。据说，早期王氏拙政园中，有三十一景，大多因花木著称，如“夹岸植桃”的桃花片，“夹涧美竹千挺”的竹涧等。便是如今，我们也常常会被那些精心点缀的花木感染。

枇杷园中，也有可堪摘尽的“一树金”在等着我们，玉兰堂前也有这满树“刻玉玲珑”在独自盛开，海棠春坞中那寥寥数株海棠映衬在粉墙黛瓦之下盛开满枝芳华。又有香堂、荷风四面亭的荷，倚玉轩、玲珑馆的竹，雪香云蔚亭的梅，又或者园中、石畔、檐下点染了杜鹃的绚丽多彩、牡丹的天香国色、茶花的朴素典雅、菊花的经霜耐寒——它们在拙政园的四季中繁忙着，从不停歇，便是漏在窗外的一点翠绿芭蕉，逢雨听来也都是文人情味。

清代同治年间，苏州籍状元陆润庠曾为拙政园写过一副对联：“雨惊诗梦留蕉叶，风裁书声出藕花。”真是将这满园花木之色写活了。

拙政园的诗意是刻入根骨的。行走其间，只需一个不经意的回眸，就能看见唐诗宋词憩于亭下窃窃私语。只是不知这私语之中，是否也有它曾经颠沛流离的“顾影自怜”？王献臣为建拙政园倾尽心力，奈何他儿子一夜豪赌，偌大家业转瞬成空，莫名输给了徐氏家族。其后，拙政园又几经易主，几经鼎盛，几经荒芜，园林主人的更换多达三十余姓。于是，每一位主人都要赋予它新一番修葺整建，朴素者有之，奢华者有之，追求自然野趣者有之，寻觅富丽堂皇者亦有之。至明清两朝，便有众多文人墨客留恋于此，钱谦益、柳如是、吴梅村、何绍基等都曾以拙政园驻足。岁月给它颠簸无常，竟也成全它另一番“诗意”。

拙政园中，我极爱“与谁同坐轩”。

这修成折扇状的小亭与狮子林中的“扇亭”有异曲同工之处，同样依水而建、状为扇形，拙政园中的“扇亭”却因苏东坡的一首词胜出一筹，即“与谁同坐？明月、清风、我”。

如今行人熙攘，再想独揽风月已是不能了。便暂且存着这样的一场梦，将“明月、清风、我”都留在江南一场烟雨的梦中。

狮子林：居然城市有山林

“江南园林甲天下，苏州园林甲江南。”

这话不知由何处而起，亦不知如何流传至今，总归是道尽了苏州园林的卓越品性了。平生不见苏州园林，便不会明白什么叫做“巧夺天工”，什么叫做“虽由人作、宛自天开”。那些亭台楼阁、水木花石，费尽心机地模拟自然之态，塑造出“城市山林”，倒也真是一派“居闹市而近自然”的理想之林，只需要一墙相隔，便硬生生分出两个世界，一面是喧嚣的城市，一面是幽静的园林，是“咫尺之内再造乾坤”。

苏州园林多是文人园林，自然而然带着一股子中国文人独有的缱绻的书卷气。但狮子林不同，它不属于文人，它属于“禅意”。

这座位于苏州城区东北角的园林，始建于元代至正二年（1342 年），是信徒们为了纪念前来苏州讲经的著名高僧天如禅师惟则而修建的。至正元年先建一片禅林，次年建“狮林禅寺”。这园林之所以得名狮子林，盖因“林有竹万，竹下多怪石，状如狻猊（狮子）者”，又取佛经中“狮子座”之意。只可惜，如今“狮林禅寺”早已寻觅无踪，不过空留了一条细窄的“狮林寺巷”罢了。

岁月更迭，狮子林经过满是禅意的创建、黄氏家族的修建、贝氏家族的扩建，渐渐从寺院园林演变成了私家园林。要说狮子林真正热闹的时候，大概还要说那位热衷“下江南”的乾隆皇帝。乾隆六次南巡，五次游览狮子林，又每每爱赐匾额，诸如“镜智圆照”“画禅寺”“真趣”等，又题写多首诗词，至今仍有“一树一峰入画意，几湾几曲远尘心”“真山古树有如此，胜日芳草可弗寻”之句，当地百姓耳熟能详。

狮子林最出名的是那一片嶙峋多姿的太湖石假山群。这些太湖石大多是狮子的造型，形态不一，十分生动。狮子在佛教中很受尊崇，它勇猛精进，辟邪护法，是佛教中代表“法力”的神兽，文殊菩萨的坐骑不正是一只狮子吗？释迦牟尼佛初生时，一手指天一手指地作狮子吼。因此“狮子吼”又代表“如来正声”，能降服一切魔鬼。这些狮子造型的太湖石，因此就有了禅意。

狮子林的太湖石别具特色，那假山起伏、岩壑盘绕，如迷宫般神奇有趣。那些像狮子或“被”像狮子的石头们长久地立在那里，自有一种千奇百怪的韵味，但等着你一双慧眼查识“狮”。于一片乱石之中寻找所谓的或卧或立或玩耍或休憩的狮子，本身不就是一种领悟么？或也有灵石如虎如鹰如玄武如长鲸也未可知。除去这些石头，狮子林中自有建筑精妙，廊亭楼阁、水榭石舫、古木名花比比皆是，不说精致，单名字便满是诗意、禅意，令人拍案叫绝。

燕誉堂之名出自《诗经》：“式燕且誉，好尔无射。”疏香暗影楼，便取了“疏影横斜水清浅，暗香浮动月黄昏”的意境；就连九狮峰的西侧海棠门上不显眼的砖额“涉趣”，也取自陶渊明《归去来兮辞》中“园日涉以成趣”之言。除了这些诗词，狮子林又格外多一份禅意。问梅阁取自“马祖问梅”的典故，立雪堂暗含了“程门立雪”“慧可谒见达摩”的故事。我最喜欢的是指柏轩，它全名叫做“揖峰指柏轩”，“揖峰”取自宋代朱熹“前揖庐山，一峰独秀”之句，“指柏”则出自禅宗“赵州指柏”的典故——说曾有僧人问赵州：“何为师祖西来意？”赵州答：“庭前柏树子。”这话何等俏皮又机智，这世间之事，倘若没有答案，不如去问庭前柏树罢了。

文天祥在苏州狮子林出扇亭题有《梅花诗碑》，曰：

> 静虚群动息，身雅一心清。
> 春色凭谁记，梅花插座瓶。

正是将狮子林的诗意、禅意一应收拢了，或也正是禅宗所推崇的天人合一、回归自然的品性，方成全了狮子林清幽的姿态、安然的心境吧。

留园：小园香径尽迟留

我常常觉得，园林之美，在心不在眼。故其大多是可看而不可说的。

举国园林之精胜者，多在江南。江南园林之精胜者，又大多在苏州。自古而今，苏州园林以典雅的布局、美妙的景色闻名天下，很多园林都跻身全国名园之列。这其中一园，被称“名园之冠”，便是留园。

这是一座始建于明代万历二十一年（1593 年）的私家园林，至今仍以十分完美的姿态长久地停驻在苏州阊门外留园路 338 号。其身姿曼妙，神色怡然，岁月风霜从不影响它的优雅，世俗纷争也从不耽误它的从容，那些山水花园、建筑假山，都以一种恰到好处的姿态，呈现出无穷的诗情画意。

留园曾是明嘉靖时太仆寺少卿徐泰时的私家园林，那时称之为东园。徐泰时此人自幼“颖异”，又“倜傥负奇”，又擅诗文。万历年间，他中举出仕，曾任工部营缮主事，主持修复慈宁宫，亲自筹划并指挥工事，还曾主持建造寿陵，可见他在当时也是不可多得的“园林专家”了。大概是有这样一份懂得，他的私家园林才能有“宏丽轩举，前楼后厅，皆可醉客”的景致，才会出现当时叠山大师周时臣所堆之石屏，营造出“如一幅山水横披画”一般的美景，也给了留园闻名于世的第一个契机。

留园初遇徐泰时，便好比人间一出才子佳人的好戏了，此间也有颇多相知相守、彼此欣赏成全的美事。故而，徐泰时过世“东园”荒芜，仿佛就都在情理之间。

时光流转，几世轮回，至清代乾隆五十九年（1794 年）。“东园”才得以再遇良人，吴县东山刘恕得此园，再次修建。此人与徐泰时不同，对于刘恕来说，园林之胜是美，自然之趣更为美。也就是从那时候起，园中遍植白皮松、梧竹，树木丛生、竹色清寒，湖水荡漾、波光澄碧，“东园”便改名“寒碧山庄”，世人俗称“刘园”。刘恕喜好书画，将自己撰写的文章和古人的法帖勒石嵌砌于园中廊壁；刘恕爱石，故搜寻十二名峰移入园内——他一方面夯实了留园整体风格，另一方面又留下了些“优良传统”，奠定了留园建筑精美、花木婆娑、假山成林，又多“书条石”的特色。故而清末文学家俞樾作《留园记》，盛赞其“嘉树荣而佳卉茁，奇石显而清流通，凉台燠馆，风亭月榭，高高下下，迤逦相属”。

这样的留园，实在不愧为“吴下名园之冠”。

对于我这粗枝大叶的北方人而言，行走留园，总觉得有些“似幻而真”，总觉得眼前这园林的精致已然超越了视觉想象，颇有些不真实。春日盛景之下，花木的细节几乎趋于完美，令人为之动容。墙边路旁窗下，花树成荫，湖石叠砌，或也有古藤葱荣、碧草蓬勃，乃至那些石缝中的青草、小溪旁的迎春、白墙下的翠竹、屋檐下的海棠，都以一种恰到好处的自然之态，展现出一种浓墨重彩的春意。

这才觉得所谓“虽由人作、宛自天开”这话实在谬误。留园之美，在于自然，野趣丛生却全由人作。这样的自相矛盾又这样的完美无瑕，不也正是中国古典“中庸”之道的完美诠释吗？年幼无知的时候，我们最爱自由，可尽情蓬勃、随意扎根，若真是无人匡正、无人指点、无人引导，又何来眼前这一派令人赏心悦目的“自然之美”？

可见，凡事总有一个回环。掇石如此，置园如此，为人亦是如此，自律之下的自由方是真自由。

留园之中，我最爱那些翠竹与芭蕉。

我所在的小园中，也有芭蕉，却远不如其精致。北地的芭蕉，离了故土，便少了踏实的才情。而此间廊下、石边，蕉叶卷舒，蕉房清幽，几竿脆生生的竹子一佐，最有才情。此情此景，春日胜光之下，绿意丛生，点滴耀眼。倘若雨时，于窗下、廊边看它们分绿上窗，点滴淋漓的小雨滴落在红廊、青石、白墙之下，它青翠得照眼……此番美景，实在当以一壶茶、一盏酒酬之。

我长留廊下，也邂逅扫洒的长者，攀谈之际，人言：不累，愿在这里。

这情怀我亦有之。只是各自守着不同的风景罢了。

至于留园，只好说："观之不足，下次再来。"

个园：千秋粉黛自清幽

关注个园是从 2013 年个园、留园四大名园之争开始的。

说来真是有趣，也不知从何时开始，又始于一种什么样的文化追求，有太多人将这样的名利之争落在建筑、园林乃至自然景观上，于是出现了“天下第一楼”“天下第一名楼”“天下第一关”“天下第一雄关”，乃至同样一个“天下第一”的名头，也要争一个头破血流。不说旁的，就单单争夺那个“天下第一泉”的就有七家。

扬州的个园我是去过的，苏州的留园亦去过。还记得清代李斗在《扬州画舫录》中曾说：“杭州以湖山胜，苏州以市肆胜，扬州以园亭胜。”此言不虚。

似乎从“烟花三月下扬州”开始，千百年来，人们对于扬州的梦从来没有断绝过，那个“千家养女先教曲，十里栽花算种田”的浪漫之地，总牵扯着我们太多憧憬和想象。

个园就位于扬州古城东北。

清嘉庆二十三年（1818 年），两淮盐业商总黄至筠在明代寿芝园旧址上开始修建私家园林。“自古美人如良将，不许人间到白头。”大概精美的园林也如美人，总会面临世事的过多折磨。清咸丰年间，个园遭兵焚。清同治年间，个园被黄家转手卖给镇江丹徒盐商李文安，李家又因还债被迫将之抵债给军阀徐宝山。徐宝山死后，个园几经易主，一直到中华人民共和国成立，才结束了百余年的颠沛流离，终于回归自己。

个园的景致清幽美丽。相比于留园的布局精巧、风格典雅，个园则以假山、竹石取胜。提到个园，便不能不提竹子，连园名中的“个”字，也是取了竹字的半边。晚清时候，曾有个著名的江西才子刘凤诰，他所撰的《个园记》中记载："园内池馆清幽，水木明瑟，并种竹万竿，故曰个园。"中国文人历来是喜爱竹子的，竹有"十德"，又以"本固、心虚、体直、节贞"为本，实在是极有君子之风的植物。苏东坡曾有言"宁可食无肉，不可居无竹""不可一日无此君"。由此亦可见个园主人的情趣心智。据说，如今个园中有竹近两万之数，其中又有名贵者如龟甲竹、斑竹、金镶玉竹、慈孝竹、箭竹、铺地竹等也皆可看见。

个园著名景点有抱山楼、清漪亭、丛书楼、住秋阁、宜雨轩、觅句廊等，其中尤以"四季假山"为冠。不足五十亩的园区中，不同质地的石料汇集堆积，形成分别以"春、夏、秋、冬"为名的假山区。如若不是亲见，很难想象要怎样以冷硬的石头去表现"自然四季"。

"宜雨轩"旁边便可见"春"景假山，此间不过是一组竹石小景，高出墙垣的竹丛中插植"石笋"，似乎是取了"雨后春笋"之态来开启春之萌动。只是相较于自然青竹，这"石笋"还是粗壮生硬了些，倒令人无端生出些"自然无端""世事无常""春光易逝"之感。绕过宜雨轩，北望便是一泓清潭，对岸便是左拥"夏景"、西抱"秋景"的"抱山楼"。"夏山"以青灰色太湖石为主，上有石台、下有石洞。太湖石自古以来便以"瘦、透、漏、皱"为美，最是玲珑剔透，此间石头亦是形态多变，据说行家们穿行石洞，能找出"玉鹤独立""犀牛望月""喜鹊登梅""群猴戏闹"等山石，奈何我眼拙脑笨，竟是一物都不曾寻见，亏得兴致所在，有增无减。又"夏山"之上有亭、有松、有竹、有花、有水，景致之清幽自是旁处不可多得。

至于园中东北角秋景假山，则用粗犷的黄石叠成，大概是象征着秋山之挺拔。又山顶垒四方亭，嶙峋山石伴随古柏林立，颇有秋意。东南小庭院中有冬季假山，洁白而圆浑的宣石（雪石）倚墙叠山，内含石英，皑如白雪，别有趣味。

园林泰斗陈从周曾评价个园乃"国内孤例"，如此观来，并不过誉，实在是"实至名归"。那么，所谓"四大园林"之争真的有必要吗？

早在1961年，国务院颁布第一批全国重点文物保护单位，便已经确定了颐和园、承德避暑山庄、苏州拙政园、留园四座园林的地位。1992年《人民日报》的海外版发文详解中国的诸多园林，"评说扬州个园是四大名园之一"。

据此以争。

坦白说，我爱个园，却无法爱这发起“四大名园”之争的个人。恐怕个园有知，也应是不屑此争的。

它有大胸怀，才能容纳四季，孤美千古。

何园：十年一觉扬州梦

何园始建于清代中期，坐落于江苏扬州市徐凝门街66号。这园子并不在“中国四大名园”之列，却有“晚清第一园”的称号，园中又分别藏着四个“天下第一”，其盛名不比任何园林差。

我一度不喜那些“天下”之称、“第一”之列，赏过何园，倒也无话可说起来。

何园堪称是扬州私家园林的压轴之作，是苏州园林的经典代表之一。与大多仕途不顺的园林主人不同，何园的主人何芷舠属于“急流勇退”那种。他少年得志、官运亨通，又头脑灵活，暗地里捎带着经营盐业，不说富可敌国，至少是家财万贯了。四十九岁那年，何芷舠突然辞官，归隐扬州，在清乾隆年间双槐园旧址上兴建了何园。

何园原名叫作“寄啸山庄”，“寄啸”二字出自陶渊明《归去来兮辞》中“依南窗以寄傲”“登东皋以舒啸”之句。不知是不是这词句间所抒发的寄情山水、不与官场同流合污的志节情怀取悦了何芷舠呢？

与其他园林家族没落、几经转手、数度兴废不同，何园得其主人周全庇护，始终安然无虞。何芷舠涉及官商两界，左右周旋，何家与中国近代史上赫赫有名的几个大家族关系非同一般。北洋大臣李鸿章、光绪帝师孙家鼐、晚清名臣翁同龢、清朝重臣张之洞，与何家均是关系匪浅。乃至如今，何家亦是鼎盛的，即便是在浩劫之中，何园都保持了全身而退的姿态，并未遭到很大破坏。不得不说，这本身就是一个不小的奇迹。

这么说来，在江南的古典园林之中，何园真算得上是独得上天恩宠的

“小公举”。如此一来，何园为中国造园艺术的四个“天下第一”，就实在不得不提了。

所谓“天下第一廊”，是指何园中全长一千五百米的复道回廊。回廊分上下两层，随地势而曲直。这种建筑形式在古典园林中并不少见，它本身就极富可塑性、极为灵活。在何园，这种建筑的功能和魅力更是到了登峰造极的地步。在扬州，人们称之为“串楼”，也就是以立体通道将住宅院落、一座座“楼”随心所欲地“串”联。至于“复道”，就是在双面回廊的中间再夹一道墙，形成内外廊，这就起到了多方位沟通、道路分流的作用。这两厢结合，可谓是四通八达、回环变化，又步移景异、异彩纷呈，在中国园林中绝无仅有，实在是“江南园林的孤例”。

因由“复道回廊”的存在，何园的观光之路与其他任何园林都不复相同，分外多出一种凌空灵动之美。一入何园，顺着墙壁假山直入回廊，便见复道行空、回廊曲折，何园中西园、东园和园居三部分就悉数串联了起来，难怪有“立交桥雏形”之称了。

被称为“天下第一山”的是片石山房。它是明末清初画坛巨匠石涛叠石的人间孤本。这位石涛和尚姓朱，字石涛，号苦瓜和尚，他是明代王室遗孤，出生不久明朝便灭亡，无奈之下出家做了和尚。此后，云游半生，到四十一岁方停下脚步侨居扬州，创作了唯一的叠石杰作——片石山房。石涛和尚曾有诗云：“白云迷古洞，流水心瘥然。半壁好书屋，知是隐真仙。”由此，当时片山石房的美好景象可见一斑。清光绪九年，何芷舠买下片石山房安置在何园之中，并在洞门上亲自题写了“寄啸山庄”的门额，迫不及待地宣示了“所有权”。可惜的是，如今我们所见的片石山房于 1989 年复修，并且“片石山房”四字系是移用的石涛墨迹，并非当时题写。

此外，何园中尚有“天下第一亭”之称的水心亭，有“天下第一窗”之称的花窗。我曾一度觉得这两个“第一”似是统称了。毕竟花窗这东西，在江南园林建筑中并不少见。细观之下，方知何园的花窗格外有些精巧，这些花窗巧妙对应着玉绣楼的窗子。那些不便出门的闺阁中的女子们，便尽可以坐在楼中窗下远观风景、遥听音乐了。

古人有诗云：腰缠十万贯，骑鹤下扬州。亦不知道尽了多少人的梦想。我亦梦着“十年一觉扬州梦”，尚能再返何园。

静思园：欲筑园林先筑梦

苏州的古典园林实在数不胜数，说一句灿若繁星也不为过。留存年代最久的沧浪亭，建筑规模最大的拙政园，最具特色的狮子林，还有留园、怡园、网师园、耦园、退思园、环秀山庄等，简直不胜枚举，园林之精致、况味之典雅，令人恋恋不舍、悠悠忘返。

这些园林大多出自明清，而晚清之后苏州再无名园。战乱也好、贫瘠也罢，即便是经济发展迅猛的现在，浮躁当道，亦鲜有人能寻得到从前文人雅士建造园林的情怀与初心。

这么说来，苏州吴江的静思园的确算是一个十分难得的个例。

静思园始建于1993年，是民营企业家陈金根先生的私家园林。从修建年代看来，静思园理应是现代建筑，不应归在古典园林之列。但神奇的是，这园内的建筑并没有太多现代的气息。静思园的建造很好地传承了江南古典园林艺术风格，仍旧采取东宅西园整体布局，园中亭台楼阁风雅精致，山石流水自然天成，园林置景考究精致，布置有镜湖景区、寻常人家景区、小庞山湖景区以及园林景区几部分，又有亭台楼阁、假山荷池、花木奇石交相掩映，也是一步一景、娟秀如画了。

苏州园林总少不了山、水、古建，唐代杜荀鹤有诗曰："君到姑苏见，人家尽枕桥。古宫闲地少，水巷小桥多。"此情此景，在静思园也可得见。园中临水而建的亭台比比皆是，又有鹤亭桥、静远堂、嘉会堂、庆云楼、丹凤楼、天香书屋、小垂虹、奇石展馆等，园中有园，院中有院，却又不显局促褊狭。这静思园处处新苑，当代建筑的浮躁之感却并不明显。那些栋梁门窗、木雕石刻、石板栏杆，仍可见岁月沉淀后的沧桑及历史文化的厚重。行走其间，整个世界都在这份自然天成的古韵中安静下来。

静思园虽为新建，但园中建筑的组建材料却大多是明清时期的原物。二十世纪八九十年代，城市化进程加快，到处都面临着改扩建，许多古建筑被迫拆除，大量珍贵的建筑材料被遗弃。或是因为幼时“造园林”的梦想，陈金根将毕生精力投身于搜寻这些建筑构件、木石建材上，所收集的宋元础石、明清石刻等堆满仓库，足有数十年辛苦积累，方有了静思园的兴建。

也不单单园林兴建不易。“山”之一途，狮子林以太湖石揽胜，静思园则以灵璧石独秀。园中陈列的灵璧石有千数之众，其中又有著名者，名“庆云峰”。这块天然灵璧石，由五亿年前火山喷发的岩浆冷却后形成，高九米有余，宽近三米，重达一百三十六吨。它坚硬而润泽，颜色多变、造型奇巧。据说，灵璧石通体有一千六百余孔，孔孔皆通。若从峰底举燧，则石壁上有百窍生烟；若从顶端注水，则空隙间如千泉泄玉。故有人作诗赞曰：“日月乾坤造化工，嵯峨峭拔亦玲珑。一帆破浪通沧海，百窍生烟入碧穹。灵气皆缘泽泗水，风光又满大江东。游人尽道静思美，更拜中华第一峰。”单单为这块灵璧石，建园者便不知付出了多少努力，只是将其完整开采出来就历时三年、耗资三十万元，更别提为顺利将它运至苏州，遇山开路、遇水架桥的经历。

故此，与其说是静思园的美好令我难以忘怀，不如说这建园者令我动容。或许正是秉承着一份“不忘初心”的念想，才能使他多年如一日地“砥砺前行”，构建了这样一方园林。此后经年，后人再回首来看，不知是否也如我今日看拙政园、留园一般心思。他们或许也会深究这园林的建造、发展、兴废，去追究每块雕刻的年代、每块灵石的秉性，也会透过这沉静安详的建筑，去追究其蕴蓄的丰富的文化内涵，并以此去探究和了解姑苏此时此刻的文化传承和园林精神。

又不由去想，倘若今时今日，每个建设者都能将自己放在历史中去构建园林、构建城市，那又会如何?

第六章

庄园晓梦酣，曙霞分色东南

——10个不可错过的庄园

一般情况下，我们喜欢把乡村的田园房舍、大面积的田庄称为庄园。《中国通史》中曾明确指出“庄园”的定义，称其为“一个地主所有的农业生产单位”。

这定义实在缺乏诗情画意，不美。

我倒觉得“庄园”像极了“田园”的升级版。古往今来，多少人的心里藏着一个庄园梦？这个梦比“晨兴理荒秽，带月荷锄归”的田园梦来得现实，比“好风频借力，送我上青云”的壮志情来得清逸。带着美好的憧憬，我们尽可以去想象——想象那庄园里初秋的月光皎皎照房檐，飘香的果树枝头风影摇曳，檐下红色灯笼昏昏欲睡，萤火虫儿和着星光传情，秋虫却又高鸣……

而撇开这些梦想，观望那些历史馈赠给我们的“庄园”，却又不得不感慨，有哪一个“梦想”的实现是轻而易举的？有哪一处庄园的建造是一蹴而就的？那些庄园，沉默的屋脊房檐里藏着多少故事、隐着多少内情？那些建筑、楹联、雕刻、绘画、书法，乃至布局、风水，影射着多少历史人文、社会生活……

最是民间的，最是美。

将那些古意盎然的过往浸入时光的长河，酿一壶陈年的酒，慢慢品尝。

康百万庄园：十代传承豪富宅

相较于“康百万庄园”这个直白得有些“土豪”的名字，我更喜欢称呼它“河洛康家”。

去过“河洛康家”的人都知道，康百万并非特指某人，而是明清以来对“中原活财神”康应魁家族的统称。

康百万庄园位于河南省巩义市康店镇，背依邙山，面向洛水。这庄园建得古色古香，最是传统规矩，庭院、屋舍、花园、甬道无不依据“天人合一、师法自然”的传统理念选址设计，又遵循着“内外有别，长幼有序”的等级观念布局。

这座始建于明末清初的庄园，历经明、清和民国三个时期的整修完善，方有今日之型。它靠山筑窑、临街建楼、沿河设渡、据险筑寨的规制恁般鲜明、立体，整个庄园布局完整、严谨；行走其间，只觉房屋高低错落、路径长短交陌，步移景异之间，恍若行走于迷宫之中，一不小心就是一场“游园惊梦”。

河洛康家素有“头枕泾阳西安，脚踏临沂济南；马跑千里不吃别家草，人行千里尽是康家田”的富贵之名。如今，这样的显贵富庶是不再见了。物是人非，此处也不过空余了这座“古、大、雅、美”的庄园孤独地矗立着，默默宣示着曾经非比寻常的气度。

甫入庄园，首先见到的是栈房区。所谓“栈房区”，便是康家的商务中心。在这个区域中，三个完整的院落依次排开，仓储、办公、经营俱为一体，其建筑之精美自不用多说，单那些随处可见的匾额、楹联就足够令人难忘了。

“财从道取方利长，友以义交情可久。”

“上善若水，厚德载物；下润无声，自强不息。”

又有直白者道："心术不可得罪于天地，言行要留好样于子孙。"

这样的对联，在河洛康家比比皆是。或显富足、或彰仁义、或教子孙，康家能够十二代富足，大概也与其这样的"情怀"有关吧。那些"义中求财、财归于义"的经商理念，"诚实守信、勤俭向上"的买卖原则，"儒家中庸、留有余地"的处世态度，以及"传家有道、还是读书"的见识，如此严谨家风，何尝不是康家百代繁华的重要原因呢？所以这里也被称作"豫商的精神家园"。

漫步在庄园的石板路上，出栈房，入中心区，将书房、画室一一看遍，入主宅区、入南大院。也不必跟随导游，或遵循行迹图，且这么自由自在地穿梭在一个又一个精巧的院落之间，且闲散地去看那些二百岁高龄的枣树、三百年历史的葡萄树，且伴着数不清的森森古树去看一座座庭院，亦清幽、亦森然，风影飘摇之间，便是一段明清的古色古香。

行走间，常见些巧夺天工的砖雕、石雕、木雕。那些考究华丽的门槛、窗棂、扶栏，那镌刻的人物、花草、鸟兽，在不同屋宇下停歇驻足，恁般生动逼真、栩栩如生。印象最为深刻的是书房的"拜师求读"图，中国几千年尊师重道的传统美德、勤学好问的求学精神皆表现在其中。那后生恭敬行礼的姿势，那长者慈爱赞赏的模样，无不使人自省自问。那些家财万贯的荣华富贵终究看不见，流传至今的，唯有蕴含其中的属于文化的精髓。

等待暮色四合，站在山顶的高处俯瞰，只见错落起伏的宅院静默，那些连绵的屋宇入目，重脊高檐、亭台精巧，分外衬托出一种庄重华美——这是当年被称作"中原活神仙"的康家，这是实实在在地落在这里的庄园。

十二代的兴盛，子子孙孙的传承，不知这砖瓦之间铭记了多少故事！

我只知，只要有文化的传承便不惧曾经千金散尽、辉煌难觅，不惧眼前今非昔比、物是人非。

牟氏庄园：古朴凝重小故宫

知道牟氏庄园是因为衣向东老师编剧、袁莉老师主演的一部电视剧。剧中那位一经新婚便悲惨守寡的牟家少奶奶姜振帼刚柔并济、独当一面，在丧偶悲痛之下，直面大家族的内忧外患，在民国到抗日战争爆发的那段乱世中，成就了一个“不败”传奇。那故事情节、人物塑造，实非近年流行的“大女主”电视剧所能比拟。

我自然知道这是经过艺术加工的电视剧，绝不会等同于历史。但走近山东烟台栖霞时，还是渴望能在牟氏庄园找到些关于这位女人的生活痕迹。

可直到我真正踏入牟氏庄园的“势力范围”时，才恍然发现：在牟氏庄园，故事的主人公只有一个——大地主“牟二黑子”牟墨林，而不是少奶奶姜振帼。

这位人送外号“牟二黑子”的大地主牟墨林，便是牟氏庄园的始建人。牟氏家族并非栖霞本地人，他们先祖籍贯在湖北公安县。明初时候，牟氏家族始祖牟敬祖出仕栖霞，定居于此。仰仗着他的势力，其亲眷后裔开始广敛钱财、聚集财富，牟氏家族的家业到清末民初牟二黑子这一代达到鼎盛，堪称是“富甲胶东，名扬齐鲁”。

牟家是一向宣扬“勤俭家风”和“耕读世业”的。但要说起牟二黑子的发家史，我个人觉得不光彩。清光绪十五年，栖霞遭逢洪涝，农民颗粒无收，清政府却并没有减免赋税，逼得百姓们走投无路。要不怎么说牟二黑子“黑”呢，因为他想到“以地换粮”的法子，刚开始一斗粮换一亩地，后来几升粮食换一亩地，到最后一升粮食就可以换一亩地。就这样，老百姓手里的土地迅速被汇集到了牟二黑子手中。牟家的耕地迅速上涨到四万亩，进而发展到六万亩，因此牟家成为中国北方地区有史以来拥有耕地和粮食最多的大地主。

富则造屋，似乎一直是北方农家的一大嗜好。牟家也不能免俗，这座牟氏庄园，从清雍正年间始建，到民国二十四年完工，历经几代人的努力才有了如今的“北方最大地主庄园”。有人说，牟氏庄园是清朝晚期封建社会的一个缩影。对于这一点，我并不十分了解，不敢妄言。只是漫步其中看屋看房的时候也能清楚见到其中贯穿的“封建等级观念”。从建筑布局而言，大厅、楼阁、平房、群房各有功用，供奉先祖为上，男子老爷为尊，妻妾子女为长，佣人长工最次；至于粮房、磨房、撵房则统统位于群厢，实在是规矩、严整的一个小社会体系了。

在初建牟氏庄园时，牟家族人也曾特意派人南下，考察取样，力求在北方建筑的古朴粗犷之外，再增添些南方园林的细腻典雅。这一点，我倒是格外看好牟氏庄园植被的点染。那些梧桐、石榴、玉兰、紫藤，乃至梅花、莲花、菊花、松竹等植物多有种植，更衬得屋宇错落有致，环境高雅别致。庄园里还有一道著名的虎皮墙，这是由天然彩石堆砌而成的一段石墙，宽两米，长百余米。说起来没什么稀奇，可真实地看了，却又觉得有趣。那些大大小小的彩石，色彩斑斓、形制不一，不规则、无规律之中却又私藏着些花卉及动物的图案，竟觉得很有些“小清新”的格调。作为一个地主庄园，其气势之恢弘、建筑之高雅、格调之清新，哪里还能看得出那地主老财盘剥乡人的促狭？

在牟氏庄园，也能看到很多介绍性的文字，所谓“封建地主的兴衰史”“封建地主生活的实物百科全书”的说法屡见不鲜。又说它“集封建文化、民俗文化、建筑文化为一体”，被诸多的专家学者称为“百年庄园的活化石”“传统建筑之瑰宝”“六百年旺气之所在”。

至于此，终究是“外行看热闹、内行看门道”，又或者“仁者见仁，智者见智”罢，我这无能之辈，是连“小故宫”的风采也未能全部领会的。

但盼着下次再来，多学多看，便多有收获。

魏氏庄园：富贵繁华似烟云

所谓一方水土养一方人，一方水土也孕育一方“文明”，是为“地域文明”。

千百年来，奔腾不息的黄河之水，孕育出了璀璨夺目的华夏文明，而接连不断的黄河水患，也给沿岸生活的人们带来了深深的恐惧和无奈。

就在鲁北平原饱受黄河滋养与威胁的岸边，有一座清代的巨型城堡——魏氏庄园，自清光绪十六年始建至今，它始终以一种时刻防备着的姿态森然耸立在黄河岸边。

魏氏庄园独特的“工”字型布局，将古代军事防御功能的“城垣”和北京四合院式的“民居”完美地融为一体，相互应和又彼此独立。城垣上，城门、城门楼、马面、吊桥等一应俱全；民居内，房屋、花园、池塘、祠堂、广场穿插其中，布局之巧妙、结构之合理，可谓是巧夺天工又独树一帜。

这样罕见的壁垒森严的“城堡式”建筑的存在，一定与“环境”有着密不可分的关系。魏氏庄园位于山东省滨州市西南部的魏集镇，占地约有四十亩，庄园南方五公里处便是黄河河道。如此看来，院落里面地基整整高出外面三米，确实不难理解。这样的设计之下，即便是真的遇到黄河决堤、洪水内灌，也足以保证庄园里的人们可以安然屹立于水面之上。

有趣的是，庄园里的人们在城堡中还打有两眼砖砌的水井，设置了五十余间的粮仓，贮备了大量的粮油，甚至在庄园的地下埋藏了大量的煤炭。灾祸面前，魏氏庄园只需要把大门紧闭，便可以保全家族众人。这样神秘而气派的魏氏庄园实在是令人神往。

大可以去看看那些城墙和凸起的碉堡。城墙顶部中间是宽窄不一的跑道，城墙上除了垛口、射击孔，内壁四周还设有十三个供武装人员对外射击的壁龛。东西两侧的碉堡分上、中、下三层，各层之间还设有石质的传话孔，便于进行信息传递。可见当初在建造房屋时，庄园主人思虑是何等周全，不仅能预防天灾，更可以抵御人祸。

故此，“城堡式”庄园存在的原因，除“自然环境”之外，我们又看到了“社会环境”。魏氏庄园开始建造的时候，正是清王朝逐渐走向衰败没落的时候。作为魏氏庄园的主人，缙绅魏肇庆或许已经从歌舞升平的繁华背后有所觉察了，或者他真的感受到了战乱动荡时代即将来临的先兆，便耗费巨资打造这座“遗世独立”的寓所，大概是想要竭尽所能地守护住自己的族人和家业罢，倒也应和了那个年代中国人“自卫”“保守”的状态。

我常想，这个会为自己家人铸造“城堡式”庄园的人，一定有一副柔软的心肠。事实的确如此，与外围所展现出的极具防御性不同，魏氏庄园内部的院落属于典型的北京四合院式样，雕梁画栋、华美雅致，处处透露着殷实与富足的士绅气息。这个魏肇庆不仅有着超常的远见卓识，对待婚姻的态度也与同时代的那些地主士绅大不相同。尽管坐拥富可敌国的财富，他却并没有三妻四妾，始终恪守“一夫一妻”的“白首之盟”，竭尽全力地给予妻儿最大的关爱与尊重。

或许正是因为他的内心太过柔软，太过于疼爱自己的小女儿，魏肇庆始终觉得身边的青年人没有一个能配得上自己漂亮动人的掌上明珠。故此，这位深居城堡的“小公主”迟迟没能出嫁。大概魏肇庆并不明白，女孩子的青春韶华稍纵即逝，最是经不起岁月蹉跎的。时光一天天流逝，这单调的青黛色砖瓦间，这铜墙铁壁紧密保护的有限天地里，那如花朵般鲜嫩的女孩子终究日渐憔悴枯萎起来。

魏肇庆在庄园的每个房间里都预留出了紧急逃生通道，却唯独没有预料到自己最为疼爱的小女儿恰恰是葬送在了自己的手里。

这故事实在令人嗟叹。

而我站在那高高的城垣之下，眼看着头顶上方冰冷的射击孔，越发觉得这高墙不可攀、这护卫太可怕。便不由去思索，那蹉跎一生的女子终究是以什么样的姿态生活？是遗憾痛恨，还是无奈悲伤？毕竟亲情再美好，“家”再安全，都不可能成为人生的全部。亦或者，她内心里自有一片从容安然，城堡拘束不住，爱情成全不了。

都不可知。

如今，在魏氏庄园里已经看不到魏氏后人了，也算是“人去楼空”。

唯有庄园大门外的那棵大槐树依然还是枝繁叶茂。

陋室空堂，当年笏满床；衰草枯杨，曾为歌舞场。

刘氏庄园：至今人道刘家宅

提起大邑刘氏庄园，内心里总有些难以言明，又颇是复杂的心绪。

刘氏庄园位于四川省成都市大邑县安仁镇金桂街，原是大地主刘文彩的宅园，始建于1928年，至今不过百年历史。

刘氏庄园的老公馆大门建得十分气派，那些青灰色砖石色调沉稳大气，白缝勾边又显出些许灵动。门楣上一对红色鲤鱼翘尾跃起，争夺白珠，取了“鱼跃龙门”的好彩头。其上，又有“受富宜年”的描金大字门匾，装点的粉红牡丹极尽雍容。

单单一个门楼，便如此繁复精致、精美绝伦，真不知庄园中会是怎样的奢华。

刘氏庄园庞大又精致，占地面积足有七万平方米，建筑面积达两万平方米有余，房屋足有三百五十余间。南部是刘文彩的老公馆，北部是刘文辉的新公馆，两大建筑群彼此相向，何等恢弘。

这庄园的布局十分有意思，跟旁处的庄园截然不同。中国古代庭院大多讲究前后串联，体现“长幼有序、内外有别”的传统，既讲究均衡对称，也有民居或绕中庭布局，是追求“天方地圆”的“规矩之美”。虽不乏因地制宜、追求精巧的园林屋舍，但像刘氏庄园这样重墙夹巷、布局凌乱、形如迷宫者是少之又少。

摒弃那些壁垒森严的厚门铁锁，忽略那些布局凌乱的密室复道，行走在高墙夹巷之间，也能看见青砖碧瓦勾勒出一片雕梁画栋，翠竹绿树点缀出景致幽深，也很有些步移景异的美感。庄园中留存的文物亦是令人叹为观止，不说那精巧绝伦的九层透雕云龙带座象牙球、十三层象牙塔及清代紫檀木镶大理石桌椅，就单单刘文彩正寝中那九平方米之大的“贴金龙抱柱大花床”，便足以令人惊叹。四柱四门，镶金雕龙，实在极尽奢华。

不过，这庄园是被冠以“博物馆”之名的。

似乎这名称的存在就注定了这些奢华不可能仅仅是奢华而已。这里的一切——完整的庄园、精美的建筑、华丽的艺术品，都在以一种极端“美丽”的形式揭示一种近乎决绝的“丑恶”。

那对比鲜明得让人不忍直视，尖锐又沉重。

说到这里，不能不提“收租院”。这是一组创作于1965年6月的泥塑群，它通过七组群像，塑造了一百一十四个真人大小的泥塑人物，展现了当年地主“收租子”的全过程，目的便是披露当年农民饱受剥削的生活境况。这些泥塑，可谓惟妙惟肖、传神之至。明明是一团凝固的泥塑，可透过那固定的姿态、沉默的眼神，偏偏就能看出一种动态的行动、痛苦的喧嚣。那些表露在穷苦人身上的无可奈何、悲痛绝望、痛苦悲怆、愤恨反抗都鲜明得仿佛要从那泥塑的眼眶中冲出来一般，而地主的狡诈、账房的阴险、打手的凶残，又活灵活现地将愤怒悲痛深深嵌入眼底心上。

于是，在那个特殊的年代，在那种特殊的精神需求下，这组泥塑以迅雷不及掩耳之势闻名全国，连同那个死去十年又被暴尸荒野的大地主刘文彩一起，就被一哄而起、天花乱坠地说了多年……至于真相如何，似乎都不那么重要了。

你看这庄园，雕梁画栋都成了过眼繁华。

不由得要想：世事总是如此，万般难有两全，“有阳光的地方，就势必有阴影”。

大邑刘氏庄园，你看它的时候，看见美丑、看见善恶、看见真假、看见富贵贫穷、看见谎言真实，也看见过眼云烟。

或是感慨，或是无奈。

都随心去吧。

石龙门庄园：神秘何须问缘由

在重庆江津区西南，有一个很小的古镇，叫做塘河。

这地方实在不大，安静得仿佛时间都会静止。那些碧水深树、古屋石路仿佛都是被时光丢下的碎片，闲散地扔在这不大的一片陈旧土地上，兀自安详。也就在这里，近乎完好地保存着近四万平方米的明清古建筑群，这其中最为神秘的便是石龙门庄园。

一场春雨浸染，古镇上青葱的竹子绿意盎然，溪流上水雾缭绕，整个镇子都笼罩在葱碧的雾色之中。在这样的时刻行走，脚底的青石板是会唱歌的，那些沉默的吊脚楼便是它最忠实的听众。伴着一阵蒙蒙细雨，穿过一片树木丛生的山包，便远见了一段白墙青瓦的马面墙——绿林掩映之下，这一场雨好像是一场最为美好的馈赠。

在石龙门，与其说观建筑、赏景，不如说探秘来得更为贴切。这庄园实在太老了，那些老态是正经地写在它脸上的，从容且毫不回避。同行的友人介绍说，这园子始建于清雍正年间，只知是陈姓故宅，却不知始建之人姓甚名谁。便是目前仍居住在庄园的陈家后人，竟也有各执一词的时候。只知这庄园亦是历经几代人不断完善修建而成的。到清末光绪年间，陈家在第五代传人陈宝善手中发扬光大、实力倍增，屋舍亦不断扩展，一度达到鼎盛。

早在来石龙门之前，友人已经谆谆告诫，说在石龙门最忌讳自由散漫，倘若一步跟不上，怕是会迷失在庄园里了。这说法多么有趣，仿佛只需一个不小心行差步错，便会穿越了时空一般。友人所言非虚，不过穿房越院的几分钟而已，已然头昏脑涨地分不清东南西北。那些前后相连的房子，足有五百间，偏又门门相连，简直是迷宫般的存在。据说，石龙门庄园的设计与众不同，这种由石柱和圆木柱擎起的石木结构建筑群在国内罕见，其中，九道中门九道关、“龙门阵”又“八阵图”的说法，更是玄之又玄。

好不容易出了这层层叠叠的神秘之门，才知在石龙门庄园中这并不算神秘，真正神秘的存在另有两处。后院中有一座极漂亮典雅的吊脚楼，是从前庄主家小姐的闺房，如今那木质墙板上描金绘花的纹样还依稀可见，可以想象昔日之美境。就在这里，流传着一段关于“艾香”的传说。我们一行人不得幸，并未在当时邂逅异香，老院中喝茶的大爷却笃定那神秘香气之存在，竟也有惯来的游客迎合，将此事传得神乎其神。至于其不远处的宝物“犀牛石”边更是围了多人。传说这石头能预报阴晴，根据天气状况显出图像来。这时小雨朦胧，天将雨将晴，亦不知是否能见到那“酣睡犀牛”的容貌?

终究我们是无缘。来去匆匆之间，走马观花并不能窥破这秘境中的真章，闻不到“艾子香”，看不见“犀牛石”。我是觉得，传说不过是传说，私心里抱着美好的憧憬去看上一看也就罢了，此时头脑里还是写着大大的“不信”。

好友便又取笑我不甚浪漫。据说这庄园还涉及了大清旧事，与乾隆帝的身世都大有相关。满车之人便大喊，你该不是说这石龙门庄园是韦小宝他干爹——那位反清复明的红花会总舵主陈家洛的私宅吧……

好家伙，这一闹，差点儿没掀翻了车顶。

至于真相，到这会儿满意而来、尽兴而归，谁还真要去打破砂锅问到底呢。

乔家大院：踏雪纵情赏“明珠”

汾滨烟气半遮纱，如鲫名流逐轻车。

不识辋川松下客，只知灯笼出乔家。

看过电视剧《乔家大院》的人一定会记得台词中那句质朴无华却铿锵有力的话——“正则通，通则大”，也正因喜欢这句台词，我曾三次过山西有两次去乔家大院。

印象最深是逢冬至日，雪后转晴，独探乔家。抛却了年轻时的小情怀，摒弃人声熙攘的浮躁情绪，就一心趁淡季一览乔家大院“真容”。

乔家大院位于山西省祁县乔家堡村，经多次修缮，逐步发展形成如今“四堂一园”的格局——在中堂、德兴堂、宁守堂、保元堂、花园，总占地面积约两万四千余平方米，被专家学者们誉为“清代北方民居建筑的一颗明珠”。而我们熟知的乔家大院，则是乔家第三代当家人乔致庸在世时所建的在中堂。

净雪松软铺盖在甬道表面，步伐踩踏在不算厚的积雪上会发出细微的声响，在冬季人至时听上去更加悦耳灵动。遍布雪地的斑驳足迹给青砖灰瓦的院落平添了生气，就连空气中都弥漫着小雪荡涤后的清新味道。

步入景区，直奔在中堂。它始建于清朝乾隆年间，距今已两百余年，这占地面积一万六百四十二平方米的宅院，空中俯瞰呈双“喜”字型，六座院落由中间的甬道分为南北两排，整座大院布局严谨，设计精巧，匠心独运，恢弘的建筑笼罩在素白雪幕之下，给平直刚毅的线条沾染上了柔美。

说起来，乔家大院是一座典型的全封闭城堡式建筑群。大门坐西向东，门洞呈拱形，门上坐落着气派庄重的顶楼，楼上正中高悬“福种琅嬛”四字匾额，此匾为清末时期慈禧太后面谕山西巡抚所赠。墨漆大门门扇上安有一对椒图兽大铜环，门左右挂有一副铜底板对联：“子孙贤，族将大；兄弟睦，家之肥”，将乔致庸的治家之道体现得淋漓尽致。

犹记得电视剧中乔致庸至真至情、韬光韫玉的形象，不露锋芒、含敛光耀，大智若愚亦可披荆斩棘，脚踏实地方可砥砺前行。相较现代越来越快的生活节奏下，跅弛不羁被解读为个性独特，涅訾栗斯被粉饰成自信十足。盲目追求新鲜感的时代审美反而让人性里最纯粹、可靠、珍贵的部分渐渐隐匿淡去。于是，越来越多的人开始尝试追溯以前的缓慢时光，怀念旧时的快意情仇，或许正因如此，《乔家大院》才得以引起观众的共鸣。

大院门楼对面立有砖刻“百寿图”的掩壁，掩壁两侧是清末大臣左宗棠所题篆体楹联“损人欲以复天理，蓄道德而能文章”，这是对乔家后人捐资助国行为的认可弘扬，更是对其道德品行的称颂赞誉。甬道尽头与大门楼对立而望的建筑是乔氏祠堂，阳光透过薄云轻柔地洒在银装素裹之上，给祠堂嵌了一圈鎏金镶边，庄重中透出些许幻美之感。

祠堂的建筑和装饰都充分体现出了它在整个乔家大院建筑群落中的重要性，整体为庙宇结构，门前三级石阶，阶梯两侧围立汉白玉石雕刻的寿字扶栏，其上布置有狮子头短柱。四根柱子承托挑檐，柱头有镂空木雕，为玉树交荣、兰馨桂馥、藤萝绕松式样，郢人斤斫的雕刻手法令人赞叹。门头高挂李鸿章所题“仁周义溥”的四字匾额，门内陈列三层雕工精湛的牌位。放眼看去皆彰显肃穆之势，气派非凡。

大院内琳琅满目的木雕、砖雕、石雕、匾额、照壁等大多都保留了当年的原貌，陈列展览的珍贵文物更有五千多件，其中号称世界第一个监控探头的“万人球”作为乔家镇宅之宝、以东南亚铁梨木雕刻镜座的“犀牛望月镜”，慈禧太后赏赐的两盏“九龙灯”，皆是世所罕见的珍宝。

眼前的建筑跟随视角变换，脑中便浮现出两个世纪前乔家人在那段时光中忙碌生活、其乐融融的场景。那时的他们不会知道我们，现在的我们却在寻找他们的影子，隔着时空对望，不知心灵可有相通的一刻。

人生的道路千百种，成功的定义各不同，但“正则通，通则大”的信念却殊途同归。眼界扩展了，心境豁达了，世界都只是在你脚下。所谓修身、齐家、治国、平天下，修得身正、心正，天下皆可揽于胸中。

常家庄园：飞雪院落日沉沉

我是从平遥古城转道常家庄园的。

那日清晨，恰逢一场不大不小的雪。抵达庄园时，漫天风雪依稀，游人寥寥无几，偌大一个庄园，空怆怆、坦荡荡，仿佛只剩白雪与我。

独立门楼之前，眼前二重檐、歇山顶的青灰色建筑庄严厚重。偏偏此时那建筑被白雪一盖，独挑了两檐披着白雪的红彤彤的灯笼，那画面便瞬间柔和起来，就连匾额上“敦艮吉”的气度都只示出些许。

常家庄园始建于明朝末年，那时正是晋商兴起的大好年代。明代沈思孝在《晋录》中曾有描述，言及山西诸地“豪商大贾甲天下，非数十万不称富”。时至清朝，晋商竖起“驼帮、船帮和票号”三座丰碑，经济上称雄中华、饮誉欧亚。常家的兴盛也正应和了晋商的兴起之路，这庄园也随之经历乾隆、嘉庆、道光、咸丰、同治、光绪六朝百余年的兴盛修筑，逐步达到鼎盛。彼时，庄园房屋五千余、楼房五十余，园林近十处，占地面积达六十万平方米，其建筑规模之宏大，可见一斑，也难怪民间有“乔家一个院，常家两条街”的说法。

即便如今，常家庄园也是颇负盛名的，以“十最”之称闻名遐迩。可在我心里，对此类冠名又总是不屑。再多“最”字，也抵不过一场历经岁月沉淀的诉说更醉人。

自然，我们是无缘再见那样辉煌的常家庄园的。自古枯荣两相依、胜败难相离，历经战火摧残，到如今复建，我们所见不过是从前规模的四分之一。

常家庄园大门两侧的城墙上仍铭刻着“宋代二亭双绝帖”。苏东坡手书的欧阳修散文《丰乐亭记》《醉翁亭记》分别被铭刻于此，于古堡城墙的壁垒森严中荡漾出这样一丝“纵情山水”的文脉，自相矛盾得如此坦荡骄纵。

或许越是我这样懒散的人就越喜爱简单直白的壁垒分明。相比于那些迷宫般的庄园，常家庄园这庞大的建筑体系就从容得多。那些宅院、街道、园林、商铺等宛似是听令的兵卒，分别按照各自的功能排序站位，街道北侧宅院、园林分而处之，南侧商铺林立，又以“后街”勾连，堂院之间各自独立又紧密相连，布局严谨有序。

常家的祠堂建得高大，颇有些“器宇轩昂”的姿态。据说现存的北祠堂始建于清光绪年间，三门四进，结构完整。祠堂中有一旗杆，这旗杆自然不是用来升旗的，不过是昭显身份罢了。据说，在等级森严的封建制度下，若非四品以上官员，即便家财万贯亦不可得此旗杆。可见常家的显赫，绝不仅仅在经商一途。

穿祠堂而过，信步闲游，但见小亭悠然，有“披风”“枕霞”之匾，招揽风月。又后街西段北侧有建于乾隆末期的贵和堂老宅，一座座屋舍相连，门廊精致、木雕典雅，檐下的砖雕顶了微薄的小雪，分外衬出了些许美的寓意。忍不住去驻足，深深地凝望那飞翘的檐角、彩绘的屋顶、精细的雕刻。

这园子太大，飞雪迷蒙之中更添风姿。时间仿佛静止，只有那些屋舍林立、花木静默、雕刻沉寂，仿佛这一步之间便可穿越。行行止止，越发不在乎脚下路径去往何处，越发不愿去探究过去将来，只专注这眼前。

静园、杏园、狮园都该衬着一曲古琴来赏。

偶有寒地里瑟缩的飞鸟振翅而过，薄雪未曾沾染路面，建筑与草木却都顶了薄薄的妆，蓦然觉得这园子太空了。

那些人声鼎沸的热闹是百年前就凝固了的，从来不曾传承至今。而如今的喧嚣都是崭新的，浅浅地浮在地面上。古旧的屋子是会说话的，它理应怀揣着岁月沉淀的古旧安稳静立。但它不开口，只待你用心感悟。

飞雪之下，这一片“白茫茫大地真干净”。

王家大院：深院无言敦厚宅

相比于年少无知时候那场带着情绪的“说走就走”，去往王家大院的旅程要来得正式的多。

山西的“大院旅游”几乎已经成为行业品牌，从乔家大院的兴盛说起，渠家大院、太谷曹家大院、灵石王家大院比比皆是。

不得不说，自明清以来，闻名遐迩的晋商为这片土地留下独特的“大院文化”，这种文化以深邃富丽的民居建筑为表现形式，将砖雕、石雕、木雕交织于建筑，将绘画、书法、诗文融进生活，又以人物故事为基础，禽兽花木为点缀，的确是地域文化的集大成者，难怪在民居建筑中有“北在山西，南在安徽”的说法。

王家大院所在的山西省灵石县静升镇，同样位列中国历史文化名镇，与平遥古城、介休古城相距都不远。乘着“大院旅游”的东风，借由“王家大院”的声名，静升镇也渐渐声名远播。昔日冷清的小镇，日渐游客繁多、旅游兴盛，这号称“五巷六堡一条街”、总面积二十五万平方米的王家大院再少有清静。

王家大院亦非单指某一座院落，而是整个王氏家族历经明清两朝、三百余年历史，经由几代人循序渐进、持续修建而来的建筑群。如今，王家大院开放的区域大多是清康乾嘉年间王家鼎盛时期所建，包括王氏宗祠、高家崖、红门堡三部分，占地面积四万五千平方米，有院落百套、房屋千间，这三部分的建筑规模尚不足王家大院总占地面积的四分之一，但建筑规制、精美程度、保存完好情况却十分可观。

我们一行自高家崖入大院。高家崖始建于清嘉庆元年，这宅院依山而建，四周围以城墙，仍旧是城堡式建筑。景区主入口的东堡门高约五丈、面阔三间，三层砖砌，下开双层拱门，呈现出巍峨之势。跟着人群，沿着青石街道前行，只见建筑群落在街北罗列排开，其形制结构都是传统的三进四合院，从架构上看是典型的前庭后寝形式，这布局上倒是与常家大院异曲同工。

不过心态状态不同，所观景致也不相同。昔日游常家庄园，只觉庭院深沉，如今人声喧扰，那些屋舍已被人声浸透。

高家崖东西两宅并立，东宅王汝聪宅第，名曰“敦厚宅”。导游讲解其中“三雕”，我们被指引着去看那些雕刻，或琴棋诗画，或瓶鼎花草，或神话故事。那些寓意吉祥的精致雕刻栩栩如生呈现眼前，所谓“安居乐业”“功名富贵”“喜上眉梢”“鸳鸯贵子”；又有穿廊上的斗拱、额枋、雀替，精美得令人应接不暇、叹为观止。倘若能够静心享受，一石一瓦、一窗一匾都是精品、珍品，于这样恢弘的建筑之中被指引着品赏细节，便分外觉察了中国文化之博大精深，而自己不过是匮乏单薄的无知小子。

又游览始建于清乾隆四年的红门堡，这依山而建的宅院，以主干道为轴左右对称，竟排列出一个规整的“王”字。至于行至顶甲花园，见着那些亭台楼阁、花木园径，才忽觉得有一刻放松，竟只想着摒弃了这人声鼎沸，看一瞬花木探窗才好，这宅院“贵精而不贵丽，贵新奇大雅，不贵纤巧烂漫”，竟不知有多少大气磅礴的气势写在其中。

建筑的美或许从不在建筑本身，而在于其能感染人心境的文化气息。匆匆旅程之中，可以看不懂建筑规制、庭院特色，若能静心一品，寻得一丁点儿的“与众不同”的感悟，便也不虚此行。

可惜，我认认真真行走一遭、学习一趟，反倒错过了这一件深宅往事。

姜氏庄园：据山势独出心机

2013 年，我去榆林，曾走马观花地看过米脂姜氏庄园。

从榆林市佳县到米脂县，汽车始终行走在山沟沟里。山路很窄，又多急转，透过颠簸的车窗，满目都是高原上无边的土色，只见低山起伏、丘陵相连、沟壑纵横，千篇一律的黄土覆盖之下，山旁层出不穷的枣树灰秃秃的，辨不出其颜色。

怕我们无聊，向导一直很主动地介绍着姜氏庄园，说它丝毫不逊色于欧洲古堡，是独具特色、绝不寻常的“城堡式窑洞庄园”。这说法立刻引起了我的兴趣，不由得想到了山东滨州的魏氏庄园。不同于魏氏庄园临黄河而筑基，姜氏庄园选址在山湾上，依山而建，顺势蜿蜒。

姜氏庄园在陕北地区颇有影响力，是当地著名大财主姜耀祖的私宅。据姜耀祖墓碑文上记载，姜氏庄园兴建于清同治年间，“建筑自动工以至竣工约十五六年”。而在庄园建造开工之时，主持工程谋划施工的姜耀祖不过十四岁，削崖劈山、打井砌墙，再依山傍岭逐层修建，“一切布置都由公独出心机”。

顺着笔直的条石甬道向前，经过几个近乎直角的回旋，姜氏庄园的大门就显在眼前了。自古而来，高门大户都讲究个“门庭”，偏姜氏庄园的大门狭窄得刚容两人并肩，亦不知是何缘故。就在这狭窄的门楼之上，镌刻着主人的亲笔题词，“天岳屏藩”四字，工整大方、苍劲有力，颇有大家风范。想这庄园建成之际，姜耀祖不过而立之年，面对这体现他聪明才智、尽显他文化内涵的庞大庄园，挥毫泼墨的一瞬，不知他是否也觉得恍若是“走上了人生巅峰”呢？

苍黄的山势将整个姜氏庄园十分巧妙地分为上、中、下三院，三院之间明道相接、暗道相通，建筑十分奇巧。下院管家院前有类似城垣的寨墙，土黄色的石块垒叠，陈旧单调的色彩越发衬托出一种一丝不苟的威严。坦白说，这高近十米的一段寨墙，并不如魏氏庄园的城垣完整，气势上却不让分毫。

中院门前耸立着一道八米高、十余米长的石砌寨墙，自庄园的西南方恪尽职守地护卫着。由于地势关系，中院的坐向与下院并无不同，建筑上也显得别致许多，门额更有一道彰显身份的“武魁”巨匾。由此可见，姜家是曾经出过武举的，并非寻常庄户人家。难得的是这院中有个水磨青砖的影壁式月亮门，这一点色彩的存在，让这院子格外有了些精致的韵味。同行的向导说，中院的东厢要比西厢略高出二十厘米，想来亦是尊卑传统的传承了。

作为整个建筑群的主宅，上院是十分标准的两进四合院，传承了陕西地区最高等级的窑洞院落设计，秉承“明五暗四六厢窑”式建筑经典法则。便可见整个姜氏庄园自上而下、自东而西，严格遵守着一种森严的等级制度，这一点又与栖霞的牟氏庄园有着异曲同工之妙。

受陕西黄土高原大环境的限制，在姜氏庄园中很少能看到作为点睛之笔的植物，更无那些随处可见的花园山石点染。在这样的一片严肃之中，上院里那道精雕细刻的垂花门就显得分外惹人注意。事实上，整个姜氏庄园都布满了各种各样、精致典雅的雕刻，细节之处总不乏惊喜，可谓“求工于一笔之内，寄情于点画之间”，果真名不虚传。

如果说对等级制度的严格恪守是一种文化传承，那么窑洞结构与四合院模式的融合便无异于一场创新。“其规模之宏伟新颖，吾陕北所仅有，可谓博大精深，与众不同也”，乃至其用工匠数百、动土千万方，耗砖瓦木料不计其数，更可见这庄园是多少人心血的汇集！

毕竟隔行如隔山，一时之间，我未能领会姜氏庄园与“欧洲古堡”之间有何比拟，只对这庄园的创始人姜耀祖分外好奇。他以少年之身撑起家业，以一己之力设计庄园，学识、胆识、胸襟实在不俗。这人又个性刚强、敢作敢当，于钱财家业却又无野心、胸怀格外慈悲。同样在清光绪年间，米脂遭逢大旱、民不聊生之时，姜耀祖无偿开仓济民，散粮一百二十余石救民于水火，足可见他秉性风度中多少带着一股子“侠义”之气。

或者，也正是他这样刚正和润的品格，才成全了姜氏庄园别具一格的姿态。

帕拉庄园：世间宜假不宜真

在我国西藏日喀则附近的江孜古城西南，有一个叫做班觉伦布的小村。

在这个村庄中，隐藏着一座十分奢华的贵族庄园，它就是西藏自治区唯一一座保存完整的帕拉庄园，全称帕觉拉康，是旧时西藏三大领主的贵族庄园。

在旧时西藏封建农奴时期，贵族分为赞普后裔、亚奚家族、第本家族及格巴，帕觉拉康系第本家族，因此，帕拉庄园是当之无愧的贵族庄园。

帕拉家族是一个有四百多年历史的古老家族，家族中有很多人担任旧时西藏的高官。最风光时，帕拉家族在西藏拥有三十七座庄园，一万五千余亩土地，十二个牧场，一万四千多头牲畜，三千名农奴，成为我国西藏地区十二大贵族之一，其富足程度不容小觑。

在到达帕拉庄园之前，我一直认为所谓的贵族庄园，一定是充满西藏风情又无比神秘的。与西藏大多数建筑一样，帕拉庄园的外墙以白色为主，外墙以红色装饰、门窗以黑色饰边，色彩对比十分鲜明。据说，这白、红、黑三色的应用，对应体现了天上、地上、地下，每一种颜色都献给一位神灵。

帕拉庄园的主体建筑共三层，为土木结构，现存屋舍五十七间、面积五千余平方米。这三层楼的设计也十分有趣，一楼用来放置牲口，当作仓库；二楼供奴隶们干活，管家居住；三楼是庄园主的住所。

坦白说，对比中原地区动辄几百间屋宇、上万平方米占地面积的地主庄园，帕拉庄园并不算宏伟。而若说其神秘，统观整个庄园，帕拉庄园一无传说、二无故事、三无疑点，就这么清楚分明地保持着其最原始的初态。这里最令人为之动容的东西便是：

真实。

真实得令人震撼。

至今为止，帕拉庄园仍完好地保留着其旧貌，庄园内经堂、日光室、会客厅、卧室等亦原封不动地保持着从前的装潢布置，保留着庄园主从前生活使用的旧物，再现着庄园主人当年生活的原貌。

在庄园最为考究的经堂内，当年的经书、佛龛仍完整地保存着。不大的房间陈设考究、金碧辉煌，色彩丰富的彩绘雕刻表现的大多是汉文化，诸如四大名著、八仙过海、福禄寿喜等，可见中原文化对其有着较大的影响。庄园的议事厅更宛如一个丰富多彩的宝库，除金银器具、宝石首饰之外，竟能看到乒乓球、羽毛球、进口洋酒等，至于墨镜、钢笔、手表等无一不是名贵的奢侈品。主人的起居室中仅展示收藏的动物皮毛，如雪豹皮、金钱豹皮、金丝猴皮、梅花鹿皮、虎皮等，室内竟还有一处印度进口的青蛙皮装饰。女主人的卧室中更是陈列着种种进口化妆品，连皮包都是当年的路易威登的新款……

而这一切，并非刻意布置的展览，而是一种原原本本的呈现。沿着庄园中并不宽阔的木质楼梯来到二楼管家室，其中陈列的皮鞭、拍子、脚镣、站笼、牛皮筒等种种可怕的刑具掩在低矮房屋的昏暗光线下，令人不寒而栗。

在帕拉庄园正门的斜对面，建有当年农奴的住所。不足一百五十平方米的使用面积中，曾居住着六十余名农奴。那一间间狭小的土坯房，房门尚不足一米半高，室内昏暗一片，竟无一处采光。思想经堂、日光室之富丽堂皇，对比此地的荒凉，简直令人遍体生寒。就是这样艰苦的条件，竟不是全部农奴可以“享受”。据说，只有那些有一技之长的“高级”农奴，才可以有地方居住，其余人不过跟牲口关在一起罢了。

离开帕拉庄园的时候，庄园导游告诉我，班觉伦布村百分之九十以上的人都是帕拉庄园农奴的后代。他的母亲常说：“这样的日子以前做梦都想不到，幸福得像假的一样。”

这话让我长久的沉默。最真实的陈列，最真实的对比，呈现给我们一段最真实的过往，却归结为一段“假”的幸福。

难道这世间诸事，还真是宜假不宜真？

第七章

曲径通幽处，禅房花木深

——10个不可错过的佛寺

在我国诗词书画的意境中，我们读到了太多古寺。

抛开宗教的因素不谈，似乎寺庙的本身就是一种凝固的文化。那些“曲径通幽处，禅房花木深”的意境是久久留在心底磨灭不去的。又有钟声响彻，“日落余晖后，声声响杜鹃”，是何等美妙。

遇到一座古寺，拜谒一段岁月。在那僧声佛号、暮鼓晨钟之中，我们邂逅建筑佛院、邂逅泥龛石刻、邂逅苍柏古树、邂逅一段沉静不语的光阴，仿佛只需一个回眸，便能看见昔日得道的高僧在树下诵经——时间与空间，在那些古寺中一点点消散，乃至前世今生、明天未来，都在此一一铺陈。

眼见着那些沉默醒来，在世人虔诚的脚步中勾画出一岁又一岁生活的痕迹，那些俗世悲欢、人间喜乐，就这么清晰明了地写在了眼前。

我爱极了寺院的钟声，爱极了那一片宁静肃穆。

“残月淡烟窥色相，疏风幽籁动禅空。”

布达拉宫：不观生灭与无常

入藏的时候，是十月中旬。

一路雪山连绵，光影明灭。靠近拉萨的时候，火车忽然行驶进一片阴云里，三两点雨淋漓，而不远处的拉萨城，却分明笼罩在一片华光闪烁的辉煌里。

天极蓝，云极白，每一座建筑都被阳光勾勒出金边，清晰可见。

西藏，从来都是神秘的。仿佛是一位历经沧桑的长者，曳着一袭深红的藏袍，垂目、沉寂，数尽了手中的盘珠，念透了人间的佛理，沉默于世界之巅。

晨光初照，布达拉宫就醒了。

在布达拉宫广场昂头观望，总觉得哪一刻会随着这宫殿一起，羽化飞升——于巍峨雪山的映衬之下，它挥手写就了宫殿与山体的有机融合，巍峨之中自有一番仙宫凌云的显赫。

这是一座始建于1300多年前的神圣建筑，我国西藏第一位赞普松赞干布为迎娶文成公主倾心而建，从此一段佳话依山铸成一片宫阙。那宫宇叠砌，气势雄伟，是文化的融合，更是宗教的鼎盛。坚实墩厚的花岗石墙体、松茸平展的白玛草墙领、金碧辉煌的金顶以及大鎏金的宝瓶、幢和红幡，交相辉映，色彩如此鲜明，建筑如此迷人。布达拉宫，它伸手托起了雪山的倒影，垂怜抚开了积云的问候，以一束佛经的温言将整个城市唤醒。

四方而来的藏族同胞，流动于布达拉宫周身；络绎不绝的善男信女们摇着转经筒，虔诚诵出经文；朝拜者，一步一个叩拜、一步一个匍匐，以额头叩击大地的方式，求一片内心的安宁，虽衣衫褴褛，仍心似锦缎。

沿着“之”字形阶梯拾阶而上，路过五世达赖喇嘛阿旺罗桑嘉措所立的无字碑，白宫、红宫端坐于顶，四色交织，红色象征权威，白色象征和平，黑色象征庄严，黄色象征繁荣，它们沉默着，在炽热的阳光底下安宁地诠释着布达拉宫亘古不变的寓意。那些紧闭的梯形窗户，不知遮掩了多少故事，隐藏了多少诗、多少血泪，却始终保持着同一个姿势，长久地凝固，让人忍不住想要伸手推开它们，细细探看。

“住在布达拉宫，我是雪域最大的王。流浪在拉萨街头，我是世间最美的情郎。”我不知道有多少人是如我一般追寻着他的脚步、背诵着他的诗一路进藏。六世达赖喇嘛仓央嘉措，关于他短暂而传奇的一生，关于这片流传着无数宗教与政治故事的土地，关于爱与憎、苦与乐、行与思、感与悟，悉数写进那些流传已久的“仓央嘉措古鲁”。

可只有真正踏入布达拉宫的那一刻，我才真正明白了他的寂寞。

布达拉宫内光线暗弱，只有燃起的酥油灯，弥漫起的特殊香气，映衬起那些珠光宝气的华丽。九百九十九间宫阙，细微里穿梭，人群里拥挤，可时光却忽然静穆与安详。到处都是过去的味道，挥之不去。那些金银器、瓷器、珐琅器、玉器、锦缎品里，无不牵引着遥远的气息。徘徊于廊间，恨不能日日前往，在那迷宫般的岁月里，寻一段前世今生，找一段佛度轮回。

每一席室地，每一支门楣，每一块经幡，每一幅唐卡；精美的雕刻，绚丽的壁画、华丽的陈设、辉煌的宫室、稀世的文物、无价的珍宝以及历代达赖的灵塔，那些金皮包裹、珠玉镶嵌的灵塔之中，没有他——没有仓央嘉措。

他们说，不要提。

我想，这是他的寂寞。

然而，一切都很好。布达拉宫很好。天空很好。朝拜者很好。就连我这路过的灵魂，这一刻，也很好。

藏香迷漫，佛心肃穆。

走出布达拉宫，阳光分外刺眼，四处是松脂的香。朝拜者仍在磕着长头，转经筒不停地转动。

“那一日，我转动所有的经筒，不为超度，只为触摸你的指尖。”

此刻，我不为触摸谁的指尖，只为寻找诗中的温暖。

有人说，“来到西藏，眼睛才知道天空是宝蓝的”；“来到拉萨，鼻子才知道空气是悠闲的”；“来到布达拉宫，嘴巴才知道信仰的泪水是甘甜的”。

我信。

大昭寺：禅灯香火千秋盛

佛说：一念花开，一念花落。

在凡尘俗世中颠沛流离太久的我们，需要抽出一些时间，在某地暂时停驻下来，等一等落在后面的灵魂。

作为离天堂最近的地方，西藏无疑就有这样的作用。那里高且遥远，无限接近梦想和天堂。故此，纵然相隔千里万里，一生也非去一次不可。

去西藏，自然要进拉萨，而进拉萨，则必然是要去大昭寺看一看的。

这不仅是因为“拉萨”这个名字原本就来源于大昭寺，也因为大昭寺里供奉着佛祖释迦牟尼的十二岁等身像。

红尘男女总是免不了会有种种欲望纠缠。无论是求今生还是求来世，无论是不是虔诚的佛教徒，都难免感觉会有无能为力的时候，都想要去找佛祖拜一拜，寻求一下心灵的慰藉与依靠。

这世间寺庙有千万间，佛祖的神像也有千万座，可佛祖的等身像却只有寥寥三尊。相传等身像为佛祖本人亲自开光、加持，见佛像便如同是见佛祖本尊。大昭寺佛像前参拜的人流络绎不绝。隔着不甚遥远的距离和熙熙攘攘的人群，佛祖始终端坐在那半空之中，分明能洞察一切，却又偏偏一言不语，在世人眼中便越发显得高深莫测起来。

这尊佛祖释迦牟尼的十二岁等身像是文成公主和亲时候，作为嫁妆由长安万里迢迢带进西藏的。透过历史的尘烟，站在这金光闪闪的佛像前，仍旧可见昔日那场盛世联姻的繁华与风光。只是这繁华与风光也好，赞誉和辉煌也罢，我仍旧对背井离乡的“和亲”无法释怀。只能赞叹那位文成公主，即便是作为一枚政治工具而远嫁，她仍如一株艳丽的格桑花，开出了深宫中绝对不能有的独特风采。

可除却这些辉煌，共同站在女人的立场上，我却又有许多问题不愿想。“自从贵主和亲后，一半胡风似汉家。”就如同这首《陇西行》，历来世人所看重的也多是文成公主和亲所带来的巨大政治影响，而对于和亲的文成公主来说，那远离故土的思乡之愁和面对不同文化风俗的困难艰辛，或许从来就没有人真正在意过。也许，唯有在这尊沉默无语的佛像面前，文成公主才不再是史书中那个肩负边疆安危的伟大人物，而只是一个被命运的激流挟裹前行的平凡女子。或许，她也会在无数个白天与黑夜，在一次又一次的跪拜中，祈求着佛祖眷顾她的故土，照拂她的亲人。

在酥油灯的烟雾缭绕里，在转经筒的周而复始中，千年的时光早已匆匆而过。今天，依旧有数不清的人们纷纷从四面八方来到大昭寺，来到这尊沉默无语的佛像面前，祈求着佛祖的眷顾与启迪。

此时此刻，我坐在大昭寺前的广场上，身边是缠绵不去的松柏香，头顶是蓝天下翻滚着的白云，周围是一路磕长头而来的虔诚的藏族同胞，内心满是震撼与感动。

我在目睹信仰的力量。它能赋予原本平凡的人们以非凡的毅力与勇气，去面对人生旅程中的未知风雨。在那些虔诚的付出里，似乎我们每个人都找到了自己灵魂的出路。

或者，宗教是信徒们的信仰，而故土是文成公主的信仰。

当你相信，并一路坚定地向前，“抵达”或许真的不再遥远。

塔尔寺：菩提梵音缈入云

青海省西宁市莲花山上有一座璀璨的古寺。行走山间，远望而去，只见殿宇时隐时现，高低错落，又有纯金寺顶清晰可见，气势恢弘。这座古寺便是我国藏传佛教格鲁派六大寺院之一的塔尔寺。

塔尔寺是第二大佛陀宗喀巴大师的诞生地（世界第一大佛指释迦牟尼）。宗喀巴是藏传佛教格鲁派的创立者。格鲁派又称“黄教”，在我国藏族地区信徒众多。众所周知，藏传佛教的一大特点就是“活佛”，活佛圆寂之后，有灵童转世，世世相接生生不息。别的不说，至少有两大活佛是我们熟知的：达赖和班禅。而第一世班禅克主杰和第一世达赖根敦主巴都是宗喀巴大师的徒弟。

藏语称塔尔寺为“衮本”，意为十万狮子吼佛像的弥勒寺。说起这名字的由来，故事实在颇多。据说，宗喀巴大师出生时，脐带被剪断、鲜血滴入土壤后便在原地化生出一株菩提。后来，宗喀巴为求真经远游在外，为安慰思子心切的母亲，他给亲人捎去自画像和狮子吼佛像，并说：“见塔如见儿面。”此后不久，1379年，宗喀巴大师的母亲与信徒们围绕菩提树砌成莲聚塔，在信徒们的心里，这座塔以及塔里的菩提树便是宗喀巴大师的化身。

多年之后，莲聚塔日渐被完善，逐渐被信徒们以纯银作底通身镀金打造，又镶嵌佛家七宝之物，凡玛瑙、翡翠、象牙等各类珍宝悉数可见，至今仍在不断增加和修葺。1577年，信徒们在金塔外建大金瓦殿，往后庙宇逐年发展，不断扩建，渐成规模，到乾隆年间，皇帝亦在大金瓦殿上御笔钦赐“梵教法幢”四个大字作为匾额，塔尔寺“塔包树，寺包塔”模式就这么日渐成型。

在塔尔寺有三种罕见技艺，堆绣、壁画和酥油花，被称为“三绝”。其中最令人震憾的是酥油花。酥油在藏族同胞聚居地十分常见，是一种从牛奶、羊奶中提取的洁白油脂。所谓酥油花就是以这种酥油搭配各色颜料做成雕塑，或佛像人物，或花鸟走兽，或亭台楼阁。只是这种酥油的熔点非常低，常温下极易熔化。要将其制作成雕塑，僧人们便不得不将酥油放置在冬天零度状态下，再将双手浸泡在冰水中使手温降到零度以下，才可以进行雕塑。可想而知，当作品完成，僧人的双手将会是何等模样！真不知他们是存着怎样虔诚的心，才能这样坦然安宁地奉献出这肉体凡胎去祈求一段内心的宁静。

与布达拉宫、大昭寺相同，塔尔寺中磕长头的信徒也比比皆是。当愿望许下，信徒们便会在寺中行十万等身长头。时日久了，信徒多了，那前廊地板上便留下了站立时足形的印、叩拜时深深的沟痕，其深竟可达数厘米。

或许也因为信仰的力量过于鲜明，即便塔尔寺行人众多，却罕见喧嚣。没人能单纯地将塔尔寺作为一处旅游景点观赏。虽然那些建筑上绿瓦金墙、汉式三檐歇山顶、藏式鞭麻墙、金刚时轮梵文咒的搭配独具特色，虽然那些工艺品精美绝伦、故事感人肺腑，人们仍然会被那些磕长头的信徒拉回到寺庙的沉静、安和之中，或许这也是信仰的力量。

至于那棵菩提树，几百年了，它被封存在宝塔之中，始终欣欣向荣。那些根茎蔓延，如四肢伸展，乃至殿外院内又长出同气连枝的一株新树。每至盛夏，院内菩提枝繁叶茂、浓荫遮日，倘若遇到开花时，更有世所罕见的红花绽放。听闻，我国西藏和内蒙古许多喇嘛寺都试图种其籽、栽其枝，却全无此效果。这棵树，举世无双。

每逢菩提叶落，喇嘛及信徒们便会将叶子虔诚珍藏。这看似寻常的菩提叶，在信徒们看来是佛的信物，是佛的庇护和祝福。

菩提本无树，明镜亦非台。本来无一物，何事惹尘埃。

这句子我们耳熟能详，人人都可背诵，可真正能理解的又有几个呢？

或许这世间真的有一种力量，给人以期盼，给人以扶持，给人以安宁向上，那便是信仰。

法门寺：照古腾今无与并

法门寺位于陕西省宝鸡市扶风县城北10千米处的法门村镇，东距西安市110千米。

关中自古属于“风水宝地”，见证了中国历史中很多重大事件。走出西安城，厚重的历史感依旧萦绕心头。长安、咸阳，这些名字曾经在中国历史上如雷贯耳，隐藏的历史谜团至今还期待人们去解开。法门寺，这座见证中国佛教兴衰的古老寺院，如今也正渐渐走进人们的视野。

据传，陕西法门寺始建于东汉明帝十一年，即公元68年，原名阿育王寺。公元前三十几年，统一印度之后的阿育王为弘扬佛法，将佛祖释迦牟尼之舍利分作八万四千份送至各国建塔供奉。法门寺兴建“真身舍利宝塔”，因塔而建寺院，2004年被联合国教科文组织评为“世界第九大奇迹”。

法门寺自兴建之后，不断遭遇战火和“佛难”而被毁。公元558年，再次兴建后的法门寺成为中国佛教圣地。至唐代，法门寺迎来了佛教发展的鼎盛时期，唐高宗、武后、唐中宗、唐肃宗、唐德宗、唐宪宗、唐懿宗和唐僖宗八位皇帝六迎二送供养佛骨舍利，且每次皇帝都顶礼膜拜，声势浩大。此种做法据传可以平息干戈，祈求国泰民安、风调雨顺。史书记载，法门寺舍利塔地宫“三十年一开，则岁丰人和”，佛塔则被誉为“护国真身宝塔”。唐咸通十五年即公元874年，唐僖宗李儇送还佛骨，将佛骨舍利及数千件稀世珍宝一同封入佛塔下地宫，武则天的石榴裙为数千件珍宝之一。

此后，法门寺几度兴衰，宋徽宗手书“皇帝佛国”匾额也难以阻挡岁月的侵蚀。至民国时期，爱国志士朱子桥筹款再度兴建法门寺，最终在战火纷飞的1940年竣工。其间，法门寺地宫显露一角，朱子桥密召知情人，命令其保守秘密，地宫典藏才得以保存至今。此后几十年，法门寺宝塔历经岁月风雨，至二十世纪八十年代再度出现裂塌，1981 年 9 月，塔顶已自行跌落，只残余半个塔身孤零零地危立于残破砖石台基之上。直到 1987 年，法门寺宝塔才依照史书中所载的明代十三级八角形塔样式重新修建。

法门寺典藏珍贵文物颇多，圣洁的佛骨舍利，神秘的八重宝函，珍贵的各种金银器、香具、瓷器……1987 年，陕西法门寺地宫出土了几百件唐朝丝织品，据传有一件石榴裙是女皇武则天曾经穿过的，且还是这位女皇与夫君唐高宗李治的爱情“信物”。石榴裙曾经是中国唐代妇女最为流行的时装，因杨贵妃爱穿石榴裙而留下“拜倒在石榴绣裙下”的民间俗语。

如今，法门寺深藏在“法门寺文化景区”之中。要拜谒这不大的佛寺，须得经佛光门、般若门、菩提门、圆融门，走过长 1230 米、宽 108 米的佛光大道，再经过供奉着举世闻名的佛祖释迦牟尼真身舍利的合十舍利塔，再欣赏完藏品博物馆，方至老法门寺。有趣的是，行至这里，反倒游人稀少，分外清静素雅起来。那些古色古香的寺庙忽而沉默起来，一路行来的疲惫一扫而空，塞满头脑的“佛思”荡然无存，只剩浮华落定后的古香晕染，才能真正燃一柱清香，谒拜佛塔。

也愿这佛寺保风调雨顺，宝塔佑国泰民安。

少林寺：菩萨金刚护众生

“天下功夫出少林。”

提起少林寺，最深入人心的大概就是这句。

也不知有多少关于江湖的故事、关于武林的传说始自“少林”。多少年了，那些叱咤江湖、浪迹天涯、行侠仗义的梦想里，少林寺稳稳占据着正义的制高点，以一种温和敦厚的姿态，昭示了光明和希望的存在。

故此，我去往少室山时，怀揣的不仅是礼佛的虔诚，更多的是对少林的敬仰以及对梦想的期待。那正是个飒爽的秋季，沿途漫山遍野的黄栌正艳。秋霜催逼，非但未曾令它有丝毫气馁，反而将这一岁中的辉煌尽数散发出来，不管不顾地烧透了半边山，极尽轰烈又十足缠绵。

站立在山巅，可远远望见少林寺巍峨的山门，所谓“嵩高维岳，骏极于天”的句子便蓦然出现在脑海。而钟声悠远，又平添几分肃穆。

众所周知，这闻名天下的少林寺位于河南省郑州市嵩山五乳峰下少室山，它始建于北魏太和十九年，是汉传佛教的禅宗祖庭，有“天下第一名刹”之美誉。甫入寺院，眼前风景刹那变幻，数棵千年银杏遮天蔽日，粗达数丈，甬道和莲阶之上，树叶铺陈，金灿灿宛似佛者的金衣，而僧人素衣、寺庙古朴，更添神圣禅意，无限唯美。一路走去，进山门、经甬道，至天王殿、大雄宝殿、六祖堂，只见建筑精美，保存完好，处处红墙绿瓦、每每斗拱彩绘，更添巍峨。

寺中礼佛之人比比皆是。我等俗人，并寻不到神迹。所见不过是少林寺武僧的菩萨心肠、金刚手段，可周济贫人，可庇护一方，亦可恩及天下。思及隋朝末年，也是天下大乱的时候，唐王李世民遇到隋将王世充及其侄子追杀，幸得十三棍僧解救，得以平安脱身。后来，李世民登基为王，便下旨敕封十三棍僧，其中昙宗为大将军，其余十二人则云游四方去了。这便是有名的“十三棍僧救唐王”的故事。

到明嘉靖时期，倭寇袭扰沿海，少林僧侣又担起了抗倭护民的职责，立下了赫赫功勋。故此，朝廷多次为少林寺树碑立坊修殿。民国时期，军阀混战不息，民众苦不堪言，便有少林僧人恒林和尚被推举为少林保卫团团总。为保一方平安，他使出雷霆手段以战止战，带领团众购置枪械，与土匪展开数次激战，环寺数十村因此得以安居乐业。那位慈悲心肠、雷霆手段的恒林甚至被大家誉为少林活佛。

这样真实的故事在少林寺数不胜数。那些巍峨的山门、恢弘的匾额、庄严的碑林、雄伟的宝殿、沧桑的塔林……无一不是少林寺于漫天战火之中救护世人、于滚滚红尘中普度世人的见证。一砖一瓦、一草一木都法相庄严，一经一文、一言一行皆智慧无边。

这世间再没有一所寺院如同少林寺这般以武学闻名天下，因为它不仅有众菩萨的慈悲心肠，以玄妙的佛法洗涤愚者的灵魂，更是有着诸金刚的雷霆手段，用有力的棍棒鞭打恶者的躯体。以武止戈，以战止战，还天下以盛世，还众生以祥和。

如今历经战火洗礼的少林寺依旧巍然矗立在郁郁葱葱的少室山上，虽然曾经伤痕累累，更是几经重建，但少林寺依旧满怀慈悲地接纳着世界各地的僧人，亦或者是旅者。

战火的硝烟已经日渐远去，昔日的伤痛已经被经纶抚平。唯少林永在，唯佛光普照，唯盛世长存。

大相国寺：霜钟梁苑尚鸣今

走进中原古城开封，漫步在古色古香的街巷，呼吸里都是北宋时的况味。似乎真的能看到《清明上河图》中人间市井的点滴，又能邂逅天波杨府杨家将叱咤风云的踪迹，能感受到开封府包青天铁面无私的威严。

只可惜，想象终归是想象，历史早已成过眼云烟，只有那些或新或旧的建筑还停留在那里，诉说着一段往事，目睹着人事变迁。这其中，便有一座大相国寺默默立于市井喧嚣之中，钟声里回荡着过往岁月的声响，建筑中雕刻着逝去光阴的踪迹。

我第一次去往大相国寺那年，不过二十几岁。彼时秋日里阴雨连绵，心思亦不在拜谒名寺，只满心盯着身畔之人。待到多年后故地重游，身边一切早已物是人非，心无旁骛地静心游览，倒看出些不同寻常的景致来。

开封大相国寺，原名建国寺，位于开封市自由路西段，是中国著名的佛教寺院，从始建至今已经有一千四百余年历史了。相传，此地最初是战国时期著名军事家、政治家、“四公子”之一的魏公子信陵君的故宅。北齐天保六年（555 年），始立“建国寺”，后遭水火两灾被毁。唐初，这里又成为歙州司马郑景住宅。长安元年（701 年），慧云和尚开始募银筹建寺院。到唐延和元年（712 年），唐睿宗敕令此寺改名为相国寺，并赐“大相国寺”匾额。从这以后，大相国寺威名渐显，逐渐成为中原地区名刹之 。

到北宋时期，大相国寺深得皇家尊崇，经多次扩建，成为京城开封最大的寺院和全国佛教活动中心。只可惜，世事无常，此后年岁中，大相国寺因战乱水患多次损毁。清康熙十年（1671 年），大相国寺再次重修。别的不说，就说目前我们所见的大相国寺山门，1948 年开封解放战役打响，复建于清乾隆年间的大相国寺山门毁于炮火。如今我们所见的朱红色的殿式山门，是开封解放后由方丈心广大和尚发心修建的。居中的“空门”采用九脊歇山顶，三开二进，以一方门搭配两圆窗，又粉彩斗拱飞檐高翘，其东西两侧各置一座一开一进的单楼座，分别叫“无相门”“无作门”。整个山门看起来庄严壮观、雄浑稳重。

时至1992年8月，开封大相国寺终于恢复佛事活动。此后，又陆续修建了钟、鼓楼等建筑，寺院渐成布局严谨、巍峨壮观之势。所幸那钟楼中悬挂的铜钟仍是清乾隆年间的遗物，重达五吨的巨钟上铸着“法轮常转，皇图永固，帝道暇昌，佛日增辉 ”十六字。秋冬霜天，钟声清越有力，响彻开封全城，素有“相国霜钟”的美誉。想来，冷风之中静听钟鼓，亦是别一番领悟吧。

历经千年，数度毁建，大相国寺依然巍峨立于此。宋人曾有《燕翼贻谋录》，记载曰：“东京相国寺乃瓦市也，僧房散处，而中庭两庑可容万人，凡商旅交易，皆萃其中，四方趋京师以货物求售转售他物者，必由于此。”实不知昔年风姿与眼前盛况是否能合二为一。

此时，我便又想起第一次来大相国寺时：离开之际，于山门避雨，曾邂逅一布衣僧侣，慈悲眉目笑着，说我有佛缘，并赠以木珠。如今我又来此地，佛寺依旧、寿客依旧，我的心境却是全然不同了。

可谓，一岁年纪一岁心也。

而人间百态终看不尽，历史沧桑总道不清。

应作如是观。

白马寺：白马驮经事已空

在洛阳城外，巍巍邙山南麓、涛涛洛河北岸，有一座以白马为名的寺院，它已悄然矗立了千年。

这座寺院看起来沉默低调，其实却大有来头。它是佛教传入中原后兴建的第一座官方寺院，是当之无愧的中原第一古刹。

不仅如此，它还是最早的现实版“西天取经”的产物，比后来唐朝玄奘取经还要早五百多年。相传，东汉明帝刘庄曾做过一梦，梦见一位全身金光环绕的神仙从远处飞临。帝王认定此乃吉瑞之兆，醒后便派使者前去寻访。羽林郎中秦景、博士弟子王遵等十三人受命而去，一路跋山涉水、栉风沐雨，远赴西域访求佛道。三年之后，他们带着一批珍贵的经书和佛像满载而归，同行的还有两位德高望重的印度僧人迦叶摩腾和竺法兰。为了安置远来的高僧，皇帝令人在洛阳城外建造佛家寺院，这就是白马寺的由来。自东汉年间始建，白马寺的历史已经可以追溯到两千年前了。如今游览白马寺，山门前仍旧有两匹白马静立，历经岁月风霜，那低头垂手的石刻白马已然面目模糊。即便岁月感如此鲜明，这两匹白马亦非东汉遗物，而是源自宋代一位驸马都尉的墓地，是1935年左右重修白马寺时才移来的。

白马寺坐北朝南，与大相国寺一样，白马寺的建筑亦秉承着中轴对称的原则。走进院子，便可见东西两侧分别矗立的《洛京白马寺祖庭记》《重修西京白马寺记》石碑，分别记载了元忽必烈、宋太宗赵光义下令重修白马寺的碑文。由天王殿、大佛殿、大雄宝殿、接引殿一路前行，登上清凉台，便是寺内最后一座大殿毗卢阁了。

在白马寺初建时候，清凉台便成了著名的译经道场，僧侣们在此讲解经书、宣扬佛法，佛教便在中原落地生根了。只是佛法的普及也并非完全一帆风顺。当时，中原本土的道教兴盛，对于外来的佛教，自然怀有抵触情绪。白马寺建成后第三年，道士诸善信联系了五岳十八山观、太上三洞的六百九十名道士，他们联名上表汉明帝，痛斥佛经“虚妄”，要与西域胡僧比试真伪。汉明帝便命佛道两家在白马寺前筑台斗法，一试高下。这场佛道之争，在当时可谓是开天辟地第一遭了。

两方先是论辩教义，针锋相对，毫不留情。只是迦叶摩腾终生以云游四方传播佛教为己任，早就练就成言辞犀利、处危不乱的本领。道士们平日里却以隐居炼丹为主，对世事纷争不闻不问，难免口讷。一场落败后，双方又比试焚烧经卷。真是呜呼哀哉，道教的经书大多写在简牍上，而佛经则多誊写在金箔上，这样的比试结果自然不言而喻。于是，道教惨败，南岳道士费叔才竟气急攻心当场身亡了。

一时间，佛教声名大振，信徒人数骤增。不过说到底，佛教也好，道教也罢，争斗都并非教义的正解。仁爱宽容，方是教导众生脱离苦海的途径。

千载光阴匆匆而过，几度朝代更迭，佛教兴衰几度，白马寺也经历数次损毁重建。如今，就如同张继的《宿白马寺》中所写的那样，“白马驮经事已空，断碑残刹见遗踪”。我们也只能从白马寺的古刹碑文中去遥想一下昔日的景象了。

逝者已矣，来者可追。我们还有未来漫漫长途去跋涉，敢问路在何方？路，在脚下。

寒山寺：百年起废荣昭华

“姑苏城外寒山寺，夜半钟声到客船。”

这是自幼便耳熟能详的句子。往来苏州多次，登过虎丘，去过周庄，看过留园、拙政园，也游览过金鸡湖、沙家浜，乃至在枫桥触摸过诗人的“金手指”。却无数次错过了近在咫尺的寒山寺。

于是，枫桥彼端那一阵阵钟声，便牢牢地镌刻在我的脑海里。那是从很远的地方传来的，跨过了几百年的时光，轻轻落在身边的钟声。

伴着清晨的薄雾，沿着这庄重的钟声，一路来到寒山寺。寒山寺，听这名字便令人清醒。仿佛眼前有着蔓延千里的重重烟波，暮霭在佛钟之后消散，渐渐显现明朗的色调，寂静、沉重却又让人心生温暖。

寒山寺始建于南朝萧梁代天监年间（502—519年），初名“妙利普明塔院”，到唐代贞观年间，著名的高僧寒山、希迁创建寒山寺，此后千年之间，它先后五次遭逢火灾，又于清光绪年间重建，留存至今。

寒山寺殿宇大多为清代建筑。寺庙前，但见涂黄的墙壁、黑色的瓦砾、石灰的墙角，色彩简单，明媚中带着岁月留存的端庄。寺中大雄宝殿是主殿，供奉的是佛祖释迦牟尼，偏其背后的背景画又与众不同，远非寻常的“海岛观音图”，而是出自“扬州八怪”之一罗聘之手的《寒山拾得图》。画中这二位高僧一反常态，寒山右手指地、谈笑风生，拾得袒胸散发、狂放不羁，全然不似想象中庄严肃穆的模样，着实令人意外。

此刻，我便不由想起寒山曾有诗云：“细草作卧褥，青天为被盖。快活枕石头，天地任变改。”或许正是这样的豁达睿智不流于世俗，才造就了这两人的惺惺相惜、形影不离，方有那广为流传的传说——

寒山："世间有谤我，欺我，辱我，笑我，轻我，贱我，恶我，骗我，如何处治乎？"

拾得曰："只是忍他，让他，由他，避他，敬他，不要理他，过十年后，你且看他！"

这是何等豁达。

世间俗事纷扰实在众多，且"不要理它"，都交由岁月去说。

而论说年代久远，寒山寺与枫桥大概不分伯仲，只可惜无证可考。如今行走寺院，可见江村桥、枫江楼、霜钟楼，又碑廊中诗碑数块，无不与《枫桥夜泊》一诗息息相关，足可见这首诗的力量。

信步行来，寺中樱花开得正艳，映衬远近层叠的建筑，越发显得普明塔高大。寺中小池在阳光的照射下，干净又透亮，是清静地的滋养，方有这一方天地。池边的草木被修整得整齐、玲珑。枝条上垂下的红色布条，印在池水里，交相呼应，正是春光好，满园希冀。

寒拾殿左侧便是钟楼。于闻钟亭里小憩，听钟。正值寻常时日，游人们撞击出的零散钟声，自然比不得除夕夜一百零八响的祈福钟声来得庄重曼妙。而历经岁月磨砺，钟楼和钟都已非唐代原物，不过是成全一段想象罢了。

寒山寺的素斋最具盛名，便也一路寻到素斋馆。抛却酒水，也以一盏素面问流年，叩一响钟鸣，致敬从前。

金山寺：慈航长护过江人

金山寺之旅，始于《白蛇传》。

故事中那棒打鸳鸯的法海禅师就是来自这座金山寺。后来，许仙被他困于此地，白娘子“冲冠一怒为蓝颜”惹下了水漫金山的祸事，最后被镇压在雷峰塔之下。

我自然知道这只是文人笔下的虚构故事，这世间既没有能够变成美女的蛇精，也没有可以超越物种的疯狂爱情。不过，故事中法海禅师那多管闲事的执着劲头还是给我留下了十分深刻的印象，惹人讨厌之余，似乎也不得不佩服他对天地法理的忠实维护。

不同于其他名寺古刹的曲高和寡，金山寺就是以这样一个通俗易懂的传说故事，轻易打开了世俗男女封闭的内心，埋下了一粒粒弘扬佛法的种子。

金山寺顾名思义，是建在金山上。金山原本只是扬子江中的一个岛屿，金山寺依山而建。一幢幢庙宇亭台比肩相连，金碧辉煌的建筑也层层相接，使得整座岛屿被包裹在了庄严的佛寺之中。

面朝滚滚激流，寺庙静立其中。透过缥缈的水雾，伴着悠远的钟声，山巅一座佛塔拔地而起，高入云霄。站在这样的金山寺面前，任谁都难免会心生敬畏之感。

我想，生活在这样的金山寺中的僧人，是有益于领悟那些玄妙佛法和天地禅机的。

事实上，不同于《白蛇传》中的艺术描述，历史中的法海禅师不仅是金山寺的开建者，还是一位对中国佛教发展有卓越建树的唐代高僧。而且，在历史上与金山寺一起闻名的，除了白娘子与许仙的缠绵悱恻，还有韩世忠和梁红玉的壮怀激烈。

梁红玉作为宋朝著名的抗金女英雄，与丈夫韩世忠一起征战沙场、抗击金兵，立下了累累功勋。其中，在打败金兀术的长江阻击战中，那场著名的击鼓战金山的故事就是发生在这里。

宋高宗建炎四年，金兀术率领十万大军南下，大肆掳掠之后准备北返。韩世忠率水军八千人急赴镇江进行截击。金兀术号称大军十万，即便实际兵力没有那么多，但是也肯定远远超过韩世忠的八千人。敌众我寡之下，决计不可死战，只能想办法智取。于是，韩世忠率将士与敌军在江面上誓死激战，而梁红玉则冒着箭雨在金山妙高台上为将士们击鼓助威。通过巧妙的鼓声，梁红玉不断将金兵的动向传递给韩世忠。最终，他们夫妻合力，成功将金兵逼退到黄天荡。而黄天荡看上去是一片开阔的芦苇荡，实际上却是一条没有出口的死港。

韩世忠夫妻二人凭借熟悉的地势，率领众将士将金兀术围困了四十多天。最后，金兀术开出了一条三十多里的水道接通秦淮河，准备向建康逃窜。没想到又迎头碰上了岳家军，无奈之下只得又退回了黄天荡。

虽然后来金兀术最终还是逃了回去，却也因此被吓破了胆，再也不敢随便过江南侵。而梁红玉哪怕红装翠袖，也以不输于男儿的智慧与勇气留名青史。

坐落于山水之间的这座金山寺，就是以这样独特的魅力，在缥缈的传说与厚重的历史之间隐隐警示着世人，让我们畅游其中流连忘返。

谁识高僧最深意，慈航长护过江人。

灵隐寺：最爱灵隐飞来峰

在70后、80后这些人心中，都有这样一段恒久的记忆。关于一个疯疯癫癫的酒肉和尚，关于一首“鞋儿破，帽儿破，身上的袈裟破”的主题曲——那个扶危济困的“济公”，以一段又一段诙谐的故事，浸润了多少人贫瘠的日子，乃至如今回想起来，仍觉温暖有趣。

就因为这个疯和尚和那些故事，在很小的时候，我便记住了一些地方，例如飞来峰、灵隐寺。

灵隐寺位于杭州郊外飞来峰上。东晋咸和元年，僧人慧理和尚行经此地，只见这里山峰奇秀、草木自然，无不是灵根深种模样，大有“仙灵所隐”之态。他看此山，疑其“天竺国灵鹫山之小岭，不知何以飞来”，故此，他在此驻足建寺，称此山为“飞来峰”，寺庙为“灵隐寺”。此后，南朝梁武帝赐田扩建，五代吴越王开拓复兴，历经多年保护修缮，到宋宁宗嘉定年间，灵隐寺已然享誉天下，被誉为江南禅宗“五山”之一。

王安石曾有诗《登飞来峰》闻名遐迩，“飞来山上千寻塔，闻说鸡鸣见日升。不畏浮云遮望眼，自缘身在最高层。”少时读书，只觉得此句高瞻，自有一股冲破苍穹的通透精神和磅礴气度。如今亲临，山峰奇秀，水流清幽，那些石灰岩的山壁上，石刻造像比比皆是，几乎将佛像时代的风采一览无余。从五代十国至明朝，近五百之数的造像中，有弥勒跣足屈膝开怀大笑，有十八罗汉神色各异看尽沧桑，有弥勒、观音、大势至慈悲天下……在这样一片葱碧鲜活的自然之中得见此景，于自然草木的宁神之外又添静心，放下杂念，方看见初心。不知昔日游历此地的王安石，是否也感受到了这样的变化，方生出了直面困难的勇气、秉持初衷的壮怀。

时至如今，灵隐寺仍旧香火鼎盛，慕名而来的游客信徒比比皆是，寺院之中便少了清幽庄严的姿态，多了浮光掠影的喧嚣。灵隐寺自古就是兴旺的，引得无数名人竞相前来，唐代的白居易、贾岛、宋之问，宋代的欧阳修、苏轼、王安石都有诗作留于此；关乎灵隐寺、飞来峰的诗句数不胜数，也算是这名山古刹留给我们的不可多得的文化遗产。

自古以来，佛寺都讲究山门开阔，大相国寺、白马寺、少林寺无不如此，偏偏灵隐寺隐藏在群峰之中，遍寻之下不见寺名。要等到入得山寺、天王殿前才能看到康熙皇帝手书的“云林禅寺”牌匾。据说，此匾乃帝王有感而发，化用了杜甫“江汉终吾老，云林的尔曹”之句。只是三百年来，远近信徒仍只知“灵隐”，不认“雲林”，这一言九鼎、权势滔天的皇权霸业，在众生平等的佛家面前终究显不出什么优势了。

我并非虔诚的佛教徒，走访山寺静心奉香是一事，寻访济公足迹更是心心念念之事。紧随天王殿之后，便是修建于清宣统二年的大雄宝殿，其中供奉的自然是佛祖释迦牟尼。在佛像后壁，有“五十三参”群塑，这其中一尊侧身以破伞遮着脸的塑像，便是济公了。他缘何以这般姿态出现于此，我亦苦思不得其解。或他生性便是这样“放荡不羁爱自由”，且留一段善心在人间便好，并不愿受这香火与佛门束缚。

又忽而想起，这位被民间传说演绎得神通广大、无所不能的疯癫和尚，在当时也曾“不容于寺”。他出身不俗，却恁般率真放肆、疯痴无状，所幸得瞎堂慧远禅师庇护，云：“法门广大，岂不容一颠僧耶。”于佛理之途，我并不精通。只是在听闻这一句的时候，却深觉感动。忽而觉得，这慈悲天下者，如何又不是在成全自己？

第八章

拨置且莫念，一觞聊可挥

——10个不可错过的故居

如果说庄园、园林是建筑的故事，故居无疑就是人的故事了。

我还是喜欢在那些院落中行走。不管它们如今是灯火辉煌或者即将堙没，是历史馈赠还是今人复建，这都不重要。时移世易，建筑终会颓败，故事总会走远。六十年后归家的陶渊明，触目所见，不过是“阡陌不移旧，邑屋或时非。履历周故居，邻老罕复遗”，更何况无数年后的我们?

那是时光的两端，遥遥地相望。中间一线相牵，便是始终传承的文化。

于是，我渴望看见——渴望我这双寻常的眼睛，能透过那些或新或旧的秦砖汉瓦、唐风宋韵，在那些飞翘的檐角下，在那些古旧的枯枝上，寻找到一丝过往的痕迹，复活一段曾经的故事，邂逅一缕不散的残魂。

大地留不住雁声，历史却铭记下一些人名。

倘若我们亦觉“流幻百年中，寒暑日相推”，便与古人一起，举杯痛饮一杯也好。

诸葛草庐：三顾频烦天下计

诸葛亮大概是中国历史上鼎鼎有名的人物之一了。

莫说是那些史册、诗篇，便是在民间，老百姓茶余饭后也会将他口口相传，上至耄耋长者，下至垂髫小儿，高阁殿堂上，田间地头里，“南阳诸葛亮”的大名也真是无人不知无人不晓了。杜甫在《咏怀古迹》中说：“诸葛大名垂宇宙，宗臣遗像肃清高。”又在《蜀相》中写道：“三顾频烦天下计，两朝开济老臣心。”更有“聪明不过诸葛亮”“死孔明吓走活仲达”之类的俗语数不胜数。

只是关于诸葛亮躬耕之地，在“南阳”还是“襄阳”，也曾多有争端。我亦是路过襄阳，起意拜访“诸葛草庐”，方知当年《出师表》中耳熟能详的那句“臣本布衣，躬耕于南阳”，是统称当时的南阳郡，而非专指今日的河南省南阳市。又《汉晋春秋》中有指，“亮故宅在襄阳城西隆中”，更使得我这“寻访故居”之意越发笃定。

说起来，襄阳的诸葛草庐不过是襄阳隆中风景区中一处不起眼的小景，与南阳“武侯祠”相比，在建设规模上是着实不同。但“先帝不以臣卑鄙，猥自枉屈，三顾臣于草庐之中，咨臣以当世之事”，指的却是此室无疑。

诸葛草庐几经败落，有趣又令人无奈的是，明襄简王朱见淑曾将此地占为陵墓，还亏着闯王李自成将陵墓建筑悉数捣毁，才为后世重建诸葛草庐提供了机会。说起来，古人是有着“不拆阴宅建阳宅”习俗的。故此，古隆中的遗迹便就此空白了多年，直到1932年，蒋介石来隆中小住，才修了这座亭子，才有了这六角攒尖的“诸葛草庐”。为此，我们要谢他。就因他这五千大洋，我们才能在这草庐之中，敬仰这个不得了的诸葛亮。

历史赋予诸葛亮太多响亮的名号——政治家、军事家、外交家、散文家、书法家……我却始终无法准确又清晰地给他一个定位。总觉得诸葛亮是难以框定的。何等惊才绝绝，何等博学多才，又何等雄才伟略。他也曾隐居隆中，自称“苟全性命于乱世，不求闻达于诸侯”，却能够“不出草庐而知天下三分”。他也曾联吴抗曹，草船借箭，火烧赤壁，也曾平西川、定蜀都，最终六出祁山、无功而返，折损在北伐中原的路上。大多数人佩服其忠义，也有人称其“多智而近妖”，更有人过度解读了《出师表》，任性忖度思量他“权倾朝野、独断朝纲”，擎着“顾命大臣”的大旗，于外交、人事、朝纲、征战事事独断，又为成全自己“名垂千古”的私欲，不顾蜀南地瘠民贫的现状，一意北伐……

此时此刻，我在草庐之中听风雨，思古。越发觉得耳畔这言论有些刺耳，难以认同。站在历史的尾巴上窥看前人，又站在道德的制高点上评判忠奸，很难有谁能以一己之言不失偏颇。倘若不能细致地观史，不能详尽地考物，只停驻在某一个节点上，想当然地远观全盘，信口开河地评判初衷、手段或者结果，最终难周全。或许，我们也还是需要冷静，要学会在发展中思量，在变化中权衡，在判断中正身正心罢了。

倘若孔明这一生无悔，旁人的言说又有何意义呢？

而我们路过、拜谒告别，又终将走上自己的征程。寻常你我，但求守着初心、坚韧不悔，便也足矣。

陶渊明故居：抱朴守拙归园田

比起陶渊明故居的直白，我更爱“守拙园”的质朴。

幼时读诗，不求甚解，每每念那些“晨兴理荒秽，带月荷锄归”的句子，便觉满目里青山绿水、田园风月，忍不住满心欢喜。又读到“但识琴中趣，何劳弦上声”，则更是心生艳羡，这要何等自由的心肠，何等豁达的心性，方能生出这样绝佳的感叹？便暗自跳过了那些“夏日长抱饥，寒夜无被眠”的困顿，一心艳羡他“开荒南野际，守拙归园田”的心肠。就在他那些看似平淡质朴，实则丰腴无比的句子里，后人便爱上了那个“爱闲静、念善事、抱孤念、爱丘山、有猛志，不同流俗”的陶渊明。

想来，这古往今来，多少文人墨客留名？有人爱那田园，有人遭遇磨难，有人看见黑暗，可真心实意自愿归隐，以避世之举静观世界的，也不过陶渊明一人。

以一园避世，天地宽广，自由心肠，何等潇洒！

故而陶渊明的故居，哪有不去之理？

这是安徽省黄山市的黟县。作为古徽州六县之一，黟县是“徽商”和“徽文化”的发祥地之一，境内存有大量的明清民居、祠堂、牌坊、园林，被称为“中国画里乡村”。守拙园就坐落在黟县的陶村。这里自古就有着“世外桃源”的美誉，又是陶渊明次子陶俟之后裔陶庚四迁居之地，在此修复陶渊明故居实在无可厚非。

我们是一路寻着陶渊明的诗意来的。怀揣着对于所谓田园的憧憬，试图以一次短暂的旅行逃离城市的喧闹、放下生活的压力，借他故居里一分安静，偷得浮生一日闲。

拾阶而上，古色古香的建筑一一呈现。这片田宅也真如世外桃源，芳草鲜美、落英缤纷。木欣欣以向荣，泉涓涓而始流。园中有一碧池，名为故渊，湖水清澈，倒映着湛蓝的天空，白云朵朵，飞鸟自得。远处的山峦层层叠叠，接连天际，仿佛是一片与世隔绝的净土，是“结庐在人境，而无车马喧。问君何能尔，心远地自偏”。

守拙园，故渊。这名字也真是令人痴迷。守拙，守得质朴，守得本性。故渊，记得来处，记得初心。

当岁月拖沓着脚步，拉长了光阴，明月亦照不见归途，什么才是“初心”？

陶渊明这一生，爱琴、爱酒、爱田园，归根到底，却是傲骨铮铮地爱自己。仕途官场不过春秋一梦，他是宁肯弓腰事桑麻，决不为五斗米折腰。他以一段归隐，开启一生朴拙素淡的生活——“白日掩荆扉，虚室绝尘想”；“采菊东篱下，悠然见南山”。可生活不会一成不变。当他“闲居寡欢”，当事关饥寒的困难切实出现，那属于田园生活的光彩亦渐渐隐去。我不知这困顿是否会消磨他的心性，只知在他的诗文中，偏多了贫士的爱憎、义侠的崇高。他慧眼看顾命运，以诗文赞美夸父、精卫、刑天，歌颂刺秦的荆轲，谁知他内心里是否也存着“心知去不归，且有后世名”的孤勇？他隐居山野，构建　片“桃花源”。那里没有欺压，没有盘剥，没有束缚，没有饥荒，没有俗世浮沉、尔虞我诈，唯有落英缤纷、芳草鲜美，屋舍俨然、良田美池桑竹之属。这远离尘世的乌托邦，如何不是他固守的一片初心？他晚年凄苦，“环堵萧然，不蔽风日；短褐穿结，箪瓢屡空”，却未曾悔过。他写《挽歌诗》《自祭文》，言“纵浪大化中，不喜亦不惧。应尽便须尽，无复独多虑”，这样豁达的情怀，何尝不是他虚老躯壳下的铮铮铁骨？

云无心以出岫，鸟倦飞而知还。

清人沈德潜在《说诗晬语》中说：“陶诗胸次浩然，其中有一段渊深朴茂不可到处。唐人祖述者：王右丞有其清腴，孟山人有其闲远，储太祝有其朴实，韦左司有其冲和，柳仪曹有其峻洁，皆学焉而得其性之所近。”

去看祠堂的时候，我深深地鞠了一躬。不为他惊艳的诗句，不为他流传的故居，只为他能够在功名利禄之中还能有“不为五斗米折腰”的气概，只为他能够在经历世间种种之后还能找回初心，还能守拙归田。

看见来处，寻找归途。这一路的山水田园，不在荒山野岭，而在内心深处。

我们爱陶渊明，不因他急流勇退，而在他傲骨铮铮。

杜甫草堂：月白风清一草堂

对杜甫的认识，起先源于他那“会当凌绝顶，一览众山小”的理想抱负，后来是“剑外忽传收蓟北，初闻涕泪满衣裳”的爱国之情。

如今，想到诗人曾经“满目悲生事，因人作远游”的感怀，想着被迫辞官漂泊的西南生活，想着在这一千四百余个日日夜夜里心中怀着的这股安危和疾苦。不自觉地想好好看看草堂的一草一木，一花一叶。

杜甫草堂位于四川省成都市西门外的浣花溪畔。公元759年，为避“安史之乱”，杜甫由甘肃辗转流寓成都，营建茅屋而居，称“成都草堂”。公元765年，杜甫告别成都，流落荆湘，草堂亦随之倾毁。此后，屡兴屡废。所幸，如今我们见到的草堂，仍完整保留着清嘉庆年间重建时的格局，中轴对称，古朴典雅。

初来草堂，追随着残日的身影，沿寻着逶迤的岁月足迹，在通往草堂的小路上，远眺而去，只见烟雾缭绕，莺鸟齐鸣，群雁飞过。

走近杜甫草堂，未见其堂，先闻其声。河流波光粼粼地从远处淌来，窸窸窣窣却又强劲有力。这条河有一个美丽的名字：浣溪沙。传说曾有个像这条河一样动人的姑娘，在此帮助一位浑身沾满脓血的僧人浆洗袈裟，那衣服浸入水中之际，河中泛起层层莲花。

这是杜甫草堂。身后是子美的山崖、虚谷、清泉，身边是八棵环绕的高耸松柏，面前是一棵年代久远的古槐。这些景致伴随着草堂，古色古香，源远流长。一席花圃恰到好处地围起了翠玉般的青竹、烈火般的海棠。

在这样一个风景秀丽的地方，宣和三年，草堂初建。来到草堂门口，藓苔栖息于石板之上，一副明刻板联映入眼帘：天地尚留诗稿在，江山亦藉草堂传。进入堂中，偌大的庭院里，南北相互对应着一排厢房。向深处走去，又见一副明刻板联：一片忠心微寓歌吟咏叹，千秋诗圣独追雅颂风骚。也可见小桥流水，婉转萦回，又有翠竹掩映、花木扶苏，庄严之中平添静谧，秀丽之处又见清朗。

走到草堂正院，房屋的墙壁上雕刻着诗词歌赋，镶嵌着历代碑文。正如板联上所写的："李杜朔神交诗圣酒仙我忝列通家子弟，陇秦寻故宅龙蟠虎踞公先占同谷江山。"回顾蕴含着历史的田园风貌和茅屋，诗意盎然，生机一片。

如果草堂的价值仅仅在于它本身的风景，在于在此居住的诗人，那就错了。这里最大的风景是其中的气韵神赋，是其中的文学财富。二百四十余首诗句，是爱国人士的情怀，是颠沛流离的痛苦，是对未来的希冀与召唤。

悠然岁月，漫漫人生。那人在峭壁上观星辰宇宙，在风雨中品惊涛骇浪。身处茅草之屋，胸怀孤胆忠诚，常思量无家百姓，心如掌大，梦若天宽。

转眼间千百年已逝，战乱纷飞早已经不在，年轮层层积淀在时光里，不声不响间渡过了沧海桑田。在这岁月穿梭之中，一切的一切都在发展变化，唯一不变的，就是在这青葱之中，愈加崭新的杜甫草堂——它仍以其独特的魅力，将那些庄重典雅的文化底蕴发挥得愈加兴旺，宣扬得甚为漫长。

冯至留言说：人们提到杜甫时，尽可以忽略了杜甫的生地和死地，却总忘不了成都的草堂。

这草堂在，追思便在，遐想便在，追求便在。

王安石故居：数间茅屋闲临水

我自幼喜欢宋词，后来又就职于李清照故居，便认定了与这诗词略微有些缘分。虽读之不求甚解，也偏爱日日翻阅一二。便想起了年前陪祖父读书临帖，写的正是王安石那阙《菩萨蛮》。

数间茅屋闲临水，窄衫短帽垂杨里。花是去年红，吹开一夜风。梢梢新月偃，午醉醒来晚。何物最关情，黄鹂三两声。

这首词是王安石晚年隐居江宁半山时的作品，寥寥数语，写透了他历尽沧桑、看尽成败之后难得的一寸安祥。依山傍水，有人家结草作舍、筑篱为墙，安居在此。不远处窄衫短帽的老人漫步在层层垂柳之中。春风又吹开了与去年一般无二的红花。饮酒吧！从午间醉至月上枝头。有什么最是令人动情呢？不过是那黄鹂婉转的几声鸣叫声。

也就是从那时候开始，我的心里存了一个关乎“江宁半山”的梦。存梦多年，直至 2015 年深秋，在友人帮助之下，我进入南京中山门内的海军指挥学院，辗转来到了半山园。

“半山园”隐在绿树之中、栖在碧水池畔。放眼看去，不过是一座寻常的宅院，灰瓦粉墙，坐北朝南，颇具江南民居风格。那院子分东西两部分，西院前后两进，东院则有三进，正门就设在西院三间门厅中间，门前不大的广场上有王安石雕像，墙门上有王安石题写的“半山园”石刻。这雕像出自谁手难以知悉，这题词是原有或是集字也不可知，只知这半山园的地理位置未曾改变。

这院子清幽，遍植花木，松梅、芭蕉等绿植随处可见。门厅陈列之物仿古，佛像、陶罐、瓦当等不一而足，正厅墙上挂有介绍王安石生平事迹的画作。欣赏之后，总觉得这展览形式像我工作的地方——李清照故居。

王安石一生动荡，半山园中安度晚年的生活算是他生命中寥寥无几的安稳。这一方水土埋葬着他一腔忠骨，也埋藏着他多年的理想抱负。

王安石，字介甫，号半山，北宋天禧五年（1021年）出生。二十一岁，他进士及第，出任扬州签书淮南节度判官，从此开启了他的政途生涯。一直到至和元年（1054年），王安石有数次调职回京的机会，均被他自动放弃了。年满三十四岁那年，他回京出任三司度支判官，执掌中央财政开支和漕运等事务。就在那年，王安石写下《上仁宗皇帝言事书》，将自己多年为官地方的经历综叙之，直言国家积弱积贫，针砭时弊、分析症结，提出效法古圣先贤之道、改革制度，可惜他这样的政治主张并没有被采纳。时日推进，一直到熙宁元年（1068年），神宗越级召王安石上殿策对，一本《本朝百年无事札子》开启了王安石变法之路。是时，四十九岁的他被任命为右谏议大夫、参知政事，特设制置三司条例司，议行新法。当年，《均输法》《青苗法》《农田水利法》相继颁布，在众多弹劾抗议之中，同年九月《免役法》《将兵法》推出，此后《保甲法》《市易法》《保马法》《方田均税法》相继出台……

而自古变法者，少有善终。一切的改革都势必面对旧势力惯性的冲击。一大批我们耳熟能详的名字写在了王安石的对立面。司马光、范仲淹、欧阳修、苏洵、苏轼，甚至还有王安石的弟弟王安礼、王安国。王安石何等倔强，如何会轻易屈服？他会引经据典长篇大论舌战群儒，也会大刀阔斧罢黜老臣、任人唯贤。奈何守旧派势力太大，而新党经验、能力不足，便是连支持变法的神宗陛下都焦头烂额——就这样，熙宁七年（1074年），王安石自请罢相回到江宁。

人间投老事纷纷，才薄何能强致君。
一马黄尘南陌路，眼中唯见北山云。

这期间王安石或许也有归隐之心，我却觉得他胸怀中的壮志尚未燃尽。时隔十个月，王安石还是复任了，然世事难料，他与神宗因对西夏用兵等重大问题意见不合，又恰逢其独子英年早逝。这一次，回归江宁的王安石是真的心灰意冷了。

故此可见，“何物最关情，黄鹂三两声”，他满怀忧思无以寄，一腔壮志难以酬，唯托与黄鹂三两声，响彻这半山园。

再后来，反对变法的苏轼被贬黄州，拜会王安石于半山园。这两人政见不同，私交却是不错。对于这次会面，蔡絛《西清诗话》中有记录：元丰间，王文公在金陵，东坡自黄北迁，日与公游，尽论古昔文字，间即俱味禅悦。公叹息语人曰：不知更几百年，方有如此人物。

如此胸襟气度情怀，实不与他人同。

这情怀也是半山园的灵魂所在。

欧阳修故居：古道交存会老堂

大学毕业那年，跟舍友约好去彼此家乡旅行。就这样，我们第一次走进安徽省阜阳市，并经由长辈带领，第一次走进了颍州区欧阳修故居——会老堂。欧阳修之于阜阳颍州的意义，大概要甚于李清照之于家乡章丘。毕竟，欧阳修一生眷恋此处，八过颍州，留居八年，又终老颍州，单是关于颍州的诗词便写下了九十二首之多。

但2004年的会老堂之游实在令人心痛。

那时的会老堂断壁残垣，檐瓦断了满地，屋顶开了天窗，那些散落的琉璃瓦的碎片在午后阴郁的天光下润出无比寂寞的光。

我一直是喜欢欧阳修的。自年岁不大便留恋他词中的诗情画意，从“月上柳梢头，人约黄昏后”到“泪眼问花花不语，乱红飞过秋千去”，至于他在《醉翁亭记》中表达的耽于山水、与民同乐的豁达深远更是令人心折。思来，竟不知有多少他的词句留在心中，点点滴滴地浸润着那些平凡的日子。

或许也因为这种喜欢，更不忍面对那一片残败。也是年纪使然，就这么仓促而过，不过是蜻蜓点水的一个回眸。

此去经年，时光里会老堂的样子已然记不清楚，史书上会老堂的故事却还记忆犹新。北宋熙宁二年（1070年），欧阳修在颍州西湖建“六一堂”，至熙宁四年（1072年），欧阳修退居颍州，长留六一堂。而会老堂就是六一堂的一个“会客厅”，是熙宁五年欧阳修为迎接远道而来的年愈八十的前副相赵概而特意整修的。赵概来见欧阳修，恰逢当时的知州吕公著也前来看望，三人会于此堂，饮酒赋诗、谈古论今，此堂便名曰“会老堂”，吕公著开怀题写匾额，欧阳修即席赋诗：“金马玉堂三学士，清风明月两闲人……”

也就是在那一年，欧阳修终老于六一堂。此后二十年，欧阳修的弟子苏轼出任颍州知州，在会老堂赋诗曰："三朝出处共雍容，岁晚交情见二公。乘兴不辞千里远，於怀还许一樽同。"或许也是怀着一片感念之心，他令人重修会老堂，并亲笔题写了堂内门楣匾额。

"景贤""尚友"。寥寥四字，却将会老堂的精神勾勒得无比清晰了。

再去会老堂是在 2015 年。彼时的会老堂早不是从前残败的模样。经过一层院子，那被包围保护在中间的会老堂慎之又慎地出现在眼前。硬山顶、梁架式砖木结构，有柱石斗拱承托，有棂门花窗相衬，也很有些古朴韵味。

会老堂经由欧阳修之手建于北宋，奈何时光无情，屡毁屡修，堂中留存的明清时期四块修湖建祠的碑记便是最佳佐证。中华人民共和国成立后，会老堂也曾被列为阜阳县重点文物保护单位。奈何十年"文革"时期，这祠堂惨遭破坏，几块石碑大多都不同程度遭到毁坏。所幸当时村民联手保护，将欧阳修像石碑运到泉河沉入水中才得以完好保存。据说，这块乾隆皇帝亲笔题词的欧阳修像石刻碑并非孤品，是道光二十九年从扬州平山堂拓来勒石而成的。算来，这拓制品也有一百八十多年的历史了。

历经岁月挫折，如今重建的会老堂终重见天日，亦安稳得存。2005 年 10 月，会老堂经历最后一次整修，是在清代建筑的原址基础上按照原有风貌、使用原材料恢复整修而来。修葺完成后，会老堂并入泉颍生态园，成为其中一处典型景点。

清朝诗人张必达有诗，在此吟诵：

三朝辅弼两贤良，古道交存会老堂；剩有清风明月夜，何人闲似赵欧阳。

李清照故居：一代词人有旧居

这里是李清照的故居。园中有两棵老树，叫西府海棠。每年的四月，只见它们“枝间新绿一重重，小蕾深藏数点红”。那墨瓦红墙繁花老树上泻出一点天蓝，碧水清泉老宅小院流出一段风声——

美不胜收。

于是，我整年都在期待这场花事，岁岁都在等待着那个女子。待她披衣趿履、推窗娇笑，待她抬头看我，嗔一句“绿肥红瘦”。

就是这么巧。于李清照，我可怯怯地说一声“熟悉”，毕竟“吾为同里人”。三生有幸，我与她“比邻而居”，栖居她故居一隅，有十年之久。

李清照的故居位于山东省济南市章丘区，是百脉泉景区内一处极精巧的园中园。

说起章丘，这城市不大，自有一段风流。自然景观优美，文化底蕴深厚，闲适稳妥，倜傥自由。有八千年西河文化流传，有五千年龙山文化传承。城中百泉涌动，“小泉城”的风貌较之“家家泉水户户垂柳”的济南府不让分毫。故居不远处有闻名遐迩的百脉泉浮珠涌翠，自北魏时郦道元的《水经注》中便留下“西则趵突为魁，东则百脉为冠”的美誉。

故居占地面积不过八千平方米，在全国四处李清照纪念馆中，却可样样称首——占地面积最大、馆藏资料最全、自然景观最美。故居的美，是晶莹剔透的，是卓绝热诚的，又是大气磅礴的，既有李清照词中的婉约风韵，又难掩她诗里的豪放气度。

映衬着一片古典的居室，可见梅花泉盎然喷涌，那姿态正是“几朵江梅，裁剪初就”。艳阳之下，相映成趣的五个泉眼如梅之花瓣，众泉喷涌高低、流量各不相同，澄碧的水色便也异彩纷呈，或皎如白玉，或碧如翡翠，不愧为“天下奇观”。

故居中布置有“燕寝凝香”“易安堂”展室，庭院中遍植海棠、桂花、腊梅、秋菊、并丁香、芭蕉种种，抬眼所见皆是易安词韵。

然而古时的章丘，也一派“四面山屏，烟雾里翠浓欲滴。时物换，景色相随，浅红深碧。涧水几条寒似玉，晶帘一片尘凡隔”的景象，“胥吏追呼门不扰，老翁华发无徭役”，大可“听松涛鸟语读书声，尽耕织”。

大概只有这样一方水土，方才养得出李清照这样的女子。

宋神宗元丰七年（1084年），李清照出生在绣江河畔。在她出生第二年，其父李格非为其忘年交廉复先生撰《廉先生序》。文中李格非自称与廉先生为“同里人”，又言：“追忆昔童时，从先伯父、先考、先叔西郊纵步三里，抵茂林修竹，溪深水静，得先生之居。”便是在这词句的指引之下，经诸多学者考证，择定了故居之所，才有了这样一处园林。

故居是不能不美的。毕竟李清照一生至美的积淀始于这里，一生沧桑的起点也始于这里。她在故乡的温柔庇护里出发，见识了人世间最美的情爱，又跌宕在人世间最苦的离仇之中。对于她，故乡是晨起的一株海棠，不必长盛不衰，只管毫不掩饰地“绿肥红瘦”；故乡是酒后的一次荡舟，不必记得归途，只管肆无忌惮地“惊起一滩鸥鹭”；故乡是午后的一场游戏，不必伤春哀婉，只管悠闲自在地“海燕未来人斗草，江梅已过柳生绵”……

然而，人生不如意，总十之八九。李清照一生，“前期优逸，后期感伤”，对比之下，更加断肠。

在故居中，有雕塑大师钱绍武先生亲作的李清照雕像。雕像表现的恰是她中晚年之景。彼时，国破家亡的磨砺，最终使她瘦削细韧，如玉如竹。那雕像经年立在这里，看人来人往，听故乡泉声，眉目里悲怆仍在，牵挂仍在，忧思仍在，恍惚还深陷在国忧家愁里，一面坚韧卓绝地留着傲骨，一面温柔缱绻地念着故乡。故居一隅，还有一块天然太湖石，名曰“归来石”。那石头玲珑空透、姿态窈窕，分明是词人魂归故里、举目北望的姿态。

熟知那段岁月的人都知道：北宋灭亡，南渡之后，曾经滋养着她、庇护着她的故土，终于成了她心上最淋漓的伤口。南国的风雨，“愁损北人，不惯起来听”——听什么呢？听“遗民泪尽胡尘里，南望王师又一年”的无奈，听“北望中原在何所？半生盈得鬓毛霜”的悲伤，听“汝为误国贼，我作破家人”的痛斥，听“忍泪失声询使者，几时真有六军来”的呜咽。此时此刻，故乡终于成了她鬓上残梅心中梦。她终于憔悴，“风鬟雾鬓，怕见夜间出去”；她终于惆怅，“今年海角天涯，萧萧两鬓生华”；她终于绝望，“人间天上，没个人堪寄”；她终于无措，“这次第，怎一个愁字了得”。

可不论目睹着怎样残酷的黑暗，历经着怎样无情的摧残，她心中始终有一寸筋骨在支撑她在无限苦难的时候要熬下去、活下去——越是痛得鲜明，就越能从痛的根源里滋生希望。在她那一寸愁肠中，长久保存着“秀中有钢”的铮铮铁骨。她为后人留下的不仅仅是那些凄婉的词句，还有《词论》，还有《金石录》，更有“至今思项羽，不肯过江东”的呐喊，有“欲将血泪寄山河，去洒东山一抔土”的豪情，有“木兰横戈好女子，老矣不复志千里。但愿相将过淮水”的期许。

阅遍史册书籍，中华五千年文明，真是少有女子能活成李清照这般才华横溢、特立独行又傲骨嶙嶙。

她如花开，自是世间一流。

累牍至此，竟还有千言万语未尽。

那么，倘若你某天行经此地，记得推窗寻我。倘若你也爱着这位奇女子，那必当相视一笑，于泉边柳畔、感月亭下，浮一大白。或亦学她“荷叶作酒杯，薄醉娇无邪”。

郑板桥故居：诗画墨香依旧在

在江苏省兴化市东城外郑家巷，有一座郑板桥纪念馆。其中存有郑板桥故居，房子不大，里外不过八间，那粉墙灰瓦之间极尽古朴又异常典雅。

据说这是一处清代遗留的民房建筑，在院中信步，若能听得见自己脚步的回响，竟是难得的一寸安然。

或许也正应了郑板桥“室雅何须大，花香不在多”的意境。

郑板桥生于康熙三十二年（1693年），名燮，字克柔，号理庵，又号板桥，人称板桥先生。郑板桥爱竹，素来“无竹不居”。故而，郑板桥故居亦四处可见葱碧的竹子。书房的檐下，青竹葱翠得犹如玲珑玉色。若遇风雨，于书房中焚香烹茶、翻书作画，只需一个抬头，便可见竹影印上纸窗，婆娑之姿，无需笔墨，自然成画。难怪郑板桥说：“凡吾画竹，无所师承，多得于纸窗粉壁日光月影中耳。”

说起郑板桥，就不得不提“扬州八怪”。

“八怪”之说，实在由来已久，八人的名字却又多少有些出入。大概所谓“八怪”也就是个约数，是对清康熙中期至乾隆末年，活跃于扬州地区的一批书画家的总称，他们大多出身贫寒，生活清苦，却安贫乐道、清高狂放，更以书画直抒胸襟、传达情感，痛快淋漓，画风便也相近。故此，美术史上也常称此为“扬州画派”。

“八怪”最喜欢画梅、竹、石、兰。他们以梅的高傲、石的坚守、竹的清高、兰的幽香表达自己的人生志趣。郑板桥正是八怪中最著名的人物之一。

同为“八怪”之一的李鳝曾经评价郑板桥说：“三绝诗书画，一官归去来。”他一生画竹最多，其次画兰、石，也画松、菊，是清代比较有代表性的文人画家。

郑板桥文采盖世，却一直落魄潦倒。年至五十才开始出仕，却又屡遭不顺，最终也不过只是个七品小官。

乌纱掷去不为官，
囊橐萧萧两袖寒。
写取一枝清瘦竹，
秋风江上作鱼竿。

如今我们看他辞官临行前在画竹图上的这首题诗，看不到丝毫郁郁不平之气，与其说他高洁，倒不如说他淡泊名利、从容豁达。

除了画和诗，郑板桥还题过几副著名的匾额，其中最为脍炙人口的是“难得糊涂”与“吃亏是福”这两副。郑板桥在“难得糊涂”字幅下，还题有一行款跋：“聪明难，糊涂难，由聪明而转入糊涂更难。放一着，退一步，当下心安，非图后来福报也。”这话流行了多年，亦不知被多少家庭奉为家训指南。

不过，从字幅上标明的日期看，这字写于清乾隆十六年，当时郑板桥正在山东潍县（今山东潍坊）当知县。彼时，官场黑暗，民生艰难，郑板桥官小言微，有心无力。或许也是面对这样的为难处境，方有了这样的心境，干脆辞官归隐。

如果说“难得糊涂”还有几分被动的意味在里面，那么“吃亏是福”则完全可以看作是郑板桥自主的选择。

相传，郑板桥在外做官时，曾收到了老家弟弟的来信，说想要请哥哥出面为自己做主。原来，郑家与邻居家的房屋是共用一堵墙。郑家想要翻修老屋，邻居却不同意。他们认为那墙是自己祖上传下来的，不是郑家的，所以郑家无权拆除。其实，契约上写着那堵墙是属于郑家的，邻居原本就是沾光盖的房子。于是，弟弟想请在外做官的哥哥出面给邻居施压，以便能顺利翻修老屋。

但是郑板桥不仅没有按照弟弟的期望去找邻居“算账”，反倒是写了一封信回去劝弟弟要息事宁人，还寄了一个写着“吃亏是福”的条幅给他。

这个故事喜闻乐见，类似者众。可偏偏放在那个极端爱竹的郑板桥身上格外多些有趣。或者正是凭借这样的心态，在那个缺医少药的时代里，郑板桥虽然清贫，却也能长寿安乐。

其实，不只是郑板桥，“八怪”中的很多人都有类似的人生轨迹：虽生活历经坎坷，几度以卖画为生，却又自成风骨，始终安贫乐道。因此，“八怪”多长寿，应该与他们豁达的人生态度息息相关。

今天脚步匆忙的我们，真是该来这里稍稍驻足片刻，且放下那些焦虑与浮躁，在这竹影里看一看画，问一问心。

毕竟，诗画墨香依旧，梅竹石兰仍存。

恭王府：百年兴亡脉脉语

十月的北京，已然有着浓浓的秋意。

去恭王府那日，恰逢下雨。撑着伞，迈过高高的门槛，穿过一宫门、二宫门，踏入银安殿，就这么走进了这座“清代规模最大”的王府。自盛极一时的乾隆年间至今，恭王府曾先后作为和珅、永璘的府邸，清咸丰年间，又为恭亲王奕䜣所有，故此留名。

恭王府占地约六万多平方米，有府邸亦有花园。王府建筑极尽奢华，其建筑规格之高，堪比皇宫，乃至当年和珅落罪，罪名之一便是“内檐装修僭侈逾制”，处处堪比皇家。其建筑布局规整，以中轴为对称，贯穿着数个多进四合院落，其间亭阁交错、碧瓦红栏，尽显皇室富贵。

恭王府中最特别的建筑当属后罩楼。如今看来，这楼沉默又安静，谁料想当年竟是名副其实的藏宝楼。据说，这楼上窗户各不相同，却不是单纯为了追求美观，竟是和珅用以区分其贪墨财宝的“暗语”。如何想象得到，这夹墙之中竟能查抄出二万六千两黄金？后来，这“藏宝楼”曾被辅仁大学用作女生宿舍，也不知道曾住在这里的那些女学生们会是怎样的心境。盛世下的贪腐、乱世中的挣扎，在那样的局势下，也实在是“兴，百姓苦；亡，百姓苦”了。亦不知她们是否也因此生出了救国的宏志？

长长的后罩楼分隔成为府邸与花园。被称作“萃锦园”的恭王府花园，环山衔水，风景秀丽又不失雅趣。园中亭台水榭错落有致，秀色天成。此刻秋语缠绵，触目所及，落叶蹁跹，尽一片清冷之美。极目远望，斑斓秋色被雨水晕染，将这园子装点得越发缠绵。

倒也想寻些“物是人非”的寂寥，奈何游客总是络绎不绝，导游的讲解声此起彼伏，将一树一石都能绘声绘色地讲出一段又一段典故，引得游客哈哈大笑。故事真假，永远无人细究，只那欢笑更添喧嚣，惊扰秋雨、惊扰花木，亦惊扰这沉寂的恭王府。

从前，关于恭王府，有“月牙河绕宅如龙蟠，西山远望如虎踞”的说法，可见其选址占据京城绝佳的位置，是为“福祉”。更何况萃锦园中还有一座“天下第一福”之称的福字碑。这“福”字出自康熙御笔亲题，本是为孝庄太后祈福所用，后来被和珅辗转得到，珍藏在后花园滴翠岩的秘云洞中。

或者是因为他起于微末，也曾历经贫寒，和珅对福有着近乎病态的迷恋，一心求福觅福，整个府邸里到处可见蝙蝠的图案，甚至还有一座蝠池。根据专家统计，恭王府里共有九千九百九十九只蝙蝠图案，连同福字碑一起，凑成了万福。故恭王府也有“万福园”之称。只可惜，待他平步青云、位极重臣，便也利欲熏心、欲壑难填，最终难逃一死，又背负骂名。当年乾隆驾崩，嘉庆帝立即下旨定和珅二十八条大罪，将之赐死，府邸查抄，财物竟有国库十年的财政收入之多。而这园子，则纳入了“爱豪宅不爱江山”的庆僖亲王永璘名下，开启了另一段传奇……

“一座恭王府，半部清代史。”

你看这园子，历经风雨，数次易主，见证了多少繁华兴盛，又看过了多少功败垂成。便是清王朝由盛而衰的整个历程，都沉淀在其中，凝结成无与伦比的文化讯息。今时今日，倘若你来探访，可能在那些笑谈后面，能够听见它将隐秘的心事娓娓诉来。

昔人已去，唯有这座府邸穿越了百年烽火，静静矗立于此，无声地诉说着那些埋藏在时光里的秘密，无悲亦无喜。

纪晓岚故居：四座风香春几许

《铁齿铜牙纪晓岚》这部电视剧风靡各大银屏多年，张国立和王刚演活了纪晓岚与和珅，将这一忠一奸两种人性、一富贵一清贫的两种人生无比清晰地呈现在了我们面前。

故此，看完和珅居住过的恭王府，便不得不去北京市珠市口西大街241号拜访纪先生故居。

与和珅的府邸不同，纪晓岚的住处不过是个坐北朝南的两进四合院，瞧起来十足狭塞，不知道的人以为是寻常人家，哪里知晓这是康熙年间一品大员的府邸，也难怪他的学生汪德钺曾称："吾师居台宪之首，据宗伯、司马之尊，登其堂萧然如寒素，察其舆马、衣服、饮食，备数而已，其俭也若此。"

纪昀，字晓岚，字春帆，号石云。清雍正二年（1724年）六月，他出生在一个世代书香之家。清乾隆十九年（1754年），在而立之年，纪昀以二甲第四的成绩中进士出仕，日渐成为被康熙倚重的当朝重臣。

除了"政治家"这个称号，我更愿意将纪晓岚视为一个"文学家"，他博览群书、才华横溢，擅诗及骈文，长于考证训诂，毕生精力悉付《四库全书》，又有《阅微草堂笔记》和《纪文达公遗集》传世，在中国文学史上，纪晓岚可谓是一位有重大贡献的学者。嘉庆帝曾御赐碑文赞美其"敏而好学可为文，授之以政无不达"。嘉庆十年（1805年）二月，纪昀病逝，谥号便是"文达"。

这一方小小的院子承载了纪晓岚一生中重要的岁月。同为沧州人的王敏之先生曾经作出考证。1805年，纪晓岚去世后，其子孙便将此宅割让给黄安涛，此后这宅子屡易其主，也算颠沛流离，所幸保存完整。在抗日战争和解放战争时期，这宅子叫做"刘公馆"，曾是中共河北省委的秘密联络点和经费转送地。后来，著名的京剧科班富连成扎营于此。一直到1958年10月，北京市最早一家经营山西风味菜肴的老字号晋阳饭庄在此开业。自此，老宅再无变迁。

故居的正门位于宅院的东南角，院中仍保存着雍正帝御赐的一块形如兔子的太湖石。纪念馆与书房之间的院里有纪先生为纪念初恋情人而亲手植下的海棠树，又留有诗作证："憔悴幽花剧可怜，斜阳院落晚秋天。词人老大风情减，犹对残红一怅然。"如今，树下仍摆放着纪先生与初恋情人文鸾的塑像，先生手握诗书，婢女抚琴相伴。也不知哪位出了主意，在一径相隔之处，对面的绿地中放了电视剧中杜撰的"杜小月"的雕像，这真真假假地掺和，倒可以写一出大戏。

正房布置简单，中间堂屋内悬挂着启功先生题写的"阅微草堂旧址"匾额，用来证明故居主人的身份。东侧是卧室，西侧为书房，即便不去与和珅府邸对比，这宅院也着实肃静清冷。也可见这位一品大员实在不与旁人同。

纪晓岚当真是个奇人了。清朝牛应之在《雨窗消意录》中记载，"纪文达公昀，喜诙谐，朝士多遭侮弄"；清代有名的经学家、藏书家江藩著有一本《国朝汉学师承记》，也说："纪昀胸怀坦率、性好滑稽，然骤闻其语，近乎诙谐，过而思之，乃名言也。"这样看来，他应是妙语连珠、伶牙俐齿，不愧"铁齿铜牙"；而清代朱珪《知足斋诗集》中又记载"河间宗伯姹，口吃善著书"。

他主持编著的《四库全书》分经、史、子、集四部，几乎囊括了文、史、哲、理、工、农、医等所有的学科，堪称中华传统文化最丰富最完备的集成之作。而他的《阅微草堂笔记》是一本"隽思妙语""间杂考辨"。奇书，简直就是悬疑、恐怖、因果轮回、少儿不宜的荒诞故事汇，你说，此人奇，还是不奇？

章太炎故居：敬仰先人忆往事

来到天下名城杭州，游览西湖盛景必不可少，至余杭仓兴镇仓前老街拜访章太炎先生故居亦不可少。

这是一座建于明末清初的中式宅院，目前宅院仍完整地保存着晚清时的建筑姿态，是清末民初民主革命家、思想家、著名学者章太炎的故居。

故居藏在深巷，隔着距离便见到了先生雕像与纪念碑，故居却始终不见身影。待着穿过一片房屋、至河塘前，才寻对了前往故居的路径。

章老先生故居坐北朝南，面水临街。大门匾额“章太炎故居”黑底金字，由赵朴初先生题写。宅院占地七亩有余，分为四进一弄。据说，故居前三进院经由章太炎的曾祖父修建，最后一进楼房则建于民国初年，目前作为介绍章太炎先生生平事迹的展厅使用。故居建设布局周正，房舍一片木色，分外添了些古朴温润。而这样的屋舍在北方少见，便令我更加爱不释手、啧啧称奇，何况其居室雕嵌镶饰古朴精美。单说扶雅堂的漏窗，其勾回相连、雕刻细致，可谓“镂镂剔绘、巧夺天工”。

故居入门的轿厅前有概要介绍，其中包括伟人毛泽东和周恩来对章太炎的评价。周恩来评价道：“一代儒宗、朴学大师，学问与革命业绩永垂史册，是浙江人民的骄傲。”高度赞扬了章老先生之功绩。庭院正厅是章家人会客之所，“扶雅堂”三字匾额靓丽淳厚，左右两边楹联“才如有用休随俗，诗在无声略可师”，让人不觉产生“书香门第”的浓烈氛围，或许也正是有这种家庭教育的氛围熏陶，方滋养出章太炎这位国学大师。

故居三进院内堂为二层木楼。一层为内人所居，左面为餐厅，幽香典雅，朴素而温馨。第二层为太炎先生之卧室，轻轻搭起的蚊帐、床铺的被褥难以掩饰历史的沧桑。木楼东面是书房，桌上的文房四宝似乎再现了章老先生当年深夜苦读和笔耕的情景，而旁边高高的漆柜里究竟藏着多少历史经典，这一点或许只有章老先生知晓了。

这么一路走着、看着，竟也莫名想到2017年北京高考状元那句“寒门越来越难出贵子”，可见一个家庭传承的文化精髓、原生环境对人的影响至关重要。章太炎先生在这里出生、成长，度过对其一生产生重要影响的二十二个春秋。这经年生活之中，积淀在故居的文化亦“润物细无声”地滋养着他的根骨，亦让他少年便有所思、有所得，方能说出那句惊世骇俗之语：“明亡于满清，不如亡于李自成。”

瞻仰故居，缅怀古人。章太炎先生生于晚清，少年时期就受到祖父辈反满抗清的教育，敬佩明清时期的于谦、顾炎武、黄宗羲等杰出文人，长大后为民族大义历经波折，一生为风雨飘摇的国家和多灾多难的中华民族奔走呼号。鲁迅先生在1936年临终前写下《章太炎先生二三事》，这样评价自己的恩师：“考其生平，以大勋章作扇坠，临总统府之门，大诟袁世凯包藏祸心者，并世无第二人；七被追捕，三入牢狱，而革命之志终不屈挠者，并世亦无第二人。这才是先哲的精神，后生的楷模。”

1935年，为纪念“国学泰斗”章太炎先生，余杭县立苕溪中心小学被更名为太炎小学。在余杭县的街头巷尾，至今依旧口口相传着章太炎曾经为太炎小学捐赠一百担米的往事。

这样走走行行，且看了运河边、老街上的风物人情。这是一段历史，也是一种文化。举首四望，白云庵、大通学堂、太炎小学……身边一个个地名和建筑，都还回应着那段历史。

我们敬仰先贤，更知任重道远。

素淡一生，不求举足轻重，唯愿上下求索、守得初心，也盼一个俯仰不愧。

第九章

万灶晨烟，一川秋穗

——10个不可错过的人文景点

所谓人文景观，大概是在自然景观基础上，叠加了属于人的文化特质。

大千世界，芸芸众生。有雄伟巍峨的青山，便有“山高我为峰”的豪迈；有广阔无垠的碧海，便有“笑傲凌沧海”的豪情；有幽深博大的蓝天，便有“人定兮胜天”的豪壮。

有泰山之雄、华山之险、衡山之秀，也有“滔滔长江腾蛟龙”“滚滚黄河东逝水”。把山川阅尽，那风景，是历史人文邂逅山水风韵，是故乡情思遇到山居村落，是诗词歌赋栖于生灵万物……信仰凝聚于建筑，文化汇聚在自然。

古往今来多少事，人的历史一次次刷新自然的高度。

原来，人文的风景，最高不可攀。

孔庙：愿从圣道窃余芳

公元前479年4月，“孔子病，子贡请见”。

或是预测了自己命不久矣，孔子歌曰：“太山坏乎！梁柱摧乎！哲人萎乎！”因以涕下。谓子贡曰：“天下无道久矣，莫能宗予。”

这之后七日，孔子溘然长逝。

统观历史，真是少有人像孔子。他生时无限寂寥，逝后却大放光彩。乱世之中，他周游列国，致力于传播自己的思想，偏偏空有一腔治国良策却无丝毫用武之地；他于战乱之中行走，“知其不可为而为之”，饱受嘲讽。

历史却最公允。漫长的时光未曾掩埋孔子的光芒，反使其越发耀眼。随着儒家思想的备受尊崇，孔子的封号、谥号从“尼父”“文圣尼父”到“先师”“至圣先师”，一直到“大成至圣先师”，其地位和影响力辉煌到无以复加的地步，乃至后人感叹“天不生仲尼，万古如长夜”。及至后世，孔子在国际上也颇负盛名——伏尔泰用“东方找到一位智者”形容他，李约瑟称孔子为无冕皇帝，爱默生用“哲学上的华盛顿”来赞美他……

故此，倘若你来山东，一定要牢记“一山一水一圣人”，登中国第一山——泰山，看闻名遐迩的趵突泉，再务必去一趟曲阜。

如今看来，曲阜这城市真的不大。但在过去，它却是殷商故国，鲁国首都，是世之圣人孔子的家乡，是亚圣孟子的故里，有东方圣城、东方耶路撒冷之称。

从建筑学上讲，孔庙具有鲜明的艺术价值。曾有专家总结孔庙建筑群，说其建筑时间最久远、保存最完整、东方建筑特色最突出。又将其与北京故宫、承德避暑山庄并称为中国三大古建筑群。孔庙始建于公元前478年，形制规整、规格极高，建筑以一条南北中轴线对称排列，九进院落，三座大殿、一阁、一坛、三祠、两院、两堂，屋宇四百六十六间，名坊五十四座。庭院之中，古桧多达一千二百余株，汉朝以来的历代碑刻有一千零四十多块，书、画、牌、匾等珍贵文化遗存数不胜数，建筑之精巧、文物之丰美，令人叹为观止。

一路前行，经过乾隆帝亲题的“万仞宫墙”城门，眼前三步一坊、五步一门，经“金声玉振”坊、“太和元气”坊，至“圣时门”，眼前豁然开朗，只见庭院深邃、松柏高植，别一番庄严肃穆。过璧水桥，便是“大中门”，步履之间，走过一层层牌坊门廊，穿过一重重历史烟云，一步步更加亲近圣人本尊。杏林之中，仿佛看见当年其貌不扬的长者在游离各国、饱经沧桑之后，以包容万事的胸怀教书育人、韬光养晦。

触手抚摸大成门前精美的龙柱，那些飞旋的雕龙傲然而立，翩然若飞，不远处香炉里青烟袅袅，熏人欲醉。那些华美的建筑长久矗立，以一种庄严的姿态陪衬一代宗师，重檐九脊、斗拱交错、巍峨壮丽，不过都是后人对他的敬仰之情。孔庙之中，多有“逾越”之处，圣时门前铺设的龙纹丹陛石、堪比故宫金水桥的璧水桥、驮碑的赑屃、“勾心斗角”的房檐、精美的龙柱等，其规制形式直逼故宫，光这一点，足可见孔子的历史地位。

在历史流转间，有多少人、事被大浪淘沙般舍弃。只有孔庙，仍在岁月深处深沉矗立，只有它其中蕴含的儒家思想万古流传、历久弥新。

不得不说，孔庙真是汇集了中华文明的精髓。缓步其中，足下的方砖、头顶的树影，无不指引着我们去了解、探究。儒家学术精深，浅读之下不能尽懂。却至少知道，哪能以一时成败论英雄？守得初心，有所坚持，方有始终。

都江堰：欢声雷动说耕田

读《文化苦旅》，余秋雨说：“要看水，万不可忘了都江堰。”他认为“中国历史上最激动人心的工程不是长城，而是都江堰。”这观点可谓独树一帜。

忽然想起在我幼时，外婆也常常说起“都江堰”，仿佛远在他方、未曾谋面的都江堰是她自家后院。

外婆谈起都江堰喜不自胜，我不以为意，认定在她老人家心里，牵挂的并非都江堰，而是堰边的故亲。

公元前256年至公元前251年，时任蜀郡太守的李冰父子在前人鳖灵开凿的基础上组织修建了都江堰。自此之后，猛龙般桀骜不驯的岷江，尽心服务于成都平原。从此，都江堰在《史记》中留名，在《马可·波罗游记》中驻足。清同治年间，德国地理学家李希霍芬盛赞它“灌溉方法之完善，世界各地无与伦比”。

很难想象在两千多年前，在那个科技不发达的时代，他们会完全依靠人的智慧和双手，修建出如此宏大的水利工程。整个都江堰枢纽工程分为堰首和灌溉水网两大系统，堰首以鱼嘴分水、以飞沙堰溢洪排沙、以宝瓶口引水工程，又有内外金刚堤、人字堤及其他附属建筑作为保障。迄今为止，都江堰仍在滋养着“天府之国”，它是全世界保存年代最久、唯一留存且一直使用、以无坝引水为特征的宏大水利工程。翻遍史料，与都江堰同时期修建的灌溉系统，不论是古埃及、古巴比伦的，还是中国的郑国渠、灵渠等，都早已随着时间推移而湮没失效，唯有都江堰仍在这里“永久性地灌溉了中华民族”。

外婆总会说起这些，但终其一生，她都未能亲眼看看都江堰。而我亲见都江堰，也是在汶川大地震之后。我怕岁月无情，越迟疑，越不能相见，故而说走就走、匆匆成行。外婆那边的亲友是联系不上的，我们亦不想兴师动众地寻亲，只是单纯地拜访都江堰聊解相思。

我们在宣化门城楼驻足，看过幸福路仿古街夜景，赏过南桥晚风。次日清晨，我们舍弃玉垒山入口，转由秦堰楼进入都江堰景区。作为一栋现代仿古建筑，秦堰楼依山而立、雄峙江岸，与二王庙建筑群完美融合。远远望去，它飞翘的屋檐与司空见惯的北地建筑全然不同，厚重沉稳之外别有一番精巧。

登楼远眺，都江堰三大水利工程、安澜桥、二王庙、古驿道、玉垒雄关、岷岭雪山、青城群峰尽收眼底，甚为壮观。虽有从前的诸多记忆，外行之人看着古堰，总觉得读不懂。只鱼嘴一段，相当鲜明地呈现在人们的眼前。岷江奔腾，经由百丈堤顺正水势，再由鱼嘴将岷江分为内外二江。外江在西，又称金马河，是岷江正流，用于行洪；内江在东，又称灌江，是人工引水总干渠，用于灌溉。

鱼嘴建在岷江出山口处，就位于那环如弯月的江心。奔腾的江水，狂傲不羁，遇到江心的分水堤，忽然间被分割为二，直窜出去，撞上坚坝，这才乖顺地转身改向，在翻卷咆哮中，显现出一种难得的驯服。不管是洪水泛滥还是枯水季节，都江堰鱼嘴都能很好地调剂水流量，使成都平原能够“水旱从人，不知饥馑”。

真正见识了都江堰的雄奇，拜谒二王庙时便多了些虔诚。庙中治水有名言壁刻，其中“遇湾截角逢正抽心”是都江堰岁修“八字真言”，其中“心”字被描红，据说只为告诫后人做事要凭良心。眼前经由李冰父子组织修建的都江堰，如此完美地将自然生态与人文精神结合在一起，不正是这“良心”之作的典型代表么？

置身举世无双的古堰前，自豪之感油然而生，难怪陈运和歌颂都江堰，称它是“凝聚过智慧的汗珠与卓绝的远见”，说它“灌溉了历史，灌溉了民族，灌溉了古诗，灌溉了良田”。

兵马俑：谁言土偶是无情

于盛夏时节寻访秦始皇陵兵马俑，实非智举。

骄阳之下，游人遍地的古城西安几乎要沸腾，即便是城外的骊山脚下，远山苍翠亦不能将热浪抵去分毫。所谓吴牛喘月、流金铄石，恐怕也不过如此。

烈日炎炎的模样，着实令人望而生畏，却又不能止步，因这即将拜访的是被誉为世界十大古墓稀世珍宝之一、“世界第八大奇迹”的秦始皇兵马俑。

展厅里人满为患，熙来攘往，便只得汗流浃背地被拥挤着行动，不辨方向。每每透过人群看到了一丁半点儿，就分外觉得那些兵马俑近在咫尺，又遥不可及。干脆找一个可供旁观的角落静待人潮退散。

他们说，秦始皇最是好大喜功。观历史，见他灭六国统一天下，立秦法规矩四方，设郡县君主集权，筑长城固若金汤，又统一文字、货币、度量衡，开凿灵渠、修建交通，建立了中国历史上第一个封建王朝。这桩桩件件，开天辟地般惊艳卓绝，桩桩为“大”件件是“功”。偏他又残暴专断，大兴土木，狂征暴敛，焚书坑儒，杀伐成性，且不说万里长城、阿房宫，单秦皇陵寝、陪葬兵佣，又凝聚了多少匠人的智慧，萦绕着多少百姓的冤魂？

秦王嬴政，有人称其伟大，有人称其暴虐。

可当你亲眼见到眼前八千余兵佣列兵成阵，由一而数千地排列开来，暗沉沉地压出一片缄默的磅礴之势，如何能不震撼？士兵与军吏分而处之，步兵、骑兵、车兵各司其职，那些列队的武士俑执青铜兵器，弓、弩、箭、矛、戈、钺不一而足。每一个兵佣都独一无二，脸型、身材、五官、动作各不相同，竟能从装束分辨身份，又能从五官读出表情。有腆着肚子的将军俑，铠甲沉重、威严冷静；有站立的勇士，拳脚生风，气势凛凛；有跪着的射手俑，满弓在握，箭无虚发；也有牵马的骑兵，垂手静立，安静恭顺；也有送信的信使俑，手持军令，小心谨慎……

这是跨越了两年余年的历史走到我们眼前的奇迹。在这奇迹面前，火伞高张、人山人海又算得了什么？

只是昔日的大秦早已远去，空留了一段历史，几篇戏说。只有这精锐的空壳，以惟妙惟肖、活灵活现的样子，容忍着我们肆无忌惮地围观品评，注视着不属于他们的大千世界。

看到兵俑便不由得想到在统一六国的征程上，是否也有鲜血染红了他们的铠甲？在征战匈奴的路上，是否也有飞沙掩埋他们的尸骨？在万里长城的防线上，是否也有他们执坚披锐巡回的身影？在焚书坑儒的烈火中，是否也有他们无奈的面庞？

秦始皇的历史，又何曾不是他们的历史？秦始皇的辉煌，又何曾不是他们的辉煌？一将功成万骨枯。归根到底，历史是他们以鲜血筑成的。

你听，昔日秦始皇登基时的威仪似乎还在，那山呼万岁的声音，依稀就在耳边。

你看，昔日子婴驾白马素车出城，将传国玉玺交付刘邦，咸阳城楼上的黑旗就此泯灭。

不过一个转眼，两千年尽逝，功过荣辱如风。六国、匈奴、百越都是往事，始皇、项羽、刘邦也皆成传奇。这历史的飓风吹过，血色和杀伐、是非与功过，竟也湮没成模糊的记忆，消融在岁月的长河之中。只有这些被烈火煅造过的陶俑破土重来，再亲眼见这曾经被血泪沾染过的江山终于平静安和。

那些黑漆漆的陶土，在深长的一梦之后，最终见到了一个宏阔的新时代。或许它懂。又或许沉默。

于是，在这络绎不绝的参观的人群里，我想再多站一会儿。好让呼吸之间都盈满骊山脚下的风韵，唤醒烟火世俗中日渐麻木的灵魂。

龙门石窟：日照香刹入山深

“若问古今兴废事，请君只看洛阳城。”此一言道尽洛阳的繁华。曾经十三朝古都之兴盛，至如今，一次次路过洛阳，我常常觉得，要观洛阳盛世之貌，定当遍览石窟胜景。

龙门石窟位于河南省洛阳市伊河两岸的峭壁之上，占据了人杰地灵、钟灵毓秀的十三朝古都内最美的位置，被当地人誉为洛阳四宝之一。作为世界文化遗产，龙门石窟与莫高窟、云冈石窟、麦积山石窟并称中国四大石窟。自北魏孝文帝年间开凿以来，龙门石窟距今已有一千五百多年的历史了。历经隋、唐、宋等朝代四百余年大规模敕建营造，它陪伴洛阳城一起见证了漫漫历史长河中各朝代的兴衰。拂去尘封，打开历史的“画卷”，入目皆是叹为观止的鬼斧神工。如此盛大的人文景观，倘若不能再三拜访，真可谓是人生憾事了。

第一次去往龙门石窟时，正是四月春深的好时候。微风吹拂伊水河面，阳光在波光粼粼的水面上雀跃跳动，春日艳光之中，山河入目，更显出白居易所言“洛都四郊，山水之胜，龙门首焉”的气派。

沿河岸西侧青灰砖石铺成的道路自北向南漫步，步移景异，便可阅尽石窟佛像。龙门石窟现存佛像有十万多尊，洞窟两千三百多个，石碑题记两千八百多块，这繁多数字后面封存的正是文化遗产的醇香厚重。

一路前行，看过唐朝大石窟潜溪寺，便到了北魏石窟——宾阳洞。宾阳洞分左中右三座，其中左右两洞的窟顶于北魏时期完工，佛像则是隋唐时期雕刻成型，唯有中洞全部在北魏时期打造而成，论其规模和价值，可谓是北魏时期石窟的代表作了。

不同历史时期势必有着不同的社会追求、审美要求和传统习俗。区别于唐代佛像以丰腴圆润、雍容华贵为美，北魏时期佛像则以清隽修瘦为美，佛像面部修长，鼻梁稍宽。在布局上，高近十米的释迦牟尼本尊为中心，左右为文殊、普贤二菩萨和阿难、迦叶二弟子，独具匠心地运用了加强减弱手法，不露痕迹地烘托了本尊主佛的地位。洞窟藻井呈椭圆穹隆形，紧凑衔接的四壁刻着莲花宝座、奏乐飞天，其前壁分为上下四层浮雕，洞前石路走道雕饰莲花纹案，可谓巧夺天工、栩栩如生。不得不感慨古时艺术之多样包容，更感叹前人智慧之高深莫测。

前行的步伐继续，沿途路经万佛洞、莲花洞、古阳洞等，形态各异的佛像，加之妙趣横生的奇人逸事引人入胜，看过人人称道的“网红”石雕剪刀手佛像，展露在苍茫晴空之下的就是龙门石窟中最恢弘的景观——奉先寺。

奉先寺开凿于唐高宗初期，共九尊大像，中间最为高大的卢舍那大佛是释迦牟尼的报身佛，总高十七点一四米，头高四米，耳朵长近两米，其莲座北侧立有题记，为“大卢舍那像龛”。东西两侧分布的佛像造型各异，迦叶沉稳持重、阿难聪慧机敏、菩萨端庄矜持、天王健壮雄武，各有特色却相得益彰。

古代工匠浑然天成的创造力不仅令人叹为观止，戮力同心的凝聚力更值得后人称赞。仰望佛像的人们被衬托得分外渺小，卢舍那大佛慈祥庄严，双目祥和地俯视众生，佛法无边普度众生的佛学思想展现得淋漓尽致。不管你来自何方，拥有何种信仰，都会感到震撼、得到洗礼，内心里尘埃落定，一切都归趋平静。

此时此景：日照香刹入山深。让人不由得想要双手合十，愿日后经年——百年、千年、万年之后，仍有人如我一般站在这里，谒拜这一山佛像，窥读这文明一角，叩开这光阴一寸。

明孝陵：虎踞龙盘今胜昔

在中国，大概没人喜欢陵园，却也没人能抗拒帝王陵的魅力。

的确，再没有一种历史遗迹会像帝王陵一样给人们如此丰盛的馈赠和通透的启示。

历朝历代的帝王陵，无不经过众多大臣穷竭心思地设计，又凝聚无数匠人的智慧才干、堆积众多劳动者的血泪辛苦。暂且不说地宫中的棺椁、陪葬品与随葬物何等精美，单是陵园选址、建筑布局和石刻、雕塑、碑文等，便足以令后人惊叹。这其中哪一样事物不是源自当时顶尖人物之手，哪一样不是做工精良、臻于完美——必然是当时文化艺术的最高结晶无疑了。

这样说来，作为中国规模最大的帝王陵寝之一，有着“明清皇家第一陵”之称的明孝陵，真是不得不看。

人们常说，一场冬雪，北京就变成了北平。我却常常觉得，只要一阵秋风，南京就变成了金陵。就在“金陵”的郊外，有一座连绵的紫金山，明孝陵就位于其南麓独龙阜玩珠峰下的钟山风景名胜区。它东毗中山陵，南临梅花山，以皇陵之尊占尽了天时地利。

明孝陵是明太祖朱元璋与其皇后的合葬陵墓，因皇后马氏谥号“孝慈高皇后”，又因奉行孝治天下，故而得名为“明孝陵”。明孝陵始建于明洪武十四年（1381年），历时二十五年，至明永乐三年（1405年）方建成。其占地面积达一百七十余万平方米，是中国规模最大的帝王陵寝之一。陵园部分苍松翠柏，四季常青，红墙、黄瓦、朱门的明代建筑掩映其中，青石铺成的道路捡珠拾贝般将它们一一串联。时值秋日，斑驳的神道上浸染着银杏的金黄，那些高高站立着的石刻文臣和武将矗立于道路的两边，石马、石象、石骆驼等石刻依次跪在路边……巨大的神兽赑屃背着石碑静默不语，碑文却早已在风雨中被侵蚀得模糊难辨……

在这静默与肃穆之中，恍惚就想起了“向死而生”。人们总幻想“阴间”或“天国”的存在，可事实上，当我们一点点写下生存痕迹的时候，死亡已经在场目睹。由生而死，不过一个历程。

不可否认，朱元璋真的是顶级传奇的一个人。他从社会底层的小叫花子，一路揭竿而起、征战四方乃至飞黄腾达，最后登临帝位。他残酷至极，甫一立足，便迫不及待地肃杀功臣，身边共同与他打江山征战之人几乎都难逃一死。执政三十一年，他先后发起六次大规模肃贪活动，杀掉的贪官污吏有十五万人之众，可见其残暴。然而在建大明朝之初，他使农民归耕垦荒、兴修水利、发展经济，又徒富民、抑豪强，减免税负，严惩贪官，开创了明初洪武之治。他以残酷的法律严惩贪官污吏，决心、力度、手段在中国千百年封建帝王中未曾有过。可惜时至明末，官员贪污腐败卷土重来，最终引得李自成揭竿而起，攻下京城，大明朝土崩瓦解，经由朱元璋恢复的中华宗主国地位，最终又落到了满族同胞手中……也真如诗中所述：“挥戈兴大明，开国石头城。除弊隆唐治，肃贪污吏清。殿前勤不怠，身后苦相争。日落梅山惨，白绫枝上横。”

空留下这明孝陵在六百年风雨钟山中静静守望，见证着古城金陵的沧桑巨变。

回去的时候，已然天黑。汽车甩开那一山的色彩斑斓，又融入了城市的流光溢彩。这古与今的碰撞，令秋风成雨。再回首，身后漆黑一色，很难再辨西东了。而同行的游人则早已疲累睡去。

不由思量，当年兴建陵园，朱元璋调动十万军工，多少人殚精竭虑不计生死，只为了成全这一个灵魂的归处。而如今，这帝王的陵园终究又还归民众。这一人“灵魂的归所”成了一个不朽的载体，将数十万人的建设成果呈现在我们面前，以供我们去窥看历史，探究或解读。

你看，历史终究都是公正的。

秦淮河：夜泊秦淮近酒家

幼时，常常听母亲读朱自清的《桨声灯影里的秦淮河》。

北方女子的声音从来少有细弱，生硬的普通话里也带着些许乡音。彼时，我们尚蜗居在乡间的旧宅，古朴陈旧的院子和茅顶土坯的墙，满院子都是槐花散发出的泌人心脾的香气，明月挂上枝头，风起的时候，满窗都是斑斑点点的光。

母亲略带着沙哑的声音，那声音就这么一段一段地陪伴我入眠。于是，在那梦里，月光深处没有广寒宫，只有一片异常旖旎的秦淮河。

这一梦经年，直至我亲眼见到秦淮河的时候，回忆那一场“桨声灯影”，竟也觉得此去经年。

如今的秦淮，被冠以“夫子庙秦淮风光带”之名。以夫子庙为中心、以秦淮河为轴线、以明城墙为纽带，串联起那些个金粉楼台、绮窗丝幛、十里珠帘。那乌衣巷口的夕阳、朱雀街边的野草，桃叶渡口绿杨飘，又瞻园绝妙、古迹盛行，园林、画舫、街市、楼阁、民俗民风悉数囊括其中。

于人声鼎沸之时夜游秦淮。那满目霓虹的灯，勾勒出无数飞檐斗拱、映衬出桥梁亭阁。岸边无数火红的灯笼整齐地悬在屋宇的檐下，彤红的光缺乏灯火摇曳的温和，就这么硬生生地闯入眼帘。

来此处的人络绎不绝，从乌衣巷过商铺小桥、过月楼八角楼，再绕过“天下文枢”的牌坊，一路走走停停，许久方寻着了泮池码头。我们付足了船资，又排了很长的队，等到热汗淋漓才跨上画舫。人声鼎沸，仿佛那始自六朝时的繁华从未中断，居于此的高门大户仍车马喧嚣。此岸，科举考场的夫子庙考生云集；彼岸，绝世佳人的琴声歌调未歇。

这是繁华的秦淮河，却不是李白诗里的秦淮河。“六代更霸王，遗迹见都城。至今秦淮间，礼乐秀群英。”这一条温柔旖旎的河，曾目睹着三国争霸，看孙权定都在“钟山龙蟠，石头虎踞”的秣陵城；曾看见明太祖一统天下，开启了中国历史上最后一个由汉族建立的大一统王朝；也曾看南宋偏安，有“隔江犹唱后庭花”的迷醉；也曾看晚明落魄，有“国殇毅魄今何在”的清醒……这一河温柔，偏偏承载着千年繁华、万种锋芒。

也有文人政客的交缠、才子佳人的梦断，连同秦淮八艳的笙歌燕舞——李香君血染的桃花扇，柳如是悬梁的红粉楼，董小宛与冒辟疆的生死爱恨，陈圆圆与吴三桂的冲冠一怒……往事皆要入酒，缓歌浅浅唱出，任岁月变迁，秦淮河水依旧，莫非也是它的风骨？

这是坚定的秦淮河，却不是朱自清《桨声灯影里的秦淮河》。没有“七板子”，没有“藤的躺椅”，没有“间歇的桨声”，亦没有“疏疏的林，淡淡的月”。机械的画舫独自轰鸣，录音的导游词索然无趣。母亲曾读过的句子又在耳边了：“那漾漾的柔波是这样的恬静，委婉，使我们一面有水阔天空之想，一面又憧憬着纸醉金迷之境了……黯淡的水光，像梦一般；那偶然闪烁着的光芒，就是梦的眼睛了……”

时代变迁，秦淮河昔日的繁荣景象早已不复。眼中所能看到的是画舫、水榭、绿窗、朱户，却只叹“人生代代无穷已，江月年年只相似”——王谢的风流、秦淮的艳迹，终究是无处追忆了。

这是寂寥的秦淮河。但我却庆幸，庆幸这无可追忆的寂寥。庆幸旧梦已醒，繁华依旧。

秦淮河，它从历史中来，流经现在，去往未来。怀抱着昔日所有，珍惜着眼下繁华，这灯影深处的秦淮河，何尝不是真诚、浓烈、踏实而蒸蒸日上的呢？

我们敬重历史，凭吊从前，更珍惜这一路更迭地走到了当前。

雷峰塔：古塔斜阳红欲暝

秋日逢雨。闲来翻到一本老册子。读到鲁迅先生的《坟》，其中有一句："倘在民康物阜时候，因为十景病的发作，新的雷峰塔也会再造的罢。"我不由哑然失笑。

这话何等一针见血、痛快淋漓。除了当日当时的鲁迅先生，恐怕再无一人会张口说出这话了。

《论雷峰塔的倒下》中，鲁迅先生还这样说雷峰塔："未倒的雷峰塔""破破烂烂地映掩于湖光山色之间，落山的太阳照着这些四近的地方，就是'雷峰夕照'，西湖十景之一""并不见佳"。

无怪乎先生这样形容。

雷峰塔始建于北宋开宝五年（972年），相传是吴越国王钱弘俶崇奉"佛螺髻发"以祈祷国泰民安所建。坊间也有传闻，说这塔是吴越国王钱弘俶为其爱妃黄氏所建，故雷峰塔又称黄妃塔、王妃塔。初建之时，塔身为砖木结构，八面木构檐廊，七层重檐飞栋，甚是美丽壮观。历史上的雷峰塔曾两次遭遇大火，北宋宣和三年（1121年），方腊起义军攻入杭州，雷峰塔被焚毁。南宋庆元年间（1195~1200年）雷峰塔才得以复建重修。明朝嘉靖三十四年（1555年）夏，倭寇侵犯杭州，雷峰塔在劫难逃，再次被焚毁，只留了塔身残骸踯躅在西湖之畔，就这么一直持续到清末民初，足足四百多年。不怪鲁迅先生嫌弃这"破破烂烂"的"雷峰夕照"之景。早在明朝就有人感慨："雷峰残塔紫烟中，潦倒斜曛似醉翁。"所谓"塔影初收日色昏，隔墙人语近甘园。南山游遍分归路，半入钱塘半暗门"，雷峰夕照的美景，可不就是一个梦幻罢了。

亦不知，时至如今，倘若鲁迅先生见了雷峰新塔会说一句什么——

我数次经过杭州，数次登临雷峰新塔，思量来，思量去，到底不知如何形容。

新建的雷峰塔威武地立在西湖之畔，昔日“酡颜老衲”的醉翁之态已全然不见，远远望去，是一番英姿勃发、器宇轩昂的模样。雷锋新塔的整体造型来源于南宋画家李嵩《西湖图》中的雷峰塔的形制，新塔通高七十一米，塔身由台基、塔身、塔刹三部分组成，塔高五层，一层为暗层，自上而下建有塔刹、天宫、底层、台基等。站在夕照山下，抬头仰望这八角形的古塔，屋脊由铜瓦覆盖，转角设铜斗拱，飞檐翘角下悬挂风铃，汉白玉雕刻而成的栏杆，别有一番风流卓然、古意盎然。

可令人称奇的是，雷峰新塔真的是一座现代化的塔。

经过那道沉沉的古式门，旧塔的残砖还沉睡在新塔底层的八角形保护罩中，走过全无门窗的暗层，眼前明亮得几乎金光四射。塔中心的部位是两座透明的电梯，周围布以不锈钢扶梯，塔内装饰富丽堂皇、恢弘奢侈，溥金的屋顶、剔透的大玻璃、精致的木雕、绚丽的丹青，旅游服务功能更是完善齐备……据说，新塔也是古今中外采用铜件最多、铜饰面积最大的铜塔，栏杆、装饰瓦、脊、柱等都采用铜制。

有趣吗？一面是极致的仿古，一面是极致的现代化。这种碰撞，让人一瞬间穿越来穿越去，找不到定位，分分钟就游离在风景之外了。可这样的雷峰塔也值得一看。知古博今，没有这样鲜明的对比和冲突，又怎能清楚分明？

下山时已是黄昏了。夕阳西斜，正巧落在雷峰塔顶。湖光山色入目，也是一番“烟凝暮色和峰黯。日映浮屠晚，霞飞阵阵寒。树杪流霞，夕阳檀板”的好景致，的确“此际好留连”。

逆光望去，雷峰塔亭台金碧，于霞光之中金灿灿地耀眼。景还是那景，塔却不是那座塔了。

龙山文化：蕴藉博深城子崖

前几日，我在书社陪小朋友们读书，读的是维吉尼亚·李·伯顿极经典的《生命的故事》。彩页翻开，书中介绍了地球从无到有，生物日渐演化，漫长的时间成就了美丽的生命诗篇。当人类出现，时间流转到新石器时代，孩子们便开始欢呼雀跃，大喊："龙山！龙山！城子崖遗址！"

于是，我便点了一首歌来分享："五千年的风和雨啊，藏了多少梦，黄色的脸黑色的眼，不变是笑容……"这么老的歌，竟也可以迅速变成"童声合唱"。那滋味真是无比开怀，异常骄傲。

是啊，五千年的龙山文化，是故乡的根呢。

我是久居章丘的。生在泉畔，长在水边，日日守着李清照的故园，于故乡文化的传承更爱得深沉。

五千年，多么神奇的数字。提起中华文明，最令人津津乐道的，不正是"上下五千年"么？而"龙山文化"就刚刚好站在了这五千年的起点上。

时间回溯到 1928 年春。地址锁定在了山东省济南市章丘区龙山镇龙山村东北，巨野河东岸、胶济铁路北侧。人物便是著名考古学家吴金鼎先生。

这是一场经由灰土和陶片引发的考古活动。由此，时间迅速回溯，瞬间将我们带回了中华文明的起点。那些板筑城垣如此鲜明地保存在时光的长河之中，又在某个时刻给予我们最惊艳的馈赠。

作为外行人，我们很难读懂那段城墙。那是一段野草和酸枣树丛生的小路，那是一块再寻常不过的夯筑的土城台。那石碑如此寂寞地静立着，孤独地沉浸在无边的岁月长河之中，那是我们不能轻易读懂的"城子崖遗址"。

孩子们却在欢呼，"我们要去博物馆，玩泥巴！做黑陶！"

你看，文化的传承，竟可以这么简单从容。

就在这里，在龙山，在城子崖遗址，文明一点点起步。我们走过博物馆的光影，试图从那些遗存的古物、复原的缩微景观之中揣测远古。那段充满波折又无限漫长的岁月就这么重现了——遗址的上层，时光将灰陶器物、铜质兵器遗留给我们，商周战国的气息迎面扑来。遗址下层，则出土了大量的石器、骨器、蚌器和陶器，以黑陶为主，鼎、鬲、瓮、盆、杯等相继亮相。从结束了迁徙流浪开始，到定居、聚居、筑城，农业畜牧业逐渐发展，私有财产日渐出现……那一片“废墟”，以文物的形式清晰地记载了原始社会跨入阶级社会的进程。

在城子崖遗址首次发现的那些质地坚硬、薄如蛋壳、造型精美的黑陶，它们穿越时光、惊艳世界。正是黑陶的发现，证明了这一处新石器时代遗存的独特性。人们将它称为“黑陶文化”，后以遗址发现地命名为“龙山文化”，现在更是专称为“山东龙山文化”。它是全国发现并挖掘的第一处新石器时代遗址，在中国考古学界占据着极为重要的历史地位。

这是怎样的一段辉煌的历程？从古而今，它始终闪耀。

如今，岁月沉淀，遗存痕迹清浅。我们也只能在岁月的这头遥望、憧憬、怀念、想象。所幸，我们还可以触摸那些陶土，以一件黑陶致敬往昔。

于是，那些曾经惊世绝艳、如今“飞入百姓家”的黑陶，便成了一座贯通古今的桥。我在此端，往事在彼端，就在那辘轳车旋转拉坯的瞬间，轻轻触摸着彼此的指端。

何等神奇。

亦不必问我，是否爱这看不见的城垣、读不懂的遗址、诉不尽的文明——我爱。

这是故乡文化的精髓，亦是中华文明的传承。

沉静自持，历久弥新。

千佛山：无限楼台遮不断

老舍应该是真的爱着济南的。而且这爱十分真挚，要超过许多当下忙碌在济南的本地人。

老舍说："设若你的幻想中有个中古的老城，有睡着了的大城楼，有狭窄的古石路，有宽厚的石城墙，环城流着一道清溪，倒映着山影，岸上蹲着红袍绿裤的小妞儿。你的幻想中要是这么个境界，那便是个济南。"

如今，时间不过隔了半个世纪，光阴催逼之下，老济南飙着劲儿地向前飞奔，经济发展带活城市建设，光怪陆离催生时尚生活，中古的老城渐渐变成千篇一律的"二线城市"。这些年来，眼见着七忠祠、鸿祥永、古城墙、老火车站……一一消失不见，又眼见着奥体中心、绿地中心、恒隆广场、外包城一一建设落成，反倒要去想，我们该去哪里寻找老济南呢？去大明湖、趵突泉还是千佛山？

2013年七夕节，我在山东师范大学进修。晚间时候，与师姐相约千佛山，想着登高看一看高处的星空和低处的济南。

千佛山古称历山，又称舜山、舜耕山，因舜帝曾耕种于此而得名。它的存在，与其说是一座佛教名山，不如说是很多老济南人心里的一段记忆、一座丰碑。在两千多年前，佛教自印度流传而来，在中华大地上遍地生花，从禅宗五大派的创立到"儒、道、佛"三教合流，佛教的影响越来越深远。隋开皇年间，佛教徒们开始在历山顺应山势镌刻佛像，又在山腰空地上建"千佛寺"，自此千佛山的名声日渐响亮，香火始终鼎盛。

世人大多如此：总痴心迷恋远方的风景，却对眼前的一切熟视无睹。宁肯对着求而不得的虚妄生出执念，也学不会珍惜眼前、活在当下、知足常乐——就如我，从不曾停下来好好地看一看千佛山。

那日夜登千佛山，却是极好的亲近机会。盛夏的日子里，暮色起得极慢，暑气亦退得慢。依山而行，只觉山间树木幽深，佛龛石像都藏得深沉。一路行走，又听得师姐深入浅出与我谈及这山上林林总总的佛龛故事。

足下青石的阶梯踏实稳健，别有一种岁月风霜成就的安稳。我们相视而笑，不约而同拎了鞋子赤足而行，足下的青石板仍带着落日留下的余热，树木深处却又生出些凉爽的水汽。便依稀觉得，只有这样的肌肤相亲，才能加深心灵与山的对话。

一路沿着盘道西路登山，路遇唐槐亭。亭旁古槐乃秦琼拴马处，枝丫早被游人摸得光滑晶亮，枝干上又挂满祈福的红绸。半山中彩绘的牌坊依稀可见，红色牌匾上金色的“齐烟九点”四字恁般鲜明。这四个字出自唐代诗人李贺的《梦天》“遥望齐州九点烟”之句，九点分别对指济南及周边的九山，至于具体哪些山头，于这深树丛生的暮霭中，我却无处追寻了。

千佛山上佛像众多，从万佛洞、千佛崖之名便可窥之一二，又有极乐洞、黔娄洞、龙泉洞等洞窟数不胜数。其中，石佛雕刻最为集中、最为精美之地是兴国禅寺内的千佛崖，这是济南较早的一组佛像造像群。千佛崖上有隋开皇年间镌刻的佛像九窟一百三十多尊。极乐洞中，阿弥陀佛盘膝禅坐，左右两侧侍立的大势至菩萨、观世音菩萨足有三米之高，实在令人叹为观止。

登临山顶时，已是华灯初上。天气仍旧阴沉，雾霭紧随而至，纠缠入骨，始终不散，见不得月朗星稀。倒是山前山后灯光摇曳如河，别有一番滋味。

下山的时候，夜风已然清凉，我们一路行走、一路歌咏，迷了路又寻回来，走走停停，始终赤着脚，无限地亲近济南。不知是不是此地福泽深厚，行走四五个小时，我与师姐竟未曾被一粒砂石所伤。

出门离开千佛山的时候，已是半夜。云未开，月未明，倒有几颗星星挣扎着显出身形，并看不分明。

忽而就想起那年深秋，在我十九岁当天，母亲因病入住千佛山医院，几番检查下来，医生批下了“疑似癌症、病势严重”的指示。就在那天，一生刚毅、不信鬼神的我的父亲牵着母亲的手虔诚拜山。千佛叩拜，万佛屈膝，自山脚而山巅，步步虔诚，不为荣华富贵，只求家人平安。

而那时，我正在一所全封闭军事化管理的警校安稳求学，一无所知。

便又忽而觉得，这山，于信徒而言是胜地，于艺术家而言是瑰宝，于天下游人而言是匆匆一瞥，但于济南人、身边人而言，是身边事、故土情，是家乡根、文化源。

暮鼓晨钟惊醒世间名利客，经声佛号唤回苦海梦迷人。

古北水镇：醉翁之意不在酒

北京司马台长城脚下的古北水镇绝不是“古镇”，即便它坐拥四十三万平方米的明清、民国风格建筑，它仍是个仿古“度假式小镇”。

但这并没什么妨碍，至少我认为去古北水镇走走还不错。只因身为旅游景区，它实在是“刻意”得足够坦荡、大方又率真。

第一次去古北水镇时，恰逢中秋。远离城市的喧嚣，这小镇分外多了些青山绿水的肃静。

时至夜晚，那些青砖灰瓦镶嵌于圆月和灯火的辉煌之中，将喧嚣热闹与清澈明净糅合得恰到好处，大概是为了迎合中秋佳节，小镇的广场上也有模有样地演习了古时的祭月。身着汉服的女子恭敬地焚香祝祷，香案上除了贡品，还摆上了一排“兔爷”尊为太阴以供祈拜，浓郁的旧时京味儿扑面而来，便分外觉得这小镇的“刻意”那么真诚——刻意造了一川水，刻意修建了一座宅，刻意演着一出戏，刻意讨你欢喜。偏偏这刻意让你挑不出半点儿毛病，那古色古香的氛围，那带足了历史味儿的文化气息酣畅淋漓地扑面而来，令人不得不由衷地赞上一声，笑上一笑。

待着这喧嚣平定，提了些月饼、拎着些清酒，临水登船。那木质的篷船倒也旖旎，薄纱帷幔随风飘逸，灯笼烛火随波荡漾。那“刻意”就又来了，掌船的女子装扮得如月宫仙子，在山水之中曼歌摇橹，让人觉得好笑，又觉得动容。在这样刻意营造的氛围中，船在悠扬小调中摇曳前行，时间就蓦地凝固了，百公里外喧嚣紧张的都市生活就此被隔绝，一不小心竟恍惚看见了桨声灯影中的属于秦淮的曼妙和清隽。这船本就飘摇，那酒又醇香诱人，波光里皓月盈盈、亭台倒影，疲惫的身心浸润在山水夜色中，却也真正营造出了“玉露临阶不夜天，焚香祭拜玉轮前”的意境。

可倘若只是如此，古北水镇亦不足以令我念念不忘。毕竟这大江南北，“水城”太多，“历史文化城”也太多，唯独这被长城守护着的“古北水镇”是独一份。古北口长城始建于明洪武初年，与居庸关东西对峙，护卫着首都乃至整个华北、华东平原，“地扼襟喉趋朔漠，天留锁钥枕雄关”。最令人称道的是，万里长城横贯东西，却只有这一段仍保留着明长城原貌，是唯一且仅有。故此，“中国长城是世界之最，而司马台长城又堪称中国长城之最”。这是一段险峻的传奇，似是神龙之躯，蜿蜒九霄，见首不见尾。沿着司马台水库两侧险峻的山体奔泻而下，出水库向东，又衔峰而起，一跃直上，再攀过只容一人通过的天桥——直至“望京楼”。北望塞外，南怀京城，真是“一览众山小”。

自这豪情万丈里回转，有古北口长城抗战纪念馆。至此，古北水镇的“坦荡”“率真”荡然无存。1933 年 3 月，就在古北口，中华英烈们与日寇展开了激战，誓死守卫这个咽喉要地，东北军和国民革命军十七军将士血洒古北口，以伤亡八九千人的代价歼敌五千余人，更是涌现出如杜聿明、戴安澜等一批抗战名将。战役结束后当地居民自发将牺牲的将士掩埋于此，堆起了一座“肉丘坟”。

这是何等惨烈，又何等悲壮。昔日血满将军楼，方对比出今朝这充满“刻意”的美好。

至此，你知我为何喜爱古北水镇了么?

只因这对比。

一面是聘婷的水镇，一面是巍峨的长城，一面是战争的遗存。这样毫不掩饰的冲击，坦荡得令人措手不及。你会记得吗？会珍惜吗？这些“刻意”

的美好，是多少先辈们用鲜血浇灌而来。他们的名字皆已淹没于历史洪流之中了，但我们，真的，不能忘记。

我想，我会长久地记着古北水镇，亦相信它会历久弥新、芳华无限。

只以一杯清酒敬之，敬当下的平安喜乐，敬过往的血泪悲欢，敬这被守护的泱泱中华。

第十章

村舍外，古城旁，杖藜徐步转斜阳

——10个不可错过的古村镇

对于古镇的喜爱，大概始于一种关乎“田园”的旧思，又归于一种“怀旧”的念想。

于是，触目所及，那些寻常的屋舍、茅檐，那些简单的阡陌、路巷，那些环绕的山水、绿树，都带着浓浓的岁月的痕迹，都载着满满的时光的包容。

那时光凝固着，历史的脚步轻轻、印痕依稀。

也曾走过幽深斑驳的小巷，也曾走进旧宅深院的大门，或是“古宫闲地少，水巷小桥多”，或是“画屋芦花净，红桥柳树深”——这景致如此鲜活！雨雪霏霏的时候也好，春暖花开的时候也罢，那些古旧的日子融入当今的生活，终究成就了一番“诗与远方”。

故，更当静心以待，有酒盈樽。

乌镇：年华似水寂无声

我行过许多地方的桥，看过许多次数的云，喝过许多种类的酒，却只爱过一个正当最好年龄的人。

那里有古朴的桥，有悠闲的云，有消愁的酒，更有无数一往情深的好故事。

电视剧《似水年华》热播的时候，我正值青春年少。剧中人对所有的爱情幻想都被文和英演绎得淋漓尽致，感动之余便对乌镇心生向往。

乌镇坐落在江浙沪“金三角”之地，距杭州、苏州均为60公里，距上海也不过106公里而已。

乌镇与其他的江南水乡一样，境内水系发达，河流纵横交织。蜿蜒的河流如同一条碧绿的飘带，装饰在两岸青黛色的砖瓦之间，倍添灵动。沿着古朴的台阶缓缓漫步在河边，云在头上浮游，水在脚边湍流。扑面而来的是江南氤氲的水汽和在漫长的时光中积蓄沉淀的自在安详。

那些浮于水面的建筑，石栏拱桥、过街券门、临河水阁、驳岸踏步等至今都保存完好地展现在世人眼前。不同于白日的清晰，到了夜晚，在两岸灯火的点缀之间，在高悬的月色晕染之下，乌镇的那桥、那水又都被蒙上了一层朦朦胧胧的神秘面纱。

此时，若是驾一叶扁舟穿行于这静谧的夜色之中，将灯火与喧嚣都远远遗留在河水的另一端，只与清风明月同行，颇有一种“众人皆醉我独醒”的意境。

春秋时期，乌镇地处吴越两国边境，乃吴越必争之地。吴国想要争霸中原，必先征服越国才能解除后顾之忧。越国想要北进中原，则要先吞并吴国才能畅通征战道路。这延续二十余年的吴越争霸之战竟与小小的乌镇息息相关。

就在那时，原本是残酷壮烈的男人间的铁血战争，却因为一个水乡女子而平添了一丝的温柔凄婉之色。那个名叫西施的女子，以“沉鱼之容”做了一枚华丽的棋子。舍弃了自由、爱情乃至生命，不过是要将“玩物”的作用发挥到极致，好使吴王“丧志”亡国。此间故事是最深情，也最绝情的。说起来，自古至今，以女色亡国者，如妲己、褒姒之流无不担着百世骂名，唯西子“出淤泥”而“不诟”，也不知这“劫后余生”终究是不是她所欲也。

如今的乌镇也恰如这样一位临水而立的绝世佳人，寂静地矗立在岁月深处，温婉恬静、风姿迷人，便不得不怀念那个消逝在时光背后的西子美人。

除了迷人的自然水色，乌镇还以悠久的历史文化著称。建镇以来，乌镇镇名未变，镇址未变，人们的生活方式也未变。如同古人笔下的一首诗、一幅画，能够轻易地将我们带回那个缓慢从容的时代。

如此，乌镇自然得到青睐。2013 年，乌镇戏剧节开幕。阳春白雪的中外大戏、下里巴人的街头小曲纷纷上演。那流水之上、粉墨之间，亦不知古往今来多少事皆赋予一曲霓裳。

于是，戏里戏外，我渐渐看不分明，心底却泛起涟漪，波痕映衬起晏几道《清商怨》的曲调：

> 庭花香信尚浅。最玉楼先暖。攀觉春衾，江南依旧远。
> 回纹锦字暗翦。谩寄与、也应归晚。要问相思，天涯犹自短。

或许，这梦一般的恍惚和憧憬才正是江南的妙处、乌镇的好。

南浔：古镇穹拱庭廊秀

江南好，风景旧曾谙；日出江花红胜火，春来江水绿如蓝。能不忆江南？

提起江南，总要想起这首《忆江南》。那是一个长久沉浸在唐诗宋词中美不胜收的地方，是鱼米之地，是梦里水乡。幼年时候的梦境里，江南是蜿蜒的悠悠小河，江南是走不尽的青石板路，江南是数不清的宽宽窄窄的石拱桥，是高高低低的马头墙，是影影绰绰的雕花窗……

于是，当水乡的温柔遇见古镇的悠长，就势必碰撞出异彩纷呈的南浔梦。宋时戴表元有诗《东离湖州泊南浔》，诗中写道："张帆出东郭，沽酒问南浔。画屋芦花净，红桥柳树深。鱼艘寒满港，橘市书成林。吾道真迂阔，浮家尚越吟。"这是一幅何等灵动的南浔画面。在那些古旧的青石板路慢慢向前，走走停停间，可见马头墙高低错落，乌篷船且行且止，小河水蜿蜒低唱，"清溪通笠泽，地以水为乡"，轻松绘就了一幅温柔缠绵的水乡画卷。

我们至南浔的时候，逢年节不久。天气仍旧阴寒，古镇中的老戏台却热闹非凡，丝竹声后也不知哪一幕才子佳人、帝王将相上演不休，更将这一弯弯水、一道道门的南浔缭绕得没有尽头。转眼间，又见那些水巷上乌篷船来来往往，红灯笼摇摇晃晃，四处人声沸腾，更好似明末潘尔夔《浔溪文献》中所云：南浔，"阛阓鳞次，烟火万家；苕水碧流，舟航辐辏"。

南浔古镇位于浙江省湖州市，与乌镇不过相距百里，这两地就好比一母同胞的姊妹两个，一脉相承却又各自不同。说起来，小桥流水的乌镇就好似水乡里走出的大家闺秀，旅游的火热早令它温和醇熟，宁静之中又多些包容万象的豁达。南浔却不同，它更低调，也更具个性，中西方文化在这水乡里碰撞发酵，孕育出一抹别样风情——在江南的诸多闺秀佳丽之中，它是喝洋墨水、穿洋装、喝咖啡、跳交谊舞的那一个，总是别具风姿。

1851年，南浔“辑里丝”在伦敦首届世博会上一举夺魁，自此小小的南浔登上了大大的国际舞台，由此诞生的俗称“四象八牛七十二条金黄狗”的大贾巨富，修建了博采中西方文化精华的名宅园林，张石铭故居、刘氏梯号、小莲庄、嘉业堂、文园、张静江故居、百间楼等景点层出不穷，“以一镇之地，且拥有五园，且皆为巨构，实江南所仅见”。

镇子上紧邻刘墉的“小莲庄”，有一座藏书楼，叫做“嘉业堂”。置身其中，宛如回归古籍的世界，点滴墨香沾染江南水汽，于严寒之中酝酿出一片鲜明的温暖。这个时候，临窗静坐，寻一本书、品一壶茶、燃一抹香，也好将这南浔风物一口吞下。

而时代发展，又赋予了南浔与众不同的美好。那些青瓦粉墙、飞檐长廊之间便可常见“西洋楼”。南浔“四象”之首刘镛三子刘安的住宅，称崇德堂。这宅院建于清光绪三十一年（1905年），如今，宅中还完整保存着一幢被称为“红房子”的巴洛克风格的红砖洋房。其中有一间歌舞厅，内饰奢华，衣帽间、乐池、舞场、化妆间一应俱全，又装饰有西式的大壁炉、水晶吊灯，不难想象昔日此处商贾云集，灯红酒绿之欢何等畅快。张石铭故居中也有法式风格的西洋楼，据说那房子的地砖都是直接来自法国。

“南浔古镇，天下难寻。”历经岁月洗礼，饱经风雨润色，南浔仍是外乡人眼中求而不得的江南一梦，亦是本地人眼中的晨起炊烟，那些长长的望不尽的巷子尽头，藏着千百年来文人墨客挥之不去的《忆江南》。

江南好，风景旧曾谙；日出江花红胜火，春来江水绿如蓝。能不忆江南？

宏村：又是春归烟雨村

暮春时节，又恰逢烟雨天气。

我自黄山北站下车，转大巴去往位于黟县东北部的宏村。这建于南宋绍兴年间的历史古村，距今已有八百多年。直到如今，保存完好的明清建筑仍有百数之多。

作为“第一批中国特色小镇”，宏村始终是声名在外，素有“一袭烟雨罩江南，两袖清风论古今”的美称。村内拥有举世无双又独具特色的古水系——水圳、月沼、南湖，溪流纵横，随家入巷，在这场迷蒙的细雨之下，湿润的宏村越发像一幅水墨画。

宏村的素雅沉静似乎是铭刻在根骨中的，俗世的喧嚣并不能将它惊扰。随意坐在波光粼粼的月沼边上，天光雨色、黛瓦白墙，也是一场最适宜的安排。月沼是有魔力的，它几乎是整个宏村的灵魂所在，无形中便将宏村的美扩大了无数倍。这池沼并非中规中矩的方形，也不是司空见惯的圆形，而是一弯新月落在了古老的村落，大概也是取了“花开则落，月盈则亏”的意境。

沿着平整的青石路前行，来到承志堂、培德堂，看徽商故里三立堂、乐叙堂以及至今仍保存十分完整的南湖书院。待到雨过天晴，一排排错落有致的徽派建筑并行，马头墙层次错落，点缀其间的客栈、茶室沾满了世俗烟火味儿，慢慢就将我唤回人间。

我们坐在素黑的檐下喝茶。店中客人不多，老板娘就坐在槛上与我们闲聊，说起宏村原本不大，如今住户不过四百多家，日子过得恁般寻常。

我亦发现这村子神奇。古旧的建筑与现代的生活掺杂在一起，游人在梦里与现实之间肆意穿梭。村中不少民居的墙上挂着自家风干的腊肉、猪脸，簸箩里晒着笋干，路边的商户漫不经心地售卖小吃、手工艺品。大锅里烤着的梅干菜饼热乎乎的，买来捧在手上，又按着老板娘的指示去找那在大锅里熬煮了整夜的鸭腿。

还有一种叫做“毛豆腐”的东西，从《舌尖上的中国》开始广为流传。经过发酵的豆腐被养出一层白毛，像极了山东人家自制的臭豆腐。只是将它在铁板上煎熟，再浇上料汁。之后吃法又有不同。对于这样“神奇”的吃食，总免不了要小心翼翼地去尝试。外部香脆、内里绵密细滑，口感竟无比神奇而丰沛。

徽州有民谚说：前世不修，生在徽州；十三四岁，往外一丢。徽州自古多山地，从前在这里的人们大多生活贫困。小孩子长到十三四岁，就要跟随乡族长辈外出学做生意，寻觅谋生之路。等到成人之后，返乡遵从父母之命、媒妁之言选妻成婚，再离家经商。这一走，就不知归期是何时何年了，终生漂泊在外，直到年老才衣锦还乡的亦不是少数。男人在外四处奔波，那些嫁作徽商妇的年轻女子便要独自扛起家宅兴旺，侍奉公婆、养育子女，也要独自打发漫长寂寞的时光，孤灯只影、残月相伴，任那四面高高的白墙，隔断她们张望的视线，也困住了她们长长的一生。

老板娘说，从前村中每家老宅的厅堂里，都会摆两张半圆的桌子，等外出经商的男人回来了，半圆桌才可拼合成圆桌，象征团圆。可有些桌子，一生都不得圆满。

原来，美丽的宏村也曾背负沉默的眼泪。

回程的时候，回望村口的两棵古树，它们遒劲挺拔、绿意盎然，默默守候着这个古老的村落，那枝叶飘摇间仿佛也讲述着有关宏村的前世今生。

对于宏村，我们每个人都是旅人，每个人又都是归者。

记取江南烟雨里，青山断处是君家。

婺源古村：乱云剩带炊烟去

提起江西婺源，那连绵起伏的油菜花田，散落其间的白墙黛瓦的徽式建筑群，就如同是一张经典的明信片，被定格在众人的印象深处。

其实，婺源的美，远不止于此。

婺源是江西一个历史悠久的古县，曾经隶属于安徽管辖，是古徽州一府六县之一。这里保存着许多徽式建筑特色的村落，平整的青石板路、古朴的铜环木门、高大的马头墙、雕花的小轩窗……那“八分半山一分田，半分水路和庄园”，无一不流露着雅致和韵味，让人流连忘返。

婺源的古村落有许多，汪口、江湾、晓起、李坑、思溪延村、长溪、石城、菊径、庆源、篁岭……随意走进任何一个村落，都绝不会令人感到失望。早春时候，北方还深陷在倒春寒的威逼之中，婺源却已经是春色无边了。婺源是层层叠叠的，那些个山峦相连、溪涧纵横都好似是商量好的，浓墨重彩地演绎出一幅独特的梯田地势图，自然风光与白墙黛瓦的徽派建筑群交相辉映，秀气而又瑰丽。

当你邂逅那山、那水、那映着天光日色的水田，那连绵的油菜花，又有村中无处不见的粉红的桃花、洁白的梨花作为前景，这一幅乡村田园的画卷，在春风之中肆意盎然。

这些无不是自然的恩赐。

而这些徽式建筑特色村落的存世，则主要归功于古时那些徽州商人们。徽州商人，简称徽商，宋代开始活跃于全国各地，明代后期到清代初期则进入发展的鼎盛时期。徽商之所以自成一派，与其他地方商人的最大不同之处就在于他们是以儒家文化来指导日常买卖经营，倡导“以诚待人，以信接物，义利兼顾”。

古徽州多高山丘陵，耕地匮乏，所以男子多靠外出经商为生。大多数徽商都是十几岁从学徒做起，出师后也先是小本经营，往往要经过数十年的奔波拼搏，最后才能建立一番基业成为富商大贾。

对于漂泊在外、历经商海浮沉的徽商们来说，远方的妻儿应该是他们内心最无法割舍的牵挂，也是他们坚持奋斗拼搏的永恒力量之源泉。或许，正是由于他们对于归家的渴望已经隐忍了太多年，所以等到终有一日得以衣锦还乡的时候，他们便要用一生的积蓄来好好建造自己的家宅，以便好好享受一下阖家团圆的幸福时光。

据说，清代婺源县有一位詹姓商人，儿子才刚刚出生没有几个月，他就离家外出经商了。结果，这一别就是十几年。等到儿子已经长大成人，父亲依旧还在外面四处奔波，不知道何时才能一家团聚。由于思念父亲，儿子便决心要去追寻父亲的足迹，把父亲寻找回来。后来，儿子深入四川、云南等偏远山区，又遍寻湖北、四川等商旅途经之地，最终才把父亲给找到，父子得以相携而归。

或许，正是这种不畏艰辛的品格，才使得徽商在与其他商派的激烈竞争中能够胜出，最终积累下巨大的财富，留下了这一个个美轮美奂的古村落。

青山向晚盈轩翠，碧水含春傍槛流。

婺源的古村落都十分注意人与天地山水的和谐关系。或枕山面水，或临溪而居，山山水水都成为婺源古村落的一部分。粉墙黛瓦的村落被青山和绿水所环绕，再加上缥缈朦胧的薄雾和古意盎然的石径、廊桥，全然一幅水墨丹青的笔调。

尤其是日出日落前后，家家户户做饭时升起的炊烟会把一个个古村落笼罩其中，使人似乎远远就能闻到熟悉的饭菜香气。

或许，无论我们走多远，都永远忘不了家的味道。

乱云剩带炊烟去，野水闲将白影来。

和顺古镇：浪子游魂有归途

和顺古镇曾在全国魅力古镇评选中，战胜乌镇、西塘、周庄等家喻户晓的地界儿，摘得了“中国第一魅力古镇”的桂冠。

对于和顺古镇的兴趣，始于腾冲。那是个隶属于云南省，紧邻缅甸、印度的县级市。对于一个曾醉心于第二次世界大战历史的人来说，腾冲实在不陌生。1942年，中国远征军就是由此地出发，开辟了缅甸第二战场，在全球反法西斯战争中写下了最为灿烂的一笔。而和顺，正位于腾冲县城西南四公里处。

驱车前往和顺古镇时，正是在一月底。不同于北方的寒风刺骨，和顺正值暖春懒阳，恰薄衣轻衫的好时候。听说因其四季温暖，古时和顺曾名阳温墩，倒也是贴切有趣。

有人说和顺是一座活着的古镇。初来时，并不懂。我只知古镇始建于明代，文化遗迹保留得极好，单清朝古建筑便有近百座，堪称中国古代建筑的活化石。清朝初期，南丝绸之路渐兴，和顺作为一个重要的内陆口岸，逐渐形成了“走夷方”的文化。与东南亚国家的通商贸易，带来的不仅是物产的富饶，更是文化的多元繁盛。和顺人秉承了亦儒亦商的传统，将物质与文明高度结合，独创了沿袭至今的侨乡文化。

的确，这里到处是融合的印记。古镇中鳞次栉比的建筑张力饱满地诠释着古韵味，风格大多是“三坊一照壁”“四合院”“四合五天井”式。建筑的主体材料皆是楠木、秃杉等名贵木材，除继承徽派建筑、苏杭建筑的特色外，更融入了西方建筑的美学特点，深沉内敛不落窠臼，于沧桑岁月中傲然屹立。

途经和顺图书馆后我们到达了文昌宫，其兴建于清朝道光年间，民国时期当地人曾在此兴办益群中学，对和顺文化的发展传播有着积极的影响。大殿、后殿、魁星阁、朱衣阁及大月台一起构成了文昌宫的整体，左右楼阁下镶嵌了《和顺两朝科甲题名碑》，用以铭记和顺历史上涌现出的8位举人和403位秀才。

文化的洗礼方兴未艾，走出文昌宫时还眷恋着浓郁的书卷气息，以至于之后入目的景物都似是散发着一股墨香。

沿着荷塘行进，塘边每隔一段便会有一座洗衣亭，朴素无华并无超群之处。但如果你知道它的来历，就一定会醉倒于那份质朴的情感。和顺是西南最大的侨乡，男人们栉风沐雨、兀兀穷年，而留下来的女人就只好用瘦弱的肩膀独自扛起整个家庭的生活重担。为了能让家中的女人不受风吹日晒，男人们建起了这些洗衣亭，用勤劳的双手为女人们撑起一把把“亭伞”，为平淡如水的生活制造了温馨如蜜的浪漫。

“玉户帘中卷不去，捣衣砧上拂还来。”想啊，谁会在亭下劳作？谁会在河边等候？掌纹中流失的韶华，眉宇间印刻的光阴，高黎贡山切不断思念，怒江碧水隔不绝情感，绵绵如丝，涓涓如流。

此时，几个手拉行李的人自镇口而来，他们手中拿着的年货告诉我们，他们不是游客，是归者。此情此景，忽然内心柔软酸楚微疼。这样一座侨乡古镇，承载了无数游子的乡愁眷恋，包容着所有寻找回家之路的灵魂，不论民族、背景。

次日，第一缕阳光斜射入帘缝时，我便起身独步阳台，居高望向一片和谐宁静的古镇，人影稀疏斑驳，鸟鸣不绝于耳。终于明白了这古镇的“活”，又羡慕起镇子里的和顺人——闲看庭前花开花落，漫随天外云卷云舒，享受岁月静好，现世安稳，何等美好。

便渐渐被这中国第一魅力古镇所折服，诗中云：“远山茫苍苍，近水河悠扬。万家坡坨下，绝胜小苏杭。”

总算明了。

白哈巴村：斜光照尽牛羊归

酷暑的七月，若遇到一场雨，新疆喀纳斯仍旧冷得令人头皮发麻。

车队开出去许久，我仍裹着毯子毫无精神。地面湿透了，草原笼罩着雾，与我一般昏昏欲睡。小镇寂静无声，街上少有行人。

终究，都市的喧嚣远了。这空旷简直是最有效的“洗眼液”，着实令人心头轻松、耳目一新。就连汽车下的黑色沥青路，都宛如一条黑色纽带将无穷尽的山川大地勾连起来。过喀纳斯景区，再经白哈巴村，行人更少。车辆行驶很久，又过边防检查，沿途风景就渐渐苏醒过来。牧场上牛羊成群，野花遍地，远处群山连绵，雪峰依稀可见，茂盛的森林公园是天然屏障，哈巴河一路相伴。也不知为何，云雾缭绕里的一瞬，似乎回到了西藏。

作为中华大地最美丽的“八小（村）镇”之一，白哈巴村似乎并不该被硬性地冠以“古村”之名。这地儿实在唯美又安静，世代相传是那么顺其自然，真要去追溯历史反倒显得多此一举。居住在这里的图瓦人是古老的蒙古族分支，他们生活悠闲，与山水自然浑然一体，世世代代以放牧为生。

我仍旧不喜欢景点化的东西。故而不以“旅客”之心待之，只管找一间木头房子住下来。倘若路遇了骑着马的孩子疾驰而过，便微笑着扬一扬满手的野花。古老的民族传统文化与自然原始生态依然在这个村镇存留，千百年来的原始传统风貌未变。

美丽的白哈巴村位于阿尔泰山山脉的山谷平地上，远处可以看到邻国哈萨克斯坦的大山。阿尔泰山上稠密而金黄的松树林延伸下去，蜿蜒清亮的两条小溪缠绕着，一块狭长的台地上，白哈巴村依山傍水而建。远处阿尔泰山顶上白雪皑皑，山腰是金黄色的松林，山脚下是火红的桦树林，山村被五彩层林尽染，犹如天然调色板。山坡上成群的牛羊使得小村镇呈现出勃勃生机。

白哈巴村的所有建筑小木楞均由原始木料建成，古朴典雅，让人感觉颇有欧洲村镇的风格。房屋墙体和顶棚都用整根原木垒砌、拼接而构建，顶部是用木板支撑成“人”字形的尖顶。这样不仅能够防雨防雪，顶棚和屋顶之间的尖阁还可以通风和储藏饲料、风干肉品。村民的木屋和圈养牲畜的栅栏错落有致地散布在村镇周围的松林和桦林之中，安宁而祥和。落日的余晖下，炊烟袅袅升起，整个村落构绘出了一幅人与自然和谐共处的山水画卷。

这村子不大，村头走到村尾也不过那么几步。可若要看景，便只管去往那些高高的山梁。日出之后，这些小村落会从晨雾中醒来。那些风格独特的小木屋，错落有致又旁若无人地站立在路旁，几家炊烟起，晨光一照，烟雾都仿佛会发光。

这里的饮食同样具备独特的民族风格，烤全羊、手抓肉，各种烧烤应有尽有。另外，这里还有本地产冷水鱼，珍贵的野生冬虫夏草、平盖灵芝和花衫灵芝也在这里频频出现。吃着原生态的牛羊肉，喝一口图瓦人酿造的传统奶酒，感觉自己真正回归到了原生态的大自然，飘飘欲仙而忘却了人间生活的烦恼和工作的劳累，了却了奔忙于繁杂都市中的夙愿。

这是再简单不过的生活了，在原生态画卷中，此景此情大概是陶渊明心目中的桃花源亦不能比。原生态的自由祥和，加之神秘美丽的自然风光，只要将心放下，古朴的白哈巴村镇便会是一片人间净土。

且随心一会，不问归期。

涞滩古镇：却道巴山夜雨时

对于古镇，我也算情有独钟。尤其重庆又是那么可爱的城市。在品尝了火锅、享受了温泉、看遍了大熊猫之后，倘若能在空气湿润的山城，有幸邂逅一座古城，并在某个闲适的午后去走走看看，那可真是顶极致的快事了。

不知是太爱这山城，还是太爱山城的古镇，每次行走在重庆，走过那些大大小小、真真假假的古街——从众人皆知的磁器口到民国街，从出伟人的双江到因“八大碗”酒席出名的松溉古镇，最难忘怀的还是涞滩古镇。

涞滩古镇位于重庆合川区，距离主城也不算太远，村镇始建于宋代，但镇里许多建筑都是清朝百姓的功劳。古镇占地不过三百七十亩，却被称为中国十大古镇之一、中国最美的村镇，又是中国首批历史文化名镇。这名头实在显赫动人，但倘若你肯静下心来认真走走看看，想来也会觉得名不虚传。

不过，与其说这里叫“涞滩古镇”，倒不如叫“涞滩古寨”来得更加准确动人。别看这一字之差，滋味却全然不同。

迄今为止，这古寨已经有两百多年了。直至如今，要想进入古寨，还必须穿越那些始建于清咸丰年间的高高的寨墙，这些寨墙全部由半米多长的石头堆砌而成。也不知历经了怎样的辛劳，又费尽了怎样的智慧，人们才将这冷硬、笨重的石头驯服，成就了一种坚韧、持久的守护。二百多年了，那高七米、宽两米半的城墙，已经泛青泛黑，水流的痕迹不规则地印刻在了这些石头上。但是它们依然坚固，依然坚定不移地守护着这座古老的村寨，一草一木，一砖一瓦，俱是珍惜。

走进古寨，青石小巷古朴典雅，四百多间明清时期的小青瓦房错落有致。木制的房柱子、古老的镂空雕花、偶尔飘摇的店家招牌让你仿佛回到了从前。

而见惯了古桥的斑驳，见惯了城楼的冷硬，却少有一处像涞滩一样如此鲜活而明媚的地方，每一块石板都被人们打磨得光洁平滑，仿佛随时随刻都会将你带回几百年前的清朝小镇，邂逅早起的挑夫，看见卖花的孩子……

到涞滩不能不拜二佛寺，涞滩古镇因二佛寺扬名。寺庙始建于唐朝，经历了宋朝的兴盛，清朝的重塑，它宏大雄伟的气势至今犹存。二佛寺的石刻为我国第三石刻艺术高潮的代表作，四十二龛窟、一千七百余尊造像，其规模之大堪称国内首屈一指的罕见的佛教禅宗造像聚点。二佛寺有上下两殿。下殿神奇得令人惊愕，两块分离的巨大岩石形成自然的山门，就连那些个柱子、檩子、走廊阶梯，都完全顺应着自然岩石的走势，与其说是在大自然中建造的庙宇，不如说是帮大自然修造出的艺术品，“虽由人作，宛自天开”。难怪著名学者丁明夷先生将其喻为“一颗埋在地下的明珠”，就连敦煌研究院院长、著名石刻专家段文杰先生都有题词，谓之曰“宋代石刻艺术的精华”“石刻艺术的瑰宝”。

涞滩也不能免俗，照样有着“八景”，所谓鹫峰云深、佛岩仙迹、龙洞清泉、修筑戏石等不一而论，全部都是自然的恩赐、时间的见证、历史的标签，独自美丽又彼此辉映。

你以为这便是涞滩古镇的全部了？

远远不止。

当天色昏暗，夕阳西落而明月未起，四周炊烟袅袅，明明白白地给予你一片世俗烟火，于是，罗氏老豆干、渠江鱼、土鸡，哪一样都不能轻易错过，倘若再配一壶当地的米酒，则最是逍遥。不知有多少人与我一般，沉醉于那棕白色的米酒小瓶子，贪婪地嗅一嗅那陈年的古香，一杯杯慢慢饮尽，仿佛岁月时光不回头，都一一沉淀于周身，伴着那些灯笼的红艳艳的光，与晚风一起，缭绕起舞，醉于心间却不醉头。

你看，这山川秀丽、历史悠久的古镇，也自有它一段巴渝风情，且待你守一窗烟雨，“共剪西窗烛”。

朱家峪：茅檐相对坐终日

对朱家峪的喜爱，更多的源自“故土情怀”。

区别于南方古村镇的秀雅清丽，朱家峪格外有一种世俗的浓重和烟火的质朴，那是一种历经时光筛选的本真，静静地沉淀在岁月的彼端，安稳、宁静，原原本本地呈现出生活的本身。

这个来自故乡、藏在深山的小山村，因《闯关东》而走红，男主角朱开山一句“山东章丘朱家峪人”，将这个保存完整却名不见经传的明清古村推到了众人视线之中。

很多人说，是《闯关东》成就了朱家峪。我却常常觉得，《闯关东》不过是开启朱家峪这坛沉香酒酿的一个契机罢了。

因了这个契机，沉睡中的朱家峪被惊醒了。

是的，惊醒。

这村落由来已久。亦有专家依据出土的陶器进行考证：早在夏商时期，此处便有人结庐定居，算来至少有3800年的历史，而朱家峪真正的兴盛始于明代。时至如今，历经六百余年沧桑，这片古村中仍较完整地保存着无数古桥、古道、古祠、古庙、古宅、古校、古泉、古哨等古老建筑，围绕一座不大的山，只见屋舍高低参差，盘道错落有致，曾经的辉煌、寥落都沉淀在山间肥沃的土地里。

如今，它被称为“中国最美休闲山村”。

我却常常觉得不能光用“美”来形容朱家峪。这北方的山乡，质朴天成、醇厚踏实，无丝毫脂粉之气，无半分矫揉之态，借着一脉青山、三分厚土扎扎实实地落定在岁月的尘埃里，满身烟火。就连那些源自历史遗存的民居、桥梁、古道也实实在在地就地取材，又历经岁月陈酿，质朴中平添厚重。

可偏偏就是这种毫无遮拦的“踏实”和“本分”，分外令人动容。

我们都是红尘的过客。之前一直在繁华的都市中追名逐利，便情不自禁地开始厌烦、开始逃离、开始憧憬，迷恋那些过往从前，遐想“诗与远方”，迷恋“出世”情怀。殊不知这一步踏出，所得不是救赎，而是“迷失”。

红尘万丈、俗世万千，羁绊比比皆是，有谁能真正逃得了、离得开呢？出世情怀入世心，以出世的情怀做人，以入世的心情做事，方能求一个俯仰无愧。

那么，如果你累了，就来朱家峪走走、停停、坐坐，乃至小住。

枕水而眠的乌镇滋润着一段水乡的恬静，却挡不住游人行色匆匆的惊扰；梦里老家的婺源演绎着一片梦幻田园，却抵不了好梦易醒的惆怅。

我们始终是风景的过客，却永远是本真的追随者。

我们想要逃离，却最终要踏出追逐的脚步。

便只有朱家峪，刚刚好站在“出世”与“入世”的交点上，等你小憩，予你勇气。它是厚重的，山泉的灵韵，苍山的胸怀，分外令它有一种从容不迫的淡然安稳、宽厚包容。这小山村，没有一眼惊艳，也不会一见钟情，那些寻常的山与树、房与路，隔着六百多年的沉默，从不多情，却最是可靠。

我可以在朱家峪的艳阳中坐一整日。如同山间最寻常的村妇，袖手于树下墙边、山间道旁，只享受那一片老屋旧瓦、烟火世俗。当晨起的柴草撩起一阵炊烟，泥坯的老房在山间的雾霭中缓慢醒来，老乡们烧红了铸铁的鏊子、斗大的锅，那些玉米面的煎饼、点浆的豆花好像都不要钱，章丘大葱的甜辣、黄家烤肉的醇厚，裹挟着北方土硬的乡音将你围绕。就在一瞬间，那些古老的桥、泉、路就都醒了，顶着湿漉漉的发梢，沉默微笑，就这么抖落了历史的尘埃，漫不经心地走来。

真的不必去研究那永不干涸的灵泉圣水，也不必去考证康熙年间的立交古桥，至于那些关帝小庙、朱氏家祠、女子学堂之类，也都悉数放过，不必去想——只是单纯地去看那一处处的老房子、牢牢的山，去看那一抹淡淡的光影、沉沉的天，只看那一片泥坯素瓦里的安静祥和。

朱家峪，它真的是一位敦厚含笑的长者，额有乱发，身披布衣，它入世的布履满是泥尘，出世的眼眸含着笑意，就这么潦倒却从容地坐在山前，慈爱地庇护着辛勤的耕者，包容着顽皮的孩童，接纳匆匆来往的驴友，也拥抱我们这些旅人。

朱家峪，不容错过。不止历史厚重，更为那初心一片、山水本真。

丙中洛：虎龙婴姹得安宁

走过太多“古镇”，也走过太多冠以“古镇”之名的景点，从江南水乡、文化名胜到山野自然，却从未觉得有哪个地方能真正承托“世外桃源”的想象，能美得堪称“秘境”，除了丙中洛——那是一个从不曾被现代文明染指的纯净区域，纯粹而孤单地依偎在怒江脚下。

丙中洛镇位于云南怒江傈僳族自治州贡山独龙族怒族自治县北部，旧时藏语称其为“甲菖蒲桶”，是怒江小康普的意思。它遗世独立，却并非与世隔绝。作为怒族居住区，人们世代信奉祖先和自然神灵，清道光年间藏族同胞由西藏、德钦、中甸等地迁徙定居于此，藏传佛教随之叩开丙中洛的大门。此后清末时期，法国传教士带来天主教，二十世纪三十年代美国传教士带来基督教。信仰之力在此碰撞交汇，藏传佛教、天主教、基督教并存，渐渐让这古镇在古朴自然之外披上自由与包容的外衣，仿佛是人神共居的秘境天堂。

我于初秋时分踏足这片土地。汽车颠簸之间，车窗便成了天然的荧幕，自然之景尽情上演，便忽然觉得，我从未离“秋”这样近过。四周的山脉绵延沐浴在柔和的秋日中，漫山青翠的植被罩上金色的光辉，白云悠闲地漂浮在天际。而田野上的黄绿相间便是大自然最原始的色泽，鼻息间充盈的是丰收谷物的芳香，在海拔一千七百五十米的山谷中仿佛伸手就可以摘到云朵。

进入村镇，一路上可见各种宗教建筑，有最早传入丙中洛的藏传佛教寺庙：日扯寺、香巴拉宫、巴玛拉宫、福禄拉宫、普化寺等。法国传教士修建的天主教堂：重丁教堂和白汉洛教堂。宗教的文化承袭了地域的特点，而建筑的风格则展现出不同宗教不同地域的文明。更为特殊的是可以看到穿着不同民族服饰的人穿梭于风格迥异的建筑内，却毫无违和感，充分体现出人与人、人与建筑、人与自然和谐融洽。而在这一片异彩纷呈中，民居却还保持着柳门竹巷的古朴别致，绝无钢筋水泥的壁垒。这种与家息息相关的“回归”，让人的心瞬间在这异彩纷呈中安和起来。

如果说丙中洛的民族、宗教文化足够丰富兼容，那么它的自然风采就堪称世界鬼斧神工的杰作了。

丙中洛地处怒江流域，江两岸便是碧罗雪山和高黎贡山，在这片山水相依之中，最令人叹为观止的便是怒江第一湾。自贡当神山上俯瞰，艳阳之下，群山苍翠之中捧出乡日丹村一抹田野上娇嫩的青黄，屋舍二三隐得几不可见。自北向南奔腾而来的怒江在遇到王箐大悬岩绝壁的阻拦后改为自东向西，前行不过三百余米，再次遭遇丹拉大山的拦截调头急转流向东方，江水绕行二百七十度，此时的怒江就如同一条盘龙，紧紧地守护着这一片山水村舍。青山不老江水潋潋，碧蓝的天空与群山一起跌进清澈的江中，糅杂成一种浓重的绿，是化不开的一段气韵悠长。

从贡当神山下来往北走，便是石门关，两座五百多米高的绝壁夹江而起，形成了近二百米宽的石门，怒江喷涌而出、一泻千里，雄劲气势浑然天成。

目睹了这样鬼斧神工的自然奇景，忽然觉得，所谓一方山水养育一方人，一方水土亦成就一方文化。或许，正因为人们对大自然心存着最深沉的敬畏和热爱，才会坚信神邸的存在，才能捧起信仰的力量，才有了怒江脚下的这座安然独立的世外古镇。

傍晚时分，我们驱车返回。夜晚的丙中洛仿佛被按下静止键，耳畔怒江的呼号似乎还未退去，眼前却只剩下一片繁星晓月的安宁。

“日月山川添壮观，虎龙婴姹得安宁。”

这碰撞太鲜明了。宗教之间的碰撞、繁与简的碰撞、汹涌与安宁的碰撞——却意外撞出了一片与世隔绝的世外桃源，人神共聚，自然天成。

不可谓不神秘。

如果诸神可以听到祈祷，这秘境古镇一定会兴旺长存，守护着古镇的人们亦会一直幸福。

北极村：独坐夜寒人欲倦

严格说来，北极村并不算古村。

至少目前，它被更改了名字，框定了区域，全村以景点形式、收费做旅游的样子，远非印象中古村的姿态。

提起祖国的最北端，鲜活存在于我们记忆中的绝非北极村，而是漠河。早在旧石器时代，漠河区域就有远古人类居住，定位精确到漠河乡，大概明朝时期这里便开始被设为管辖区，再精确到漠河村，一直到清咸丰十年（1860年）才开始有人在这里居住——至于北极村之名，不过是近年为发展旅游、宣传景点才初敲定的罢。

思及这漠北极寒之地，便想到天涯海角之远。不说其常年平均气温在-50℃左右的事实，只这心灵上因由距离而带来的疏离感，便足以令人觉得心寒。

然而人定胜天。热情豪爽的东北人、舒适干爽的暖炕、可供大快朵颐的东北菜与无处不在的大碗酒，几乎瞬间把人温暖了。

这种强烈的对比实在令人心折。

极寒与极暖，极冷静与极喧嚣，极单调与极美好，极空旷与极圆满。

待到几杯浓酒下肚，看眼前这一片纯澈的白，就别有一番滋味。雪不是此处独有，却是此处绝佳。待到清晨第一缕阳光洒向大地，一望无垠的雪地与蓝色的天空完美拼接，银装素裹，如诗如画，这小村白茫茫一片，安静得让人不忍打扰。扛着严寒，全副武装，却不需雨伞，就沿着村中小路随意走走，不紧不慢，无需方向，没有尽头，仿佛这所处之地，绝非弹丸村落，而是广阔又永恒的一片大天地。

来北极村看雪是其一，看极光是其二。

夏至，是北极村不容错过的盛大节日。这一天，北极村几乎二十四小时都是白昼。寒冬的雪是静的，夏至的午夜也是静的。泛白的天空分不出是黎明还是傍晚，万里晴空，星光璀璨。仰望浩瀚的星空，仿佛置身画中，无物无我，旅人啊，只是天际线上渺小的一点。

北极村的美，与时间、空间甚至环境都没什么关系。眷恋它，只因这小小的村子轻易能带来平静。

就因为这平静，极光出现的那一刻，怦然心动的滋味会让人铭记一生。那湛蓝的天空中出现绚烂的光辉，将整个天空映出虚幻的色彩，气势恢弘，无边无际，像是画家的颜料随意泼洒在了巨大的画布上，又发出动人心魄的光芒，仿佛有了生命，轻盈飘荡，如梦如幻，美得令人难以置信，美得令人难以描述。

在北极村是很容易遇见“故人”的，很多来过北极村的人会忍不住再次来到这里。闲谈之际、嬉笑之时，就会见到惴惴不安的期待，见到求而不得的焦灼，见到百般不遇的懊恼，见到远离尘世的平静，见到随遇而安的淡然——然后每个人都笑容满面地告诉你：“不虚此行，找到北了！”

是的，在北极村，随时都能看到“北”——到处可见用楷篆隶行草各种书体、用欧虞褚颜柳各个流派书写的“北”字。每次看着“我找到北了”的石刻，转头瞧见不远处“中国北极点”的巨石，游人就会哑然失笑。

我们的一生啊，忙忙碌碌、辛辛苦苦，何尝不是一直在寻找属于自己的“北”？

如今，北在这里；我，在哪里呢？